Scherz Krimi

Spannung mit Niveau

Von Ursula Curtiss sind erschienen:

Alles Böse zum Geburtstag
Ein Mörder schleicht ums Haus
Das eiserne Spinngewebe
Das Haus der leblosen Vögel
Kalte Jagd in Mexiko
Die lächelnde Maske
Der Mann mit dem Papageiengesicht
Mord aus Liebe
Mord in Narkose
Der Mörder steht vor meiner Tür
Die Pappelallee
Schatten an der Wand
Schritte im Nebel
Der Spielverderber
Spieglein, Spieglein an der Wand
Spuren in der Nacht
Stimme aus dem Dunkel
Sturz in die Vergangenheit
Tod einer Krähe
Träum' schön vom Tod
Das unheimliche Grauen
Die Wespen

Ursula Curtiss

Das eiserne Spinngewebe

Scherz
Bern – München – Wien

Einzig berechtigte Übertragung aus dem Amerikanischen
Titel des Originals: »The Iron Cobweb«
Schutzumschlag von Heinz Looser
Foto: Thomas Cugini

5. Auflage 1992, ISBN 3-502-51357-0

Gesamtherstellung: Ebner Ulm

1

Angst – wann hatte sie zum erstenmal Angst verspürt? Jetzt, in diesem Augenblick, in dieser flüchtigen Schrecksekunde des Novembernachmittags? Oder früher, vor einem Tag, einer Woche, einem Monat? Hatte sie das leise Unbehagen schon länger mit sich herumgetragen, verborgen in einer Tiefe, die das Bewußtsein nicht erreichte?
Elizabeth March wußte es nicht, wußte nicht, wann das Unheimliche in ihr Leben getreten war, doch der Tag, an dem die Angst auf einmal da war, prägte sich ihr mit allen Einzelheiten ein. Ein kalter, unfreundlicher Novembernachmittag, kahle, windzerzauste Äste vor einem grauen Himmel, ein eisiger Hauch, der Schnee verhieß, in der Luft. Ihr eigenes großes, behagliches Wohnzimmer, mit den zartgrau getönten Wänden und rot- und grüngestreiften Leinenvorhängen, warm und geborgen im Schein des Kaminfeuers. Die Zeiger der Wanduhr standen auf vier ... Und dann, jäh, erschreckend nah und gellend, das Schreien eines kleinen Kindes. Sie war augenblicklich auf den Füßen und riß die Haustür auf, einem Stoß eisiger Luft entgegen. Das Geschrei war nun ganz deutlich zu hören: leise miauende Laute gefolgt von lauten gedehnten Jammertönen. Elizabeth lief die Treppe hinunter und fand die Ursache: die dreieinhalbjährige Maire im dunkelblauen Norwegeranzug, die sich unbekümmert im Kinderwagen zurücklehnte und begeistert gegen den Himmel schauspielerte.
Elizabeths anfängliche Erleichterung – und das allein schon war erschreckend – wich einem Anflug von Zorn. »Maire!« sagte sie scharf, »gleich hörst du auf mit diesem Unsinn! Was in aller Welt ist dir bloß eingefallen?«
Das Kind richtete sich auf; hellblonde Locken, fein wie gesponnene Seide, ringelten sich ungebärdig unter dem dunkelblauen Mützchen hervor. »Das ist doch mein Baby«, erklärte sie, die selber noch fast ein Baby war, und ihre Stimme klang ebenso streng wie die Elizabeths. »Das ist mein Baby, Mama, und Babys schreien immerzu!«
»Ach so«, sagte Elizabeth schwach, »dann mußt du deinem Baby eben ausrichten, daß es gleich ins Bett gesteckt wird, wenn es solchen Lärm macht.«
Während Maire lebhaft in die leere Luft zu schelten begann, ging Elizabeth langsam wieder die Treppe hinauf. Oben drehte sie sich

nochmals um, rechtzeitig genug, um Noreen Delaney, das junge Kindermädchen, im Laufschritt um die Ecke des Hauses biegen zu sehen. Ihre Wangen waren von der Kälte gerötet, ihre helle Stimme klang vorwurfsvoll: »Maire Ann March, ich hab gedacht, du bist ein großes, braves Mädchen! Schau, da kommt der arme kleine Jeep, um nachzusehen – er glaubt, es sei ein Baby, das hier schreit, und nicht seine große Schwester . . .«
Als Noreen Elizabeth bemerkte, schickte sie ein Lächeln und ein ängstliches »Sie werden sich den Tod holen, Mrs. March – ohne Mantel in die Kälte zu gehen!« zu ihr hinauf. »Ich dachte, ich könnte die beiden vor dem Abendessen noch rasch einmal im Wagen um den Block herumfahren.«
»Gut, paßt bloß auf, daß euch nicht zu kalt wird.«
»Keine Angst, wir sind gut eingepackt. Vorwärts, Jeep, alles einsteigen . . .«
Jeep – John Paul lautete sein Name, wenn er ein würdiges Alter erreicht haben würde – begann eifrig in den roten Wagen zu klettern. Für einen zweijährigen Jungen, dachte Elizabeth, mußte dies ein ziemlich kühnes Unterfangen sein. Er brachte es glücklich zustande, Maire rief »paß gut auf mein Baby auf, Mama«, Noreen drehte sich noch einmal um, lächelnd und winkend, und fort waren sie, über den Rasen und unter den Bäumen hindurch, um hinter der Hecke zu verschwinden.
Fröstelnd ging Elizabeth zum Feuer zurück. Es war nicht wirkliche physische Kälte, die sie erschauern ließ, das Frösteln saß tief in ihrem Innern. Sie machte sich Vorwürfe, Maire angefahren zu haben; das Kind versuchte doch nur zu kompensieren – so würden die modernen Spezialisten das wohl nennen. Und Jeep? Vielleicht tat er dasselbe, denn wer konnte genau wissen, was hinter den großen neugierigen Augen eines zweijährigen Jungen vorging? Sie hörten die Erwachsenen sprechen von Ärzten und Krankenhäusern und einem Baby und verstanden ganz offensichtlich nichts davon, doch als Elizabeth damals in überstürzter Eile und mit weißem, schmerzverzerrtem Gesicht weggefahren wurde, um zwei Wochen fortzubleiben, erwarteten sie, daß sie mit einem Baby zurückkommen würde. Wie ich, dachte Elizabeth schwerfällig, genau wie ich ... Streng dich an – mit jeder Faser streng dich an, es zu vergessen, jenes Erlebnis, das täglich Tausende von Frauen durchmachen – Schmerz, Qual, Verwirrung, und später die müde, glückliche Frage: ein Junge oder ein Mädchen? Eine

kleine Schwester für Maire oder ein Spielgefährte für Jeep? Und dann – der Arzt neben dem Bett statt einer Krankenschwester; blitzschneller Instinkt verriet ihr die Bedeutung dieser Tatsache, die schreckliche, endgültige Bedeutung. Sie war gezwungen, seiner Stimme zu lauschen, die nicht so ruhig und sicher klang wie sonst, mußte sich sagen lassen, daß sie tapfer sein, daß sie an ihre andern Kinder denken müsse ... Denk nicht mehr daran.

War es nicht bedeutungslos geworden, dies alles, nachdem sechs Wochen verstrichen waren und sie sich wieder erholt hatte? Sie hatte sich geschont, hatte folgsam unzählige Tabletten und Pillen geschluckt und sich bald wieder in den raschen Rhythmus des Tages einspannen lassen, wie ihn zwei lebhafte kleine Kinder bestimmen. Gewiß, da blieben die Nächte, lange, erbarmungslose Nächte, erfüllt vom dröhnenden Widerhall jener Worte, die Oliver, ihr Mann, nicht aussprach. Daß es ihre Schuld war, daß der Unfall nie hätte geschehen können, wenn sie nicht so kindisch darauf beharrt hätte, nach New York zur Hochzeit ihrer Freundin zu fahren.

Wenn er es gesagt hätte, wenn er damals, als sie es auszusprechen versuchte, nicht so brüsk den Kopf weggedreht hätte, wäre das quälende Echo dieser Vorwürfe längst erstorben.

Doch schließlich lebte man am Tage, und die Nächte gingen vorüber; langsam war das Gefühl des Verlustes abgeklungen, langsam hatte Olivers Gesicht seinen starren Ausdruck verloren. Und nach einer Weile, dank der Hilfe eines neuen Mädchens für die Kinder und der ruhigen Tüchtigkeit einer Cousine, die sich des Haushalts angenommen, war es beinahe so, als ob die Monate des Wartens, die grausame Enttäuschung am Ende nie gewesen wären ...

Beinahe war alles wieder in Ordnung. Beinahe – denn irgend etwas stimmte nicht, ein Etwas, winzig, unfaßbar und doch so störend wie eine Bewegung, flüchtig aus dem Augenwinkel wahrgenommen. Und dies war es, was Elizabeth in Angst versetzte.

Irgendwo im Hause pochten Zweige gegen eine Scheibe. Der Wind wurde heftiger ... waren die Kinder auch warm genug angezogen? Doch Noreen hatte gesagt, nur um den Block; sie würden jeden Augenblick zurück sein. Elizabeth stand auf; sie ging zu dem runden goldenen Spiegel über dem Kamin und betrachtete sich nachdenklich.

Weiche schwarze Wolle, hoch am Hals mit kleinen weißen Knöpfen geschlossen. Ein schmales helles Gesicht darüber, noch ein bißchen zu blaß, glattes schimmerndes Haar, vom selben silbrigen Blond wie Maires Locken, zu einer glänzenden Kappe eng an den Kopf gebürstet. Große blaue Augen – oder waren sie eher grün? – in stummer Frage geweitet, unter erstaunlich dunklen Brauen. Angst? fragte Elizabeth die forschenden Augen. Angst wovor? Es war nichts Greifbares, nichts das sie sehen und erfassen konnte. Wie die flüchtige Bewegung, im Augenwinkel festgehalten, verbarg sich das störende Wesen, sobald sie es suchte. Oder besser, es nahm die Farbe von jeder beliebigen Umgebung an, wie ein bedrohtes Tier, das auf diese Weise Schutz findet, und konnte sich deshalb in allem verbergen.

Vielleicht lag es an Oliver, an seiner neuen, bestürzenden Gewohnheit, sie heimlich zu beobachten, mit prüfendem Blick und mit fast ärztlichem Interesse, so daß, wenn er beiläufig fragte: »müde?«, sie ihre Antwort so sorgfältig wählte, als wäre er ein Psychiater und nicht der Mann, den sie seit fünf Jahren ohne Vorbehalt liebte.

Vielleicht lag es an Constance Ives, Elizabeths Cousine, die mit ruhiger Gelassenheit sämtliche Haushaltsgeschäfte übernommen hatte und Elizabeth kaum mehr Verantwortung überließ, als ein fünfjähriges Kind hätte tragen können. In den ersten seltsam unwirklichen Tagen nach dem Krankenhausaufenthalt war Constance ein rettender Felsen gewesen. Jetzt war sie eine Mauer, sicher, verläßlich – und völlig undurchsichtig. Gab es noch eine andere Constance hinter dieser Mauer, eine Frau, die Küchenschürzen, Einkaufslisten und Haushaltspflichten haßte, eine Frau, die Elizabeth nicht erkennen würde, wenn die Mauer einmal zusammenstürzte?

Oder vielleicht war Lucy Brent das störende Element. Warum, dachte Elizabeth ärgerlich, muß ich immer wieder zu Einkaufstouren geschleppt werden, auch wenn ich gar nichts brauche? Oder zu einer Modenschau, die ich hasse? Oder zu langen Ausfahrten, die alle damit enden, daß wir in einem gräßlichen langweiligen Lokal Tee trinken? Ist dies eine Ablenkungstherapie, oder was sonst?

Im nächsten Augenblick schon schämte sie sich dieser Gedanken, denn Lucy, durch nichts an sie gebunden als durch die Bande einer zweijährigen Freundschaft, tat nur ihr Bestes, um Elizabeth zu zerstreuen, ja sie opferte ihr auf diese Weise sogar manche

Stunde ihres geliebten Bridgespieles. Und Lucy hatte keine Kinder, sie hielt auch nicht viel von Kindern, deshalb konnte sie nicht verstehen ...

Seltsam genug: im Grunde genommen war es Lucys Mann, in dessen Gesellschaft sich Elizabeth in den vergangenen Wochen am wohlsten gefühlt hatte. Steven Brent war ein zurückhaltender Mensch, nachdenklich, scheu und oft zerstreut; wenn Constance Ives einem Felsen glich, war er ein stützendes Kissen, ein Floß, das ruhig auf dem Wasser schwimmt. Steven war der einzige, der offen gesagt hatte: »Ich möchte dir so gerne helfen, Elizabeth, doch du wirst allein damit fertig werden müssen«, und sie dann weiterhin als normale, intelligente Frau behandelte. Normal ...

Der Klang heller Stimmen näherte sich durch die frostige Luft. Auf Maires jubelnden Ausruf »Mama, wo bist du, Mama? Ich hab eine Ente gefunden!« folgte Jeeps aufgeregtes, halbersticktes »Nein – ich, ich!« und dann ein wilder Ausbruch von Zornestränen. Der Wagen ratterte über den Kies, Noreens Stimme hob sich klar und beruhigend über das Wortgefecht, Jeeps Schluchzen verstummte. Elizabeth ging zur Tür; ihr war, als ob sie aus dem Schatten in die helle Sonne getreten wäre, und ernsthaft bewunderte sie eine hölzerne Ente, deren bunte Farben von zahllosen Regengüssen verblaßt war. In der Küche war Noreen eifrig damit beschäftigt, Reißverschlüsse zu öffnen und Fausthandschuhe auszuziehen. Sie wies mit dem Kinn auf die Ente und sagte leichthin: »Ich werde sie fortschaffen, sobald es geht, nicht wahr? Wir mußten sie mitnehmen, um eine Szene zu vermeiden.«

Bei diesen Worten lächelte sie Maire zu. Es war ein zärtliches, heiteres Lächeln, und Elizabeth sagte dankbar: »Oh, ich würde mir keine Gedanken machen; sollen sie sie behalten, wenn es ihnen Spaß macht.«

Jeep bedachte die Ente mit einem zärtlichen Blick, doch Maire, die bereits das Interesse verloren hatte, faßte Elizabeth an der Hand und begann sie zur Türe zu ziehen. Noreen sagte unsicher: »Sie behaupten, sie mögen kein Rührei, Mrs. March ...«

»O doch, sie werden Rühreier essen«, versetzte Elizabeth fest und begegnete Noreens Blick mit lachenden Augen. »Das ist der Anfang, ich warne Sie: ungefähr einmal im Monat fangen sie an, sich als kleine Diktatoren aufzuspielen. Seien Sie lieber gleich energisch!«

Der besorgte Ausdruck verschwand langsam aus dem jungen,

allzu schmalen Gesicht. Nicht zweiundzwanzig ist sie, wie sie behauptet, dachte Elizabeth mit plötzlichen Gewissensbissen, wahrscheinlich ist sie kaum zwanzig. Doch man konnte mit zwanzig Jahren ebensogut eine Stelle und ein Heim brauchen wie mit zweiundzwanzig, und das Mädchen war tüchtig und schien glücklich zu sein. Die Kinder hatten sich rasch an sie angeschlossen, und damit war die Schlacht so gut wie gewonnen.

Der Griff von Maires kleiner, fester Hand wurde ungeduldig. »Komm, Mama, ich will dir ein Geheimnis erzählen . . .«

Feierlich ließ sich Elizabeth ins Wohnzimmer führen. Sie wußte, Maires Geheimnis würde ein langes und vollständig unverständliches Wispern sein, wobei des Kindes glatte, rosige Wange ernsthaft gegen die ihre gepreßt war und seine Lippen sich lautlos bewegten. Im Augenblick, als sie sich auf das Sofa setzten, fing Elizabeth einen raschen, gleitenden Reflex ihrer Gestalten im runden Spiegel über dem Kamin auf. Und augenblicklich begann der unheimliche Zauber wieder zu wirken. Wie konnte sie, wie konnte irgendeine Frau die Kühnheit haben, sich zu fürchten, wenn ihr Leben so schön und so sicher aufgebaut war? Wenn sie einen Mann besaß, den sie liebte, der sie wiederliebte, und zwei gesunde Kinder, die nicht wußten, was Angst bedeutete? Wenn sie zwar keinen Reichtum, aber doch auch keine finanziellen Sorgen kannte? Und wenn ihre eigene Gesundheit nach gefährlicher Krankheit zurückgekehrt war? War das nicht viel, sehr viel?

Jede Ahnung, daß das Ganze irgendwie nicht war, was es schien, daß irgend etwas leise und unsichtbar an den Grundfesten nagte, war Unsinn. Unsinn . . .

Und Elizabeth beugte sich nieder, um Maires Geheimnis anzuhören.

»Ich denke, wir werden ihnen Käse und Crackers zu den Drinks anbieten«, sagte Constance, »oder glaubst du, Sandwiches wären besser?«

»Wem – ach so, den Brents?« Sekundenlang war Elizabeth verblüfft, denn sie und Oliver hatten Lucy und Steven nie mit großen Umständen empfangen. Meistens saß man einfach gemütlich herum und plauderte, bis jemand, meistens war es Oliver, gegen Mitternacht fragte: »Wollen wir mal nachsehen, was es im Eisschrank gibt?« Und dann fand ein allgemeiner Auszug in die Küche statt, ohne daß der Faden des Gesprächs auch nur einen Au-

genblick abriß.
Aber Constance Ives würde für solche dem Zufall überlassene Gesellschaften kein Verständnis haben. Als Stütze ihrer kranken Mutter, die sie fast zwanzig Jahre lang gepflegt hatte, hatte sie gelernt, daß man jede gesellschaftliche Situation eisern beherrschen konnte, wenn alles im voraus arrangiert wurde.
Constance hatte unmerklich die Augenbrauen gehoben und wartete geduldig auf Elizabeths Antwort. Die Lider der blaßgrauen Augen waren dick und weiß und stets ein bißchen gesenkt, als ob sie in ein starkes Licht blickte. Oder als ob Constance, so hatte Elizabeth einmal gedacht, ihre Geheimnisse unter diesen blassen Lidern verbarg und man nicht wissen konnte, wann sie sich plötzlich einmal weit öffnen und ihre Geheimnisse preisgeben würden.
Sie brachte ihre Gedanken schuldbewußt zu Constances Frage zurück. »Oh – Käse und Crackers, denke ich. Ist das nicht einfacher?« – »Darum handelt es sich nicht«, versetzte Constance sanft, und Elizabeth empfand die Worte als einen freundlichen Tadel. »Ich war nicht sicher, was du ihnen gewöhnlich anbietest.«
»Käse und Crackers«, sagte Elizabeth gelassen und zog den Reißverschluß ihres Kleides zu, »erstens weil ich faul bin und zweitens weil es wirklich einfacher ist.«
Constance erhob sich und ging langsam zur Tür des Schlafzimmers hinüber, unsicher zögernd, als ob sie noch etwas sagen wollte. Elizabeth fragte fröhlich: »Schaut mein Unterrock nicht hervor?« und Constance errötete und schüttelte ihren Kopf.
»Das ist das erste Mal, daß du wieder eine richtige Einladung gibst, seit – ich meine – glaubst du wirklich, du mußt Schwarz ...«
Von unten, wo Oliver die Cocktails vorbereitete, klang entfernt das Klappern der Eiswürfel herauf. Elizabeth unterdrückte eine unwillkürliche ärgerliche Aufwallung und sagte ruhig: »Ich habe immer sehr viel Schwarz getragen, weil es mir gut steht. Himmel, Constance, du dachtest doch nicht, ich wolle Trauer ...?«
Die leichte Röte auf Constances schmalem Gesicht vertiefte sich. Unglücklich murmelte sie: »Nein, ich dachte nur – ich – ich will lieber in der Küche nach dem Rechten sehen«, und sie stolperte hastig davon.
Das muß aufhören, dachte Elizabeth, während sie ihre Ohrringe befestigte. Das muß aufhören, oder ich werde sehr bald wirklich nicht mehr normal sein ...
Später dann glitt der Abend an ihr vorüber – ein Wirrwarr von

Bildern, Eindrücken, Stimmen. Lucys Gesicht, schmal, lächelnd, elegant; Lucys Stimme, lebhaft und voll unterdrückter Erleichterung: »Schau bloß, Steven, sie sieht ja blendend aus!« Und Steven, freundlich und ruhig wie immer: »Natürlich sieht sie blendend aus. Sie wird bald wieder ein Buch für uns schreiben, nicht wahr, Elizabeth? Hast du die Schreibmaschine schon hervorgeholt?«
Im Hintergrund Constance, die es geschickt verstand, dem Plaudern und Lachen der andern den Vorrang zu lassen, genau wie sie früher der Krankheit und den Arzneien ihrer Mutter den Vorrang gelassen hatte.
Und, am wichtigsten von allen, Oliver, der vollendet oben Gastgeber spielte. Oliver, der kurz vor Mitternacht auf die Uhr schaute und dann zu ihr herüberkam, ruhig und fest, als ob nur sie beide im Zimmer wären, und leichten Tones sagte: »Ins Bett mit dir. Befehl des Doktors, weiß du . . .«
Bis zu diesem Augenblick hatte Elizabeth keine Müdigkeit verspürt, doch nun, ganz plötzlich, fühlte sie, wie ihre Stirn vor Anstrengung feucht wurde und ihre Schläfen hämmerten. Der übliche Wirbel folgte. Gute-Nacht-Wünsche und Dank und Entschuldigungen, und oben in ihrem Zimmer Olivers Kuß, so heftig und plötzlich, daß er sie fast schmerzte. »Sei vorsichtig, hörst du, Liebling? Ich will nicht, daß du dich zu früh anstrengst und alles wieder aufs Spiel setzt. Warte . . .«
Er ging zu ihrem Toilettentisch hinüber, und Elizabeth, allzu jäh der Wärme seiner Arme beraubt, sagte müde und glücklich: »Aber ich brauche keine Tablette, Liebling. Wirklich nicht.«
»Glaubst du? Ich weiß es besser.« Oliver ging rasch ins Badezimmer, füllte ein Wasserglas und kehrte zurück, um Glas und Tablette gebieterisch vor sie hinzuhalten. Elizabeth lachte leise. »Du willst doch nicht, daß ich einschlafe, während ich mich ausziehe? Dieser Reißverschluß verlangt einen sehr klaren Kopf. Ich werde sie schlucken, wenn ich im Bett liege. Und überhaupt gehst du jetzt besser wieder hinunter, du bist schon viel zu lange fortgeblieben.«
Das Schlafzimmer mit seinen breiten, weißen Betten und den dicken seegrünen Teppichen am Boden atmete Frieden und Behaglichkeit; die üppigen kupferfarbenen Vorhänge schlossen die wilde, stürmische Nacht aus. Im genießerischen Bewußtsein von Ruhe und erfüllter Pflicht legte sich Elizabeth zufrieden aufs Bett, ohne sich auszuziehen; erst noch eine Zigarette, dann eine heiße

Dusche, dann schlafen ...
Zum erstenmal seit Wochen war sie imstande, sich selbst auszulachen; zum erstenmal seit Wochen vermochte sie aus einem wirren, quälenden Traum zur beglückenden Wirklichkeit aufzuwachen. Sie war wieder gesund – und das waren alle Vitamintabletten und alle Schlafpillen der Welt wert.
Sie drückte ihre Zigarette aus und zündete verträumt eine zweite an. Mitten darin sprang unten in der Auffahrt ein Motor an, Stimmen und Abschiedsrufe hallten in der klaren Luft wider. Nach einigen Augenblicken knarrte die Treppe, behutsame Fußtritte näherten sich und gingen vorbei. Constance.
In einigen Minuten würde auch Oliver heraufkommen – oder vielleicht trank er noch einen letzten Kognak vor dem Kaminfeuer. Elizabeth stand auf und glättete ihr schwarzes Kleid. Es muß ihm aufgefallen sein, dachte sie, wie verändert ich die ganze Zeit über war. Es ist nur recht und billig, wenn er auch erfährt, daß ich wieder zu Verstand gekommen bin. Sie öffnete die Schlafzimmertür und ging die Treppe hinunter, im glücklichen Bewußtsein, daß sie noch immer, nach fünfjähriger Ehe mit zwei Kindern, die friedlich im Nebenzimmer schliefen, unvermittelt zueinander kommen und die ganze Seligkeit des ersten Tages wiederfinden konnten.
Doch Oliver saß nicht vor dem Kaminfeuer. In der Glastür, die auf die geschlossene Veranda führte, erblickte sie die Silhouette seiner Schulter. Im nächsten Augenblick verschwand sie aus ihrem Blickfeld, als ob er sich ganz unvermittelt vorgebeugt hätte. Elizabeth hatte eben ihre Hand auf die Türklinke gelegt, als sie plötzlich Olivers Stimme hörte. Sie klang langsam und bitter. Er sagte: »Das ist alles sehr schön und gut – und du weißt, wieviel es mir bedeutet. Aber«, ein harter Laut ertönte, als wäre eine Hand mit verzweifelter Gebärde auf den Tisch gefallen, »was tun wir nur mit Elizabeth?«

2

Ja – was in aller Welt tun wir mit Elizabeth ... Das Echo der Frage durchzuckte Elizabeth wie ein heftiger Stich, um ebenso rasch zu verklingen, denn jetzt blieb ihr keine Zeit dafür. In der kleinen Zeitspanne zwischen dem Augenblick, da ihre Hand die Türklinke berührt hatte, und dem Augenblick, da Olivers Worte zu ihrem Bewußtsein gedrungen waren, hatte sich die Klinke unter ihrer Hand gesenkt. Mit einem knarrenden Geräusch. Elizabeth stieß die Türe auf und trat auf den goldfarbenen Spannteppich des Verandabodens. Sie mußten sich unglaublich rasch voneinander gelöst haben. Lucy Brent stand am Ende des langen, schmalen Raums, gegen den eingebauten Bücherschrank gelehnt. Oliver, zwei Schritte von ihr entfernt, zerdrückte eben eine Zigarette im Aschenbecher und blickte mit überraschter und erfreuter Miene hoch. Dies war eine Lage, wo alle Erfahrung, alles Wissen versagten. Wie sollte man sich so verhalten, wenn man aus angenehmen Träumen so jäh, so grausam jäh zur häßlichen Wirklichkeit erwachte? Elizabeth tastete sich sorgfältig vor: »Mir ist noch ein Nachtrag zum Befehl des Doktors eingefallen – ein Glas Bénédictine vor dem Schlafengehen. Habt ihr mir etwas übriggelassen?«

»Natürlich – ganze Mengen.« Hatte nicht Lucys Stimme zuerst wie ein Seufzer geklungen, wie ein Aufatmen aus gepreßter Kehle? Überleg dir das später, das ist wichtig. Während Oliver einschenkte, sagte er: »Hier . . .« und dann: »hast du deine Tablette nicht genommen?«

»Nein . . .« Wieviel besser, wenn sie es getan hätte. Und wie befremdlich von Oliver, es so zu drehen, halb zärtlich, halb vorwurfsvoll. Wie befremdlich oder . . . wie klug!

»Steven ist schon gegangen, er hat wieder einmal ein Manuskript durchzulesen, das morgen früh fertig sein muß. Ein scheußlicher langer Wälzer«, meinte Lucy kritisch. »Er hat mich deswegen schon gestern abend im Stich gelassen – aber das ist eigentlich kein Grund, warum ich noch hierbleiben und euch so lange aufhalten soll.«

»Unsinn«, murmelte Elizabeth. Es fiel ihr schwer zu sprechen; hörte man, wie atemlos sie war? Spürte Oliver, knapp einen Meter von ihr entfernt, das langsame, dröhnende Pochen ihres Herzens? »Ich gehe ohnehin gleich wieder hinauf. Auf bald, Lucy.«

Der Abschied war abrupt, gewiß, doch es war alles, was sie zustande brachte: ihr halbgeleertes Glas auf den Tisch zu setzen, beiden zuzulächeln, die Türe ruhig hinter sich ins Schloß zu ziehen. Draußen erwachte das Echo sprunghaft zu neuem, schrecklichem Leben und begleitete sie unsichtbar die dunkle Treppe hinauf und in ihr Schlafzimmer.
Was tun wir mit Elizabeth?

Olivers Wagen fuhr weg und kam nach kurzer Zeit zurück. Immer noch bis zum äußersten Nerv angespannt, lauschte Elizabeth auf das Hin und Her seiner Schritte, während er die Türen verriegelte, die Lichter ausdrehte und dann die Treppe heraufstieg. Er ging vorsichtig auf Zehenspitzen durch das Schlafzimmer; im Badezimmer wurde das Licht angedreht, ein Glas klirrte, das kräftige Geräusch der Zahnbürste klang herüber. Als das Licht schließlich ausgedreht wurde und Oliver leise an ihrem Bett vorbei zu seinem eigenen ging, hielt sich Elizabeth still wie eine Tote unter ihrer Decke. Jetzt war nicht der richtige Augenblick, davon zu sprechen oder auch nur daran zu denken … nicht jetzt, da noch immer ihr ganzer Körper unter dem Schock schmerzte und bebte. Sie versuchte leicht zu atmen und einen plötzlichen Hustenreiz zu unterdrücken. Zu spät …
Augenblicklich kam Olivers Stimme aus dem Dunkel: »Elizabeth?«
»Ja?« – schleppend, schläfrig, als wäre sie gerade aus tiefstem Schlummer emporgetaucht.
»Du bist wach, nicht wahr? Ich kann das Weiße deiner Augen sehen.«
»Ja, jetzt gerade bin ich aufgewacht. Ich werde gleich wieder schlafen.«
Sie hörte das Rascheln der Leintücher, als Oliver sich auf seinem Ellbogen aufrichtete. »Du bist zu lange aufgeblieben heute. Sei lieber vorsichtig für den Anfang.«
War es möglich, fragte sich Elizabeth erstaunt, daß er sie weckte, wie er dachte, um ihr mehr Schlaf zu empfehlen? War es vielleicht sogar möglich, daß er sie verschleiert tadeln wollte, weil sie nicht oben geblieben war, wohin er sie sorgfältig gebracht hatte? Sie sagte ruhig: »Es war nett, Steven und Lucy wieder einmal hier zu haben.«
»Ja, sehr nett«, gab Olivers Stimme lässig zurück. Er legte sich wie-

der hin und zog behaglich die Decke zurecht. »Die beiden sind wirklich sympathisch.«
Wirklich sympathisch.
Und: ... Was tun wir mit Elizabeth?
Kurz vor der Morgendämmerung begann der erste Schnee des Winters zu fallen.
Elizabeth erwachte über dem Wispern und Raunen des wechselnden Windes und vermochte nicht wieder einzuschlafen. Ihr Geist war zu einem Resonanzboden geworden, endlos widerhallend von den Worten, die sie Oliver hatte sagen hören. »Du weißt, wieviel es mir bedeutet ...« wie ein Mann, der hinter Gitterstäben die lockende Freiheit erspäht. Und dann die zerschmetternde, die brutale, die unglaubliche Frage: »Was tun wir mit Elizabeth?« ... An Lucy gerichtet, was einen doppelten Verrat bedeuten mochte.
Oliver war bereits um halb acht Uhr rasiert und fertig angezogen, wobei er wesentlich mehr Lärm machte als sonst. Elizabeth lag seitlich zusammengerollt im Bett; sie hätte gerne die Wolldecke höher gezogen, um sich gegen den Zug schneekalter Luft vom Fenster her zu schützen, doch wenn man vorgab, tief zu schlafen, war dies nicht gut möglich. Eine Krawatte sauste durch die Luft, die Schranktür wurde mit einem Ruck geschlossen; sekundenlang herrschte aufmerksame Stille, dann kam Oliver durch das Zimmer und trat an ihr Bett. Er zögerte. Mit äußerster Anstrengung fuhr Elizabeth fort, ruhig zu atmen, und wurde endlich durch das Geräusch der sich sacht schließenden Türe belohnt. Sie setzte sich auf, lehnte sich gegen die Kissen und zündete sich die Zigarette an, die Hathaway, ihr Arzt, ihr vor dem Frühstück streng verboten hatte. Zwei Möglichkeiten gab es ...
Erstens einmal konnte es natürlich eine ganz andere, eine harmlose Erklärung für den Vorfall geben. Doch weshalb hatte sie dann dieses Gefühl des Unbehagens, ja fast der Angst verspürt? Diese seltsam unheimliche Vorahnung? Und wenn es eine harmlose Erklärung gab – hätte Oliver sie nicht gestern abend abgegeben? Zweite Möglichkeit: der Vorfall bedeutete genau das, was er zu bedeuten schien ... Lucy Brent war eine sehr reizvolle Frau, ein elegantes Geschöpf mit einer seltsam schillernden Anziehungskraft. Und Lucy Brent fühlte sich in ihrer Ehe nicht ganz glücklich – wenigstens vermutete Elizabeth dies; Stevens Gehalt als Mitarbeiter in einem Verlag war kaum so extravagant wie Lucys Geschmack und Neigungen. Lucy war eine klassische Vertreterin je-

ner rastlosen Frauen, die in kinderloser Ehe leben, unruhig, anspruchsvoll, gelangweilt . . .
Aber . . . Lucy? War es möglich – Lucy?
Und selbst wenn die zweite Möglichkeit zutraf, selbst wenn Olivers Worte genau das bedeuteten, was sie befürchtete – selbst dann war es nicht einfach. Es blieb das Problem Lucy – Steven, und es blieben vor allem die beiden Kinder. Kinder, die Liebe, Wärme und Geborgenheit so selbstverständlich entgegennahmen wie Sonne, Mond und Sterne oder wie ihr tägliches Frühstück. Durfte man sie Vertrauen lehren, um sie dann später in den grausamsten aller Kämpfe zu stoßen?
Vorsicht, dachte Elizabeth, Vorsicht.
Es geht nicht nur um dich.
Natürlich würde sie wieder mit Lucy zusammentreffen müssen. Zufällig und ganz freundschaftlich, doch aus der veränderten Perspektive heraus, die ihr das Wissen um gestern abend verlieh. Wenn das geschehen war, wenn sie Lucy und Oliver nochmals zusammen beobachtet hatte, würde sie besser wissen, was sie zu tun hatte.
Im Eßzimmer saß Constance beim Frühstück und verzehrte beträchtliche Mengen Toast und Marmelade mit jener hingebungsvollen, verhaltenen Gier, die Elizabeth immer wieder verblüffte. Constance legte Wert darauf, erst nach Oliver zu frühstücken. Es war fast, als ob sie ihm den peinlichen Anblick der Speisen ersparen wollte, die er bezahlt hatte und die sie verbrauchte. Oliver hatte einmal gefragt: »Glaubt sie eigentlich, ich würde ihr die Butter vor der Nase wegschnappen, oder was?« Und Elizabeth hatte ernsthaft geantwortet: »Es gibt Leute, die stets ein scharfes Auge auf die Speisekammer haben, weißt du. Constances Mutter war eine solche Frau . . . Laß sie zufrieden, sie fühlt sich nun einmal freier so.«
Sie lächelte ihrer Cousine zu und fragte: »Noch eine Tasse Kaffee, Constance?« und Constance steckte sorgfältig den letzten Bissen Toast in den Mund, legte die Serviette weg und schickte sich an aufzustehen. »Ich hole dir gleich frischen, Elizabeth, nur einen Augenblick . . .«
Als ob das bescheidene Gehalt, das sie ihrer Cousine aufgezwungen hatte, diese in einen Dienstboten verwandelte, dachte Elizabeth ärgerlich. Sie sagte: »Bleib doch sitzen, Constance, ich hole ihn selber«, und ging in die Küche.

Noreen Delaney war damit beschäftigt, Stiefel und Fausthandschuhe zusammenzusuchen, während die Kinder ungeduldig zappelnd warteten. Sie blickte auf. »Guten Morgen, Mrs. March. Ist der Schnee nicht herrlich? Ich dachte, ich will gleich mit ihnen losziehen und einen Schneemann bauen, wenn sie dabei nicht zu naß werden.«
»Das werden sie bestimmt, weil das der Hauptspaß dabei ist«, sagte Elizabeth lächelnd. »Fort mit euch! Ich komme bald nach und löse Sie ab, Noreen.«
Warum hatte sie dies gesagt? Aus dem natürlichen Impuls heraus, das Entzücken am ersten Schnee mit den Kindern zu teilen? Oder wollte sie, im Bewußtsein der Gefahr, die über ihnen schwebte, alle Liebe, alle Freude sammeln, die sie finden konnte? Die Küchentür schloß sich hinter ihnen, ihre lachenden Stimmen erfüllten die klare Luft mit frohem Lärm. Im Eßzimmer sagte Constance über die Kaffeetassen hinweg: »Du siehst blaß aus, Elizabeth. Hoffentlich war der Abend gestern nicht zu viel für dich – wie hast du geschlafen?«
Ja, wie hatte sie eigentlich geschlafen? Seltsam genug: sie hatte wirklich geschlafen, die Müdigkeit des Körpers war stärker gewesen als die Gedanken. – »Sehr gut«, sagte Elizabeth. »Und du?«
»Danke, ganz gut, wie immer.« Constance runzelte die Stirn. »Mir war, als ob ich einen Wagen wegfahren hörte, nachdem die Brents schon gegangen waren. Ich fragte mich, ob etwas geschehen sei, und schlief dann wieder ein.«
Ihr Ton klang abschließend, doch die blaßgrauen Augen unter den schweren Lidern ruhten in stummer Frage auf ihrem Gegenüber. Elizabeth zog sich hinter ihre Kaffeetasse zurück und sagte gleichgültig: »Oh – das war nichts Besonderes. Steven ging früher weg, er hatte ein Manuskript zu lesen. Und Lucy blieb noch eine Weile, weil sie mitten in einem Wortgefecht mit Oliver steckte.«
»Und – hat sie gewonnen?« Constance faltete mit unbeweglicher Miene ihre Serviette zusammen. »Das Wortgefecht, meine ich?«
Sie wußte alles . . .
Sie kann es nicht wissen, dachte Elizabeth zornig, sie kann es unmöglich wissen. Sie ist klug, gewiß, doch sie ist kein lebendes Radargerät. Sie setzte die Kaffeetasse ab und zuckte die Achseln. »Da müßtest du Oliver fragen – ich war zu müde, um mich darum zu kümmern. – Fährst du heute morgen in die Stadt?«

Drei Uhr nachmittags. Das Haus war leer und still – viel zu still. Noreen, die die frische weiße Winterwelt fast ebensosehr zu genießen schien wie die Kinder, war mit Maire und Jeep spazierengegangen. Constance hatte den Wagen genommen und war ins Dorf gefahren, um bei Mr. Willett, dem Lebensmittelhändler, Einkäufe zu machen und das wichtigste Problem des nächsten Bratens zu erörtern. Von Lucy Brent, die abends zuvor etwas von einer Auktion gesagt hatte, hatte sie nichts gehört.
Konnte ein Haus, das eigene, behagliche, vertraute Haus zudem, so leer, so unglaublich leer erscheinen? War es nicht vielmehr die Leere in ihrem Innern, die sie frösteln ließ? Kurz vor vier Uhr hielt Elizabeth es nicht mehr aus, die Wände drohten sie plötzlich zu erdrücken. Sie zog Stiefel und Mantel an, legte eine kurze Notiz auf den Küchentisch und flüchtete in die klare, frostige Stille des Wintertages.
Spuren im Schnee, verwischte Eindrücke von kleinen stampfenden Füßen, ein halb vollendeter Schneemann – werde nicht sentimental, mahnte sie sich energisch und schlug ein rasches Tempo an. Das Grundstück der Marchs war groß: breite weiße Flächen, die im Sommer zu Rasen und Blumenbeeten wurden, ein bewaldeter Hügel, Himbeerbüsche, eine Weinlaube. Und oben auf dem Hügel, in großzügiger Geste erbaut, als Elizabeth ihr erstes Buch verkaufte, das Studio.
Sie hatte es nicht mehr betreten, seit sie aus dem Krankenhaus zurückgekehrt war. Der Schlüssel lag noch immer unter der untersten Holzstufe. Elizabeth schloß die Tür auf und ließ sie hinter sich offenstehen, denn die Luft des Raumes roch dumpf und schwer, fast modrig. Ihre Augen wanderten zur Schreibmaschine, die auf dem kleinen Tisch am Fenster stand, und es berührte sie fast unheimlich, daß noch das gleiche Blatt Papier dort eingespannt war und endlos auf das Ende eines Satzes zu warten schien . . . Geblümte Chintzvorhänge an den breiten Fenstern, eine Couch, ein übervolles Büchergestell, ein behaglicher Lehnstuhl: es war ein freundlicher Raum, hell und freundlich, weit genug vom Haus entfernt, um eine kleine Welt für sich zu sein. Bei einer kleinen Stehlampe stockte ihr Blick. Lucy hatte sie ihr geschenkt. Der jähe Impuls, die Lampe zur offenen Tür in den Schnee hinaus zu werfen, überkam sie plötzlich.
»Elizabeth?«
Sekundenlang hielt Elizabeth den Atem an. Dann wiederholte je-

mand ihren Namen knapp hinter ihr, und Steven Brents Kopf erschien in der offenen Tür. »Zutritt für Verleger nicht gestattet, ich weiß, aber ich habe dir ein paar Bücher zurückgebracht und deinen Zettel auf dem Küchentisch gesehen. Da wollte ich bloß rasch hereinschauen und fragen, ob wir dir gestern abend nicht zuviel zugemutet haben.«

Zuviel zugemutet haben – was für ein unglücklich gewählter Ausdruck, dachte Elizabeth, während sie die passende höfliche Phrase murmelte. »Komm doch herein, Steven – oder besser nicht, es ist die reinste Eishöhle. Gehen wir lieber ins Haus zurück und trinken wir dort ein Glas Sherry.«

»Danke, ich kann nicht bleiben.« Dennoch ging er nicht sofort. Er sagte, er würde Elizabeth gerne mit dem Direktor von Hornham, seinem Verlag bekanntmachen, und ob er einmal eine Verabredung zum Lunch treffen könnte? Elizabeth stimmte zerstreut zu. Sie hatte eine seltsame, wohl unbegründete Ahnung, daß Steven aus einem andern Grunde hergekommen war, daß er ihr etwas hatte sagen wollen und im letzten Augenblick seine Absicht geändert hatte.

Bücher zurückgebracht – warum war Lucy nicht selber gekommen? Weil sie dir jetzt gerade nicht unter die Augen treten will, natürlich, und das bedeutet genau das, was du denkst . . .

Steven stand neben dem Lehnstuhl und lächelte ihr zu. Sein Gesicht hatte den angespannten Ausdruck verloren, er sah müde und wieder ein bißchen scheu aus. »Du solltest lieber zurückgehen, bevor du dir eine Lungenentzündung holst, Elizabeth. Ich möchte nicht, daß Oliver . . .«

»Was möchtest du nicht?« fragte Oliver von der offenen Tür her. »Hallo, ihr beiden. Hast du das Studio wieder eingeweiht, Elizabeth?« Seine Stimme klang leicht und gelassen; nur sekundenlang sprachen seine Augen das Gegenteil.

Schweigend, mit hocherhobenem Kopf und zutiefst bestürzt ging Elizabeth zwischen den beiden Männern den Hügel hinunter.

War das Haus zuvor leer gewesen, so war es jetzt voller Leben. In der Küche stritten sich Maire und Jeep unter heftigen Zornestränen, übererregt durch ihren ersten Tag im Schnee. Noreen suchte verzweifelt zu besänftigen und zu schmeicheln, während sie Stiefel und Norwegeranzüge wegräumte und Wasser zum Kochen aufsetzte. Constance packte ihre Einkäufe aus und begann eine gemessene Anklagerede gegen den Metzger. Steven, der zu Fuß gekommen war, wurde überredet, doch zu einem Cocktail zu bleiben und Lucy anzurufen, sie möchte ihn mit dem Wagen abholen.

Elizabeth erinnerte sich später besonders deutlich an den Augenblick, als Oliver sie in das Eßzimmer zog und auf einen silbernen Krug auf der Anrichte wies. »Rosen«, sagte er kurz.

Ja, es waren wirklich Rosen, ein Dutzend kostbarer roter langstieliger Rosen, warm und zärtlich über der silbernen Kühle des Kruges ...

Rosen und eine frühe Heimkehr – war dies ein gutes oder ein schlechtes Omen? Elizabeth kümmerte sich nicht darum. Beim Anblick von Olivers Gesicht schnürte sich ihr die Kehle zusammen; er glich in diesem Augenblick so sehr dem kleinen Jeep, wenn er versucht hatte zu helfen und dann alles verdorben hatte – halb trotzig, halb traurig. Sie murmelte glücklich: »Danke schön« und blickte Oliver voll in die Augen. »Du solltest sehen, was den Männern zustößt, die mir Rosen bringen.«

»Ich weiß, schreckliche Dinge«, sagte Oliver mit veränderter Stimme. »Geh dich kämmen, dein Haar ist voll Schnee.«

Sie blieb noch eine Weile stehen. Mit sachten Händen ordnete sie die Rosen, streichelte die seidigen Blätter und ließ sich durch die Geräusche, die sie umgaben, einlullen. Oliver kam zurück mit hochgezogenen Brauen und fragte: »Trinken wir Whisky? Der Gin ist schon wieder alle.« In der Küche schimpfte Constance über die Launen des Backofens, Noreen rief bittend: »Maire, Liebling, bitte nicht – artige kleine Mädchen tun das nicht«, und ein lautes Krachen bewies, daß Maire kein artiges kleines Mädchen war. Jeep quietschte begeistert, und Stevens Stimme überstieg den Tumult mit Anstrengung: »Ich glaube bestimmt, das ist unser Wagen.« Alles war laut, normal, vertraut ... oder täuschte sie sich? Das ist ja Unsinn, dachte Elizabeth mit plötzlicher Klarheit. Später werde ich zurückblicken und mich wundern, wie ich je so närrisch sein konnte. Sie zuckte zusammen. Ihre Finger hatten sich allzu jäh zwischen den Rosen bewegt, und drei der purpursamtenen Blätter schwebten lautlos zu Boden.

Als sie später wirklich zurückblickte, wußte sie, daß sie keine Närrin gewesen war. Später kontrollierte sie auch mit der Uhr, wie lange sie für Puder und Lippenstift und Kamm brauchte, und wußte, daß nicht ganz sieben Minuten verstrichen waren zwischen dem Augenblick, als sie hinaufging, und dem Augenblick,

als sie wieder hinunterkam und dem seltsam unheimlichen Schweigen begegnete.
Im Eßzimmer sagte Lucy Brent: »Oh, welch ein Jammer . . .« und Constance: »Ein Wunder, daß nicht das Ganze umgekippt ist.«
Olivers Stimme klang erschreckend fremd und grimmig: »Ich will die Bescherung lieber fortschaffen«, und Noreen antwortete hastig: »O nein, Mr. March, ich habe schon alles mitgebracht.«
Elizabeth ging durch das Wohnzimmer, ohne einen von ihnen anzusehen. Unter der offenen Tür zum Eßzimmer blieb sie stehen – ungläubig, einen Herzschlag lang verzweifelt ungläubig, umfaßte ihr Blick die dunkelrote Flut von Rosenblättern, die den Boden färbte, die kopflosen Blütenstengel, die kahl und nackt aus dem silbernen Krug ragten.

3

»Sei doch vernünftig!« sagte Oliver eine halbe Stunde später mit müder Stimme. »Ein scheußliches Pech, das gebe ich zu – doch eine Tragödie ist es auf keinen Fall. Die Kinder . . .«
»Die Kinder würden nie so etwas tun. Jeep ist zu klein, um hinaufzulangen, und Maire würde es gar nicht einfallen.«
»Gut – würde es Lucy oder Steven einfallen? Oder Constance oder mir? Oder dir?«
Mir nicht, dachte Elizabeth verzweifelt. Drei Blätter, das war alles, ich habe sie gezählt. Wenn ich das nicht sicher weiß, dann weiß ich überhaupt nichts sicher. Ich bin gleich danach hinaufgegangen – das bin ich doch . . .?
Oliver erhob sich ungeduldig und trat zum Fenster; seine Stimme klang gedämpft. »Das Ganze ist ein Rätsel – warum ist es überhaupt so verdammt wichtig?«
»Mir scheint es nicht unwichtig«, versetzte Elizabeth kalt, »wenn jemand einem Dutzend Rosen die Köpfe abschlägt. Wenn du dir's überlegst – ist das nicht recht ungewöhnlich?«
Eine lastende Stille folgte, dann begann Constance zaghaft: »Unglücksfälle, weißt du . . .« und es war, als hätte sie überhaupt nichts gesagt.
Oliver fuhr herum und sah Elizabeth lange und forschend an. »Gut«, sagte er dann abrupt, »bringen wir die Sache ins reine, wenn

dir soviel daran liegt. Ich werde Maire nochmals fragen.«
Die Szene, die folgte, erfüllte Elizabeth mit bitterem Abscheu. Maire, die bereits erklärt hatte, nichts von den Rosen zu wissen, bestritt ihre Schuld mit wachsender Heftigkeit. Oliver wiederholte geduldig: »Es macht alles nichts, Liebling, niemand wird dich schelten, wir wollen es bloß wissen, und dann vergessen wir es wieder . . .«, bis Maires verwirrtes Gesichtchen sich dunkelrot färbte und sie in hilfloses Schluchzen ausbrach, weil ihre ganze kleine Welt sich jählings auf den Kopf gestellt hatte und sie nicht wußte, wie sie sich verteidigen sollte.
Elizabeth rief endlich: »So hör doch auf! Siehst du nicht, daß sie die Wahrheit sagt?«
Noreen war in schweigender Mißbilligung die Treppe hinaufgegangen, um Jeep ins Badezimmer zu bringen. Oliver küßte Maire, schwang sie auf die Schultern und trug sie hinauf. Constance sagte langsam: »Glaubst du nicht, daß Noreen, aus Unachtsamkeit vielleicht – sie schien so aufgeregt, als sie aufwischte.«
Elizabeth schüttelte den Kopf. »Nein, wenn du mit ihr gesprochen hättest . . .«
Draußen in der Küche hatte Noreen die köstliche rote Flut in den Eimer geschüttet und mit offenem Gesicht zu Elizabeth aufgeblickt. »Es tut mir so leid, Mrs. March – ich versuchte, alles wegzuschaffen, bevor es jemand sehen konnte.«
In Elizabeth flackerte leise Hoffnung auf. »Oh, ich verstehe. Sie . . .«
Noreen errötete, ihre Augen weiteten sich erschrocken. »Nein, Mrs. March, ich war es nicht. Ihre schönen Blumen – ich kann mir nicht vorstellen, wie es geschehen konnte.«
Beim Essen waren Constance und Oliver ein wenig gesprächiger als sonst und schienen fortwährend stumme, besorgte Botschaften auszutauschen – oder war dies bloß Einbildung? Elizabeth fand es schwer, ihren Gesprächen zu folgen. Sie lächelte mechanisch und nickte und fühlte sich, als ob sie eine Gastgeberin mit zwei schwierigen Gästen wäre. Und dann hatte sie noch den Abend zu überstehen, drei volle Stunden erzwungener Natürlichkeit, in denen sie sich benehmen mußte, als wäre nichts geschehen.
Als hätten nicht zwei grausame Hände absichtlich die Rosen zerrissen und verstümmelt.
Kein Unfall – o nein, das war kein Unfall, die nackten Stengel, die so ordentlich im Krug standen . . .

Das Buch, das sie gestern begonnen hatte – wo war sie stehengeblieben? Elizabeth blätterte automatisch nach der richtigen Stelle und starrte dann wieder durch das ruhige Zimmer.
Am Schreibtisch am andern Ende des Raumes hatte sich Constance zu ihrem abendlichen Zeitvertreib – dem Ausschneiden und Aufkleben von Rezepten – niedergelassen. Warm lag der Lampenschein auf dem blaßbraunen Haar, der langen Nase, den nachdenklichen Lippen, dem Kinn mit dem eigensinnigen Zug. Das ganze Profil wirkte wie eine Kamee, dachte Elizabeth: eine seltsame Mischung von Gier und Enthaltsamkeit, Naivität und kritischer ältlicher Strenge. Während sie noch hinsah, hielt Constance einen Ausschnitt hoch, runzelte nachdenklich die Stirn und ließ dann die Schere mit überraschender Heftigkeit auf das Papier fallen. Oliver lag behaglich ausgestreckt in seinem tiefen Ledersessel; er hielt den dunklen Kopf gebeugt und schien völlig in seine Zeitung versunken. Elizabeth konnte seine Augen nicht sehen, nur seinen Mund, der einen skeptisch-gespannten Ausdruck trug. Sie mußte sich beim Essen vorhin getäuscht haben; er hatte die Rosen bereits vergessen, er ...
Ohne Warnung, unvermittelt und überraschend, begegnete sie Olivers Augen über dem Rand der Zeitung hinweg. Es lag nichts Zufälliges in diesem plötzlichen, prüfenden Blick. Er tut dasselbe wie ich, dachte Elizabeth – während er vorgibt zu lesen, denkt er nach, fragt sich, grübelt ... Sie senkte die Lider und blätterte eine Seite um.
Zwei Alternativen: welche war häßlicher?
Sie war nicht gleich aus dem Eßzimmer gegangen, wie sie glaubte; sie war einfach dort stehengeblieben, und ihre Finger hatten rastlos einem unabhängigen, selbständigen Trieb gehorchend, den ihr Geist nicht registrierte, das Zerstörungswerk vollbracht.
Oder aber: jemand anderes war hereingekommen und hatte die Schönheit der Rosen geschändet. Wenn sie die schützende Hülle von dem Ausdruck »jemand anderes« wegnahm, wurde daraus Steven oder Lucy Brent – oder Constance – oder Oliver. Freilich blieb noch die Möglichkeit, daß Noreen log; doch wenn dies zutraf, dann konnte auch Maire lügen, und Maire log nicht.
Steven, Lucy, Constance – Oliver.
Ist es das: was tun wir mit Elizabeth?
Elf Uhr – die übliche Stunde, um schlafen zu gehen. Elizabeth stand auf und wunderte sich, wie rasch sie gelernt hatte, Komödie

zu spielen. Ein Gähnen, ein beiläufiges »Ich will einmal nach den Kindern sehen« zu Oliver hinüber. Oben im Korridor sagte Constance unvermittelt: »Du siehst schrecklich müde aus, Elizabeth. Warum bleibst du morgen nicht einmal den ganzen Tag im Bett? Das würde dir gut tun – nichts weiter als ein bißchen schlafen und lesen. Noreen wird gut mit den Kindern fertig, und alles andere kann ich besorgen.«
Elizabeth zwang sich ein Lächeln auf die Lippen. »Du bist so gut, Constance. Ich weiß nicht, was ich ohne dich angefangen hätte.«
»Unsinn«, entgegnete Constance munter und errötete. »Du weißt, wie gerne ich hier gewesen bin.«
Wie gerne ich hier gewesen bin – sollte das heißen, daß Constance sich mit der Absicht trug, das Haus zu verlassen?
Elizabeth ging den Korridor entlang zum Kinderzimmer und öffnete vorsichtig die Tür. Von Maire war nichts zu sehen als ein rosiggoldener Schimmer über der Decke und ein kleiner runder Arm; als Elizabeth näher trat, wäre sie beinahe über Jeep gestolpert, der friedlich schlafend auf dem Boden neben seinem Bettchen lag. Sie bückte sich, legte ihn in sein Bett und küßte sacht die warme Wange.
Heute abend bestand keine Hoffnung, Oliver zu täuschen, indem sie sich schlafend stellte; er war bereits im Schlafzimmer, als sie hereinkam. Elizabeth schlug ihre Bettdecke zurück und begann sich schweigend auszuziehen, Oliver nahm die Knöpfe aus seinen Manschetten, und fragte beiläufig: »Wann gehst du eigentlich das nächstemal zum Arzt?«
»Zum Arzt? Im Dezember, glaube ich – ich habe es irgendwo aufgeschrieben. Warum fragst du ...«
»Nur so. Glaubst du nicht«, Oliver zog seine Krawatte aus, »daß du schon früher gehen solltest?«
»Warum?« Jede Täuschung war sinnlos geworden, und außerdem wollte sie Klarheit haben, wollte wissen, ob sie sich die Schatten in Olivers Augen nur einbildete. Sie sagte sehr langsam: »Hathaway ist nur Gynäkologe weißt du, kein Psychiater.«
Stille. Oliver wandte sich heftig von der Kommode ab und nahm eine Zigarette vom Nachttisch, ohne Elizabeth anzusehen. Seine Stimme klang kühl: »Darf ich fragen, was du damit sagen willst?«
»Genau das.« Warum nur hatte sie das Gefühl, eine Hürde nehmen zu müssen? »Wie du richtig sagtest, ist die Sache mit den Rosen keine Tragödie. Doch sie ist nun einmal passiert, und leider

scheinst du das Gefühl zu haben, ich hätte es getan.«
Früher ist das nie vorgekommen, dachte sie, früher haben wir diese toten Augenblicke nicht gekannt, diese leeren Momente, wo wir uns weit voneinander entfernen und jede Verbindungslinie zerschnitten ist. Was ist nur geschehen, warum benehmen wir uns so?
Oliver schien sich die gleiche Frage zu stellen; er drehte sich um und sah sie an. »Elizabeth . . .«
Nein, sie wollte jetzt nicht weich werden, sie wollte sich nicht zwingen lassen zu denken, wie es früher gewesen war. Ruhig fragte sie: »Es ist doch so, Oliver, nicht wahr?«
Das Streichholz zwischen seinen Fingern flackerte und erlosch. Ohne ein zweites anzuzünden, sagte er, stockend und fast gequält: »Mein Gott, du hast – du hast dabei wohl einfach an etwas anderes gedacht. Jedermann tut das – reißt Blätter und Grasbüschel ab und zupft an Weidenruten, wenn er in Gedanken ist – das ist nun einmal so. Was zum Teufel«, Olivers Stimme wurde plötzlich heftig, fast zornig, »was zum Teufel macht es schon aus und warum müssen wir noch immer darüber sprechen? Ich bedaure, daß ich diese verdammten Dinger nach Hause gebracht habe.«
»Danke«, sagte Elizabeth tonlos in die plötzliche Dunkelheit, die dem Ausknipsen der Lampe folgte, »das hast du hübsch gesagt.«
»Ja – ich weiß. Tut mir leid. Vielleicht war das Ganze bloß der Trick eines schlauen Blumenhändlers. Denken wir nicht mehr daran.« Seine Stimme klang schläfrig. Elizabeth lag steif im Bett, und ihre Gedanken glitten zurück zum gestrigen Tag, zu dem leisen störenden Gefühl von Unbehagen, ähnlich der sachtesten aller Bewegungen im Hintergrund. Die Bewegung selbst und die Hand, die sie ausführte, hatte sie nicht festhalten können, doch der heutige Vorfall, die grausam verstümmelten Rosen, waren der greifbare Beweis dafür, daß sie sich die Bewegung nicht nur eingebildet hatte. Dies – und nicht Oliver und Lucy – war die Ursache ihres Angstgefühls . . .
Angst, obwohl sie geborgen in ihrem Bett lag, obwohl ihr Mann keine zwei Meter von ihr entfernt und ihre Kinder sicher und gesund nur durch die Wand von ihr getrennt schliefen . . . Angst, schlimmere Angst, als sie je zuvor empfunden hatte.
Es folgten Tage, an denen fast alles wie früher war. Fast alles – denn zwischen ihr und Oliver schien eine gläserne Wand emporzuwachsen. Wohl konnten sie sich durch die Wand hindurch

unterhalten und anlächeln, doch sie verschwand keinen Augenblick, sie war da, hart und kalt. Elizabeth vergaß sie ab und zu, bis sie wieder dagegen anstieß und sich wehtat.
Seltsam genug: trotz allem, trotz der verräterischen Worte, die noch immer in Elizabeths Geist widerhallten, fand sie in Lucy Brent eine willkommene Zerstreuung. Lucy war ein Wesen aus einer anderen Welt, ein munteres, entschlossenes, selbstsicheres Geschöpf. Wenn sie die winzige, subtile Veränderung in ihrer Beziehung bemerkte – und Lucys glänzenden dunklen Augen entging sehr wenig – so ließ sie sich nicht das geringste anmerken.
Lucy war da, als Elizabeth am 3. Dezember ihren Bankauszug erhielt. Sie sagte: »Du hast Glück – alles, was ich um den ersten herum bekomme, sind Rechnungen –« und stand auf. »Steven ist daheim, er fühlt sich elend, und ich sollte wirklich machen, daß ich nach Hause komme, um ihn aufzuheitern. Darf ich einmal rasch von hier aus den Drugstore anrufen?« – »Aber natürlich«, sagte Elizabeth zerstreut. Es war nur wenig Post, ein paar Werbebriefe für Oliver, und der Bankauszug. Hinter ihr am Telefon fragte Lucy nach dem Apotheker. Elizabeth schlitzte den langen braunen Umschlag auf, warf einen Blick auf den Auszug, der bedeutend geringer war, als sie gedacht hatte, und blätterte dann müßig durch die eingelösten Schecks. Constance, Barbezug, die Wäscherei, Noreen, Noreen, Noreen, nochmals ein Barscheck... und was war das?
Im ersten flüchtigen Augenblick dachte Elizabeth, es sei ein Scheck, den sie ausgeschrieben hatte, während sie noch im Krankenhaus lag; ihre Unterschrift sah mühsam aus, fast ein bißchen fremd. Sie löste den Scheck aus dem Bündel und untersuchte ihn näher, und jäh versanken Lucys Stimme und das Zimmer um sie herum vor der plötzlichen ungläubigen Aufmerksamkeit, die das kleine blaßblaue Papier in ihrer Hand erweckte.
Der Scheck war auf Mrs. Sarah E. Bennett, Noreens Vorgängerin, ausgeschrieben. Der Betrag über 35 Dollar, einen Wochenlohn. Er war auf den 29. Oktober datiert, und alles war in schönster Ordnung – abgesehen davon, daß Mrs. Bennett am 29. Oktober bereits seit drei Wochen nach Kanada abgereist war, um den Haushalt einer plötzlich verwitweten Schwester zu übernehmen – und abgesehen davon, daß die Handschrift auf dem Scheck nicht Elizabeths Handschrift war. Im ganzen waren drei solche Schecks ausgestellt.

4

»Was ist denn los?« fragte Lucy amüsiert. »Hast du dein Konto überzogen?«

»Wie ...? Nein, diesmal nicht.« Elizabeth begleitete Lucy zur Türe, ohne die Schecks aus der Hand zu legen. »Hoffentlich geht es Steven bald besser.«

Oben in der Halle war Constance mit dem Einräumen der Wäsche beschäftigt; aus dem Kinderzimmer drang fröhlicher Lärm, abwechselnd lautes Bumsen und Schreie des Entzückens. Niemand würde sie stören, für einige wenige Minuten war sie sicher und konnte die Schecks näher untersuchen.

Die Fälschung war äußerst sorgfältig vorgenommen worden. Es mußte Zeit und Geduld gekostet haben, um auch nur annähernd die flüchtigen Schlingen und Haken von Elizabeths Schrift zu kopieren. Sie ging zum Schreibtisch, holte einen alten Scheck heraus, der im September eingelöst worden war, und verglich ihn mit den Fälschungen – und ja, das »Sarah E. Bennett« war meisterhaft, sogar die leicht hingekritzelten Querstriche der »t« ... Bei Elizabeths Unterschrift war der Schreiber offensichtlich nervöser gewesen, doch auch sie hatte sich von Scheck zu Scheck gebessert. Während die erste jemanden, der ihre Schrift gut kannte, noch etwas fremd anmuten mochte, hätte die dritte jedermann getäuscht, selbst Oliver.

»Elizabeth?« rief Constance fragend vom obern Treppenabsatz herunter. Hastig steckte sie die Schecks in den Umschlag zurück und ging wie im Traum die Treppe hinauf, wo Constance mit tiefgekränkter Miene vor dem Wäscheschrank stand. »Ich glaube wirklich, Elizabeth, das kann mit der Wäsche nicht so weitergehen. Schau dir das bloß einmal an – sie haben schon wieder ein Leintuch zurückgeschickt, das gar nicht dir gehört.«

Sie hielt das falsch gelieferte Leintuch in die Höhe, und Elizabeth streifte es mit einem gleichgültigen Blick. »Oh – wenn es in gutem Zustand ist ...«

Constance war beleidigt. »Hier – fühl doch selber. Es ist aus ganz gewöhnlicher grober Baumwolle.«

Aus ganz gewöhnlicher Baumwolle – was geht mich das an, dachte Elizabeth flüchtig. Laut versetzte sie schuldbewußt: »Ich werde mit den Leuten sprechen, Constance. Wenn du das Tuch auf die oberste Lade legen willst ...«

»... wirst du es ganz bestimmt vergessen«, beendete Constance den Satz, und der Schatten eines Lächelns huschte über ihre Züge. »Nein, Elizabeth, wenn du nichts dagegen hast, werde ich mich lieber selber darum kümmern.«
Elizabeth mußte ihr darauf wohl eine passende Antwort gegeben haben, denn im nächsten Augenblick schon stand sie in ihrem eigenen Schlafzimmer und hatte die Türe hinter sich geschlossen. Das Leintuch war vergessen.
Sie setzte sich auf ihr Bett, nahm die drei Schecks aus dem Umschlag und drehte sie um. Ihr Herz pochte in langsamen, schweren Schlägen. Einhundertundfünf Dollar – das war recht bescheiden von dem, der sie gefälscht hatte. Die Empfangsbestätigung auf der Rückseite der Schecks war klein und hölzern hingekritzelt, in einer Handschrift, die Mrs. Bennetts kräftigem Zug in keiner Weise glich. Hier hatte der Fälscher nichts zu befürchten gehabt, denn Mrs. Bennett hatte ihre Schecks in der Bankfiliale des Dorfes eingelöst, während die Fälschungen in Elizabeths Bank einkassiert worden waren. Nummer 351, 353 und 354. Der Fälschungsversuch auf Nummer 352 war offenbar mißlungen.
Sie wußte, Mrs. Bennett hatte nichts damit zu tun – selbst wenn sie noch in der Nähe wäre und Elizabeth sie überrascht hätte, wie sie mit Schecks und Kohlepapier und Feder hantierte; nein, Mrs. Bennett, deren Abschied von Maire und Jeep von bitteren Tränen begleitet gewesen war, hatte nichts mit der Sache zu tun. Jemand anderes steckte dahinter. Jemand, der Zugang zu Elizabeths Scheckbuch im Schreibtisch des Wohnzimmers hatte. Jemand, der Gelegenheit hatte, einen eingelösten Scheck zu entwenden und den Betrag und die Art, wie sie Sarah Bennetts Namen einsetzte, zu kopieren. Eine Frau, die sich dann kurzerhand und frech als Sarah Bennett ausgegeben hatte.

Mr. Delbow, der erste Prokurist, sagte lebhaft: »Nun, Mrs. March, wenn ich Sie bitten darf, diesen Sperrauftrag zu unterzeichnen – nur eine Formalität, wissen Sie. In den nächsten Tagen schicken wir Ihnen dann die nötigen Dokumente zur Unterschrift.«
Während er Mrs. Oliver March beobachtete, die im kostbaren Pelz neben dem Schreibtisch saß und mit gesenktem Kopf ein Formular unterschrieb, wunderte er sich von neuem über ihr seltsames Verhalten. Seine Versicherung, daß die gefälschten Schecks keinen Verlust für sie bedeuteten – »wenn wir auf eine ge-

fälschte Unterschrift hin Geld auszahlen, liegt die Verantwortung bei uns, Mrs. March« – hatte nicht vermocht, die Farbe in das auffallend blasse Gesicht zurückzubringen. Und es war sehr schwer, in den Augen hinter dem kurzen schwarzen Schleier des Hütchens zu lesen. Er hatte sein möglichstes getan, die Spuren der falschen Mrs. Bennett festzustellen. Alle drei Schecks waren im Laufe von drei Stunden eingelöst worden, zwei in einer Filiale im West-End, einer hier im Hauptsitz der Bank. Die betreffenden Kassierer hatten alle Mrs. Bennetts Adresse auf die Rückseite der Schecks geschrieben; in keinem der Fälle jedoch war die vorgewiesene Legitimation notiert worden.

Als ihm Elizabeth den Kugelschreiber zurückgab, sagte Mr. Delbow: »Das bedeutet natürlich, Mrs. March, daß die Person mit den Schecks irgendeine Legitimation besaß, die Mrs. Bennett gehörte. Andernfalls wären die Schecks überhaupt nicht eingelöst worden.«

Elizabeth nickte schweigend. Der Prokurist erklärte dann, daß die Bank natürlich etwas unternehmen werde, doch die Chance, die Schuldige zu finden, sei gleich null, wenn es sich nicht um Gewohnheitsverbrecher handelte. Zu seinem Befremden hätte er schwören können, daß Mrs. March bei diesen Worten erleichtert aufatmete.

Die Besprechung auf der Bank hatte länger gedauert, als Elizabeth erwartet hatte, und sie geriet mit ihrem Wagen in die Stauungen des eben einsetzenden abendlichen Verkehrs. Während sie ungeduldig auf Grün wartete, blickte sie immer wieder voller Angst auf die Uhr. Es war wichtig, daß sie vor Oliver nach Hause kam, wenn ihre Fahrt nach Boston ganz alltäglich aussehen sollte – und von der ersten Sekunde an war sie entschlossen gewesen, daß Oliver – Oliver, dem sie sonst alles anvertraut hatte – nicht von den Fälschungen erfahren durfte. Denn Oliver mit seiner erbarmungslosen Logik würde keinen schonen, wenn er die Liste der Verdächtigen prüfte. Diese erschreckend kurze Liste, auf der der Name ihrer eigenen Cousine stand. Es war natürlich undenkbar, daß Constance … Aber würde sich Oliver das klarmachen? Elizabeth drückte auf die Hupe, überholte einen Cadillac, der im Schneckentempo vorwärtskroch, und ließ endlich den Verkehr hinter sich. Kurz nach fünf Uhr war es schon dunkel; ein ferner Lichtstreifen dämmerte kalt am Horizont und trennte das schwarze Moorland vom Himmel. Der Abend war rauh und stürmisch, und obwohl die Heizung voll aufgedreht war, fror Elizabeth bis ins Mark. Am 29. Oktober waren die Schecks eingelöst worden, der erste um 10.14 vormittags, die beiden anderen um 12.46 Uhr mittags. Am 29. Oktober – das waren drei Tage, nachdem sie aus dem Krankenhaus nach Hause gekommen war, und jene ganze Zeit glich einem nebelhaften Traum, fern, unwirklich, verwischt durch die Beruhigungsmittel, die sie eingenommen hatte. Wie sollte sie sich da erinnern? Wie festhalten, wer am 29. Oktober zu einer bestimmten Zeit da und wer dort gewesen war? Es ging nicht nur um Noreen, Lucy, Constance, denn Mr. Delbow hatte augenblicklich eine Einzelheit bemerkt, die ihr entgangen war. Beim Fälschen der Schecks waren zwei verschiedene Kugelschreiber benützt worden, was die Möglichkeit nahelegte, daß der Fälscher einen Komplizen gehabt hatte. »Sehr wahrscheinlich ein Mann«, hatte der Prokurist nachdenklich gesagt. »Das ist in solchen Fällen meistens so.«

Elizabeth starrte auf das Licht der Scheinwerfer, das sich ins Dunkel bohrte. Weißt du denn, was für Bekannte Mrs. Bennett gehabt hat, versuchte sie sich einzureden, weißt du, wie oft sie ins Haus kamen, wenn du weg warst? Wie einfach für einen von ihnen, das Nötige zu entwenden . . .

Die ungesprochenen Worte blieben Elizabeth im Halse stecken, würgten sie, kalt, höhnisch. Sie wußte – wie die Rosen, wie das leise Unbehagen der letzten Tage, waren auch die Schecks das Ergebnis boshafter Schlechtigkeit, die reifte, um schließlich hinter einem bekannten und vertrauten Gesicht sichtbar zu werden.

Sie schaffte es; knapp vor Oliver kam sie zu Hause an. Als sie sich umgezogen hatte und wieder herunterkam, stand er bereits in der Küche, und die Kinder hatten im üblichen Jubel der Begrüßung ihr Abendessen vergessen. Noreen stand in lächelnder Resignation daneben. Bei Elizabeths Eintritt blickte Oliver die Kinder mit gespielter Strenge an, während sie an ihm hochsprangen und sich an seine Manteltaschen klammerten. »*Nach* dem Essen, ihr Ungeheuer. Hallo, Liebling.«

Sein Kuß streifte Elizabeths Wange. Sie sagte leichthin: »Hallo – wie kalt du dich anfühlst«, und rückte unmerklich ab. »Maire, *nicht* mit den Fingern . . .«

Maire aß Rührei aus der Handfläche, pendelte aufgeregt mit den Beinen und rief mit ihrer hohen, klaren Stimme: »Daddy, Mama war in Boston!« Jeeps Echo, ein bißchen undeutlicher, folgte, und

beide drehten sich bewundernd zu Elizabeth, die sich hastig am Toaster zu schaffen machte. Sie hatte vergessen, daß Boston für die Kinder ein fernes Wunderland war, ganz einfach, weil Oliver jeden Morgen dorthin fuhr.
Neben ihr murmelte Noreen, »ich glaube nicht, daß der Toast schon fertig ist«, und Oliver, der seinen Mantel aufhängte, fragte aus dem Hintergrund: »Bist du wirklich in der Stadt gewesen – oder stammt dies aus der üblichen unzuverlässigen Quelle?«
Sie hatte nicht beabsichtigt, Oliver anzulügen, sie hatte gehofft, die Sache würde gar nicht zur Sprache kommen. Doch jetzt – es war ihre erste Fahrt nach Boston seit dem Krankenhaus und Olivers Augen paßten schlecht zu seiner beiläufigen Stimme. Sie gebrauchte die gleiche Ausrede, die sie für Constance verwendet hatte: »Ach, du weißt doch, diese Bücher, die ich vor Ewigkeiten bei Haysmith bestellt habe – ich dachte, sie müßten längst eingetroffen sein und er hätte mich ganz vergessen.«
»Sieh einmal an, wie komisch«, sagte Oliver leicht erstaunt. »Ich war heute abend zufällig in der Nähe des Ladens und dachte, ich wollte einmal nachfragen. Der Alte hätte mir wirklich sagen können, daß du dort gewesen bist.«
War er tatsächlich bei Haysmith gewesen, oder stellte er sie auf die Probe? Daß du lügst, bedeutet nicht unbedingt, daß jeder andere auch lügt, dachte Elizabeth bitter, bevor sie sagte: »Das Geschäft war ziemlich voll, er muß es vergessen haben.«
Rein äußerlich war die Sache damit abgeschlossen; Elizabeth jedoch, die das Bewußtsein des Betrugs den ganzen Abend wie einen Stein mit sich herumschleppte, empfand sie wie einen erschreckenden Anfang. So lebten sich zwei Menschen auseinander – immer weiter und weiter, und konnten den Abgrund nicht wieder schließen, weil allzu viele Lügen, allzu viele Vorwände und Täuschungen sie trennten. Sie meisten Ehen erlitten nicht unvermittelt Schiffbruch, zerbrachen nicht unter einem plötzlichen zerschmetternden Schlag. Nein, es war ein langsames, allmähliches Auseinanderrücken, ein schrittweises Verlassen der vertrauten Nähe, so daß eines Tages alles andere näher lag als die eigene Ehe und es leichter war, vorwärtszugehen als rückwärts.
Wollen wir uns das wirklich antun, dachte Elizabeth, uns und den beiden Kindern? Bevor sie zu Bett ging, klopfte sie an Constances Tür, im unbehaglichen Bewußtsein, daß sie einen Weg suchte, um den einen Namen von ihrer kurzen, häßlichen Liste zu streichen,

der sie am meisten entsetzte. Gewiß, sie konnte keine Fragen stellen, doch vielleicht würde sie in einem Blick, in einer Gebärde die beruhigende Sicherheit finden, die sie suchte.
Sie hatte vergeblich gehofft. Eine kurze Pause ging dem antwortenden »bist du's, Elizabeth? Komm herein« voran, und dann folgte ein hastiges Rascheln von Seide. Als Elizabeth die Tür öffnete, saß Constance vor ihrem Toilettentisch, ihr Haar lag nicht in seinen üblichen glatten Rollen, sondern fiel leicht zerzaust um das gerötete Gesicht. Sekundenlang waren die Augen unter den schweren weißen Lidern die einer Fremden, rasch, scharf, prüfend. Elizabeth fragte sich schaudernd, ob sie ein ganz anderes Bild, eine ganz andere Constance getroffen, wenn sie die Türe ohne Klopfen geöffnet hätte.
Das war lächerlich – lächerlich und erschreckend. Constance hatte sich natürlich zum Schlafengehen vorbereitet und bei dieser Gelegenheit den seidenen Morgenrock anprobiert, den ihr Elizabeth vor Wochen zum Geburtstag geschenkt hatte; das würde die rasche, hastige, raschelnde Bewegung erklären, die auf ihr Klopfen gefolgt war.
Constances Blick wurde fragend, und Elizabeth, die vergeblich nach einem Vorwand suchte, wies eifrig auf den Morgenrock. »Ich hatte recht – die Farbe steht dir ausgezeichnet. Ist die Größe richtig?«
»Oh, ja. Das heißt, ich glaube...« Constance war nervös. Sie erhob sich allzu jäh; ein Gegenstand entfiel der ausgestreckten Hand und fiel mit leisem Rascheln auf den Toilettentisch. Elizabeth blickte hinunter; es war eine Fotografie von ihr, diejenige, die ihr Verleger für die Rückseite ihres ersten Buchumschlages benutzt hatte. Ein gutes Bild – sie blickte schräg in die Kamera; ihr Haar, länger damals als heute, war hinten hochgekämmt, ein schimmernder Lichtreflex betonte den Scheitel. Die Fotografie war nicht im Zimmer, als Constance einzog, dachte Elizabeth, sie war nicht da, bestimmt nicht. Mit Anstrengung zwang sie ihre Aufmerksamkeit zu Constance zurück, die wartend vor ihr stand. Später, als sie gute Nacht gesagt hatte und die Halle entlang ging, wünschte sie, daß sie niemals an die Tür ihrer Cousine geklopft und ihr Foto dort gesehen hätte. Daß sie jenes hastige Rascheln – als ob seidenbekleidete Arme sich hastig hoben, um hochgekämmtes Haar zu lösen – nie gehört hätte.

5

Der Dezember, ein Monat voll Schnee und Kälte, schien sich endlos zu dehnen. Mit entschlossener Energie kämpfte sich Elizabeth durch die Tage und stürzte sich mit einem Feuereifer in die ihr sonst verhaßten Weihnachtseinkäufe, der jedermann um sie herum erstaunte. Maire sprach von einem Schlitten; Jeep wünschte sich aus Gründen, die nur ihm bekannt waren, glühend eine Fliegenklappe. Während sie der 29. Oktober in einen leeren Abgrund gestürzt hatte und erst jetzt seine düstern Echos heraufzusenden begann, verlangte jeder Tag der Gegenwart, daß sie kämpfte, kämpfte ... wogegen? Gegen Schatten, Nerven, Einbildungen?
Nein. Gefälschte Schecks bestanden aus Papier und Tinte und listiger Bosheit.
Allmählich – und irgendwie erfüllte allein schon die Tatsache, daß dies geschehen konnte, sie mit kaltem Entsetzen – allmählich gewöhnte sie sich daran, gleichzeitig zwei Existenzen zu führen, die sich wohl überschnitten, ohne aber jemals zu verschmelzen. In der einen war alles normal und alltäglich; sie war den Kindern eine pflichtbewußte Mutter und Oliver eine vernünftige Gattin; sie ging mit Lucy Brent aus und ließ sich von Steven ermutigen, manche Stunde im Studio an der Schreibmaschine zu verbringen. Sonst war sie allein, schrecklich allein und bedroht und wagte nicht um Hilfe zu rufen, weil sie fürchtete, ihre Ehe damit noch mehr dem Abgrund zuzutreiben. In dieser andern Existenz durfte ihre verzweifelt angespannte Aufmerksamkeit keinen Augenblick nachlassen, denn sonst konnte alles geschehen, alles zusammenstürzen. Wie damals bei den Rosen und bei dem undeutlichen Datum des 29. Oktobers, als eine Frau, die sich für Sarah Bennett ausgab, Elizabeths Schecks eingelöst hatte, war nichts weiter geschehen. Es war wie ein kaum merklich verzerrtes Bild, wie eine leicht beschädigte Grammophonplatte – nur wenn man das Bild oder die Melodie kannte und liebte, merkte man, daß etwas falsch war.
Und dann kam Jeeps Geburtstag, der auf den 13. Dezember fiel. Für Jeeps Geburtstag bestand ein richtiges Protokoll. Zehn Minuten, nachdem Oliver den ersten Blick auf seinen Sohn getan und Elizabeth die erste langersehnte Zigarette geraucht hatte, vereinbarten sie, Jeeps Geburtstag niemals im Weihnachtstrubel unter-

gehen zu lassen. »Wer weiß, es könnte ihm fürs ganze Leben einen Knachs geben«, sagte Oliver, »so lange wir es uns also leisten können, wollen wir seinen Geburtstag getrennt feiern. Weißt du übrigens, daß du ein Loch in dein Leintuch gebrannt hast, Liebling?«
Jeeps Geburtstag wurde also mit ebensoviel Aufwand gefeiert, als ob er in den Juli gefallen wäre, mit Geschenken und einem Trostpaket für Maire, die geöffnet werden sollten, wenn Oliver mit Eiscreme und Kerzen für die Torte nach Hause kam. Um halb sechs war alles eingepackt und fertig, und die Kinder, die seit dem Morgen gefragt hatten: »Ist noch nicht bald Geburtstag?« waren gehorsam ins Kinderzimmer verschwunden. Es bestand nicht der geringste Grund, warum Elizabeth zusammenfahren sollte, als das Hämmern des Türklopfers erklang und Steven Brents Silhouette sich gegen das eisige Dunkel des Winterabends abhob. Er war mißtrauisch – fühlte ihre Überraschung augenblicklich und trat einen Schritt zurück. Die Lampe über dem Eingang ließ sein Haar sehr blond erscheinen und vertiefte die Falten seines müden Gesichtes.
»Crale hat heute das Exposé deines Romans durchgesehen, und es gefällt ihm ausgezeichnet. Nur einige Kleinigkeiten sind noch zu besprechen, aber du bist beschäftigt, da will ich lieber . . .«
»Aber gar nicht, Steven, komm doch herein.« Elizabeth führte ihn auf die Veranda hinaus, wo sie ungestört sein würden, und drehte die Lampen an. Sanft flutete das Licht über den dicken, goldfarbenen Teppich, über die gelben und roten Sessel, die dicken schweren Kissen, die Fenster voller schimmernder Reflexe. Sie setzten sich auf die Couch am Ende des langen, schmalen Raums; Steven legte seine Aktentasche auf den kleinen Kaffeetisch und betrachtete mit zerstreutem Stirnrunzeln ein Blatt in seiner Hand.
»Wie ich sagte: Crale ist begeistert. Nur die Tatsache scheint ihm fraglich – ich muß zugeben, daß es mir ähnlich geht – daß die Tochter, die absichtlich verschwindet, überhaupt keinen Versuch macht, sich mit der Mutter in Verbindung zu setzen. Denkst du nicht . . .«
Dies war ein Spiel, das Elizabeth seit zwei Jahren gespielt hatte und beherrschte; sie kannte jede Wendung und Drehung, jeden Einwand, und sie konnte ihre Gedanken frei wandern lassen. In wohlbemessenen Abständen fiel sie ein mit »oh, nicht unbedingt, vergiß nicht, daß sie über vierzig Jahre alt ist«, oder »du hast ganz recht, das hatte ich mir zu wenig überlegt«. Dazwischen musterte

sie heimlich den Mann, der neben ihr auf der Couch saß.
Steven Brent war der einzige in ihrem kleinen Kreis, der sich nicht verändert hatte. Er war derselbe geblieben – noch immer scheu, ruhig, zurückhaltend. Neben Steven vermochte sie ihre Anspannung zu vergessen ... Elizabeth war völlig unvorbereitet, als Steven plötzlich das Blatt auf den Tisch legte, seine Brille abnahm und sagte: »Hör einmal, Elizabeth, wir wollen das ein andermal erledigen. Du hast wohl schon lange bemerkt, daß ich nicht deshalb hergekommen bin.«
Bevor sie Worte gefunden hatte, stand Oliver unter der offenen Türe, und hinter ihm ertönte Noreens hastige Stimme: »Oh, ich glaube, Mrs. March ist *nicht* ...«, um jäh abzubrechen.
Als ob das Mädchen versucht hätte, sich körperlich zwischen Oliver und die Verandatür zu werfen, dachte Elizabeth. Sicherlich war Noreen nicht so verrückt zu denken ...
Elizabeth hatte keine Zeit für diese Gedanken, denn Oliver, mit Paketen beladen, lächelte sie fragend an, und Steven hatte sich erhoben und stopfte das Exposé in die Mappe zurück. »Ich bin nur rasch vorbeigekommen – die alte Tretmühle, weißt du.«
»Ja, ich verstehe«, sagte Oliver freundlich, und seine blauen Augen straften den Klang der Stimme Lügen. Elizabeth empfand den kurzen Blick, der auf ihr ruhte, wie eine rasche, ärgerliche Berührung seiner Hand. Dann wandte er sich zu Steven und fragte höflich: »Trinkst du ein Glas mit uns?« Mehr war es nicht, nur knappe Höflichkeit, und Steven, der dies fühlte, gab Olivers Blick ruhig zurück.
»Ich kann nicht bleiben, danke, ich bin ohnehin schon spät dran.«
Dann ging er, und sekundenlang hatte Elizabeth das Gefühl, auch sie sollte sich von dem fremden Mann, der im Mantel neben ihr stand, verabschieden. Doch als die Tür hinter Steven ins Schloß gefallen war, wurde Oliver wieder ihr Mann, den sie durch eine Glaswand hindurch liebte und der jetzt sagte: »Hast du wirklich wieder angefangen zu arbeiten? Fein ... Wo sind die Kinder?«
Sie, die ihm gewöhnlich schon an der Tür entgegenflogen, waren heute abend nicht erschienen. »Oben in ihrem Zimmer, denke ich. Ich will sie holen«, sagte Elizabeth und lief die Treppe hinauf, froh, Olivers prüfendem Blick entfliehen zu können. Wenn das so weitergehen sollte, verlegen und unbehaglich jedesmal, wenn sie mit Steven ihr Buch besprechen wollte ...
Maire kauerte auf ihrem Bett und blätterte in einem Bilderbuch;

Jeep, in einen tonlosen Singsang vertieft, beschäftigte sich mit Plastikschere und Zeitungen am Boden. Sein sonst so lebhaftes kleines Gesicht trug einen stumpf-erstaunten Ausdruck, weil die Schere nicht schneiden wollte. Keine Spur von den üblichen lauten Ausbrüchen... Noreen, die Wäsche in die Kommode räumte, blickte hoch und lächelte mit verhaltener Aufregung. Elizabeth sagte munter: »Daddy ist heimgekommen, und jetzt fängt Jeeps Geburtstag an. Ich gratuliere dir, mein Kleiner. Willst du nicht herunterkommen und deine Geschenke anschauen?«
Nur widerwillig kamen die Kinder mit. Noreen lief, immer noch lächelnd, die Treppe hinunter, um im Eßzimmer den Tisch zu decken. Mit steigender Verwunderung beobachtete Elizabeth, wie Jeep seine Geschenke auspackte – den kleinen hölzernen Güterzug, den Hund, dessen Zunge herausschnellte, wenn man ihn in den Schwanz kniff, das Miniaturkarussell. Nirgends blitzte ein Funke auf, nirgends ... es war, als hätte man Jeep mitten in der Nacht aufgeweckt und heruntergebracht, damit er sein Spielzeug bewundern sollte – verwirrt, schläfrig, halb ärgerlich.
Als Elizabeth aufmerksam zu Maire hinübersah, bot sich ihr dasselbe Bild. Sie hatte die ganze Stadt abgesucht, um einen Teddybär von passender Größe und passendem Ausdruck zu finden. Nun öffnete Maire die Schachtel, sagte mit einem schwachen Schimmer von Anteilnahme »Teddy« und stellte sie achtlos beiseite. Noreen sagte sanft: »O Liebling, was für ein süßer Teddybär!« Ihr Blick, befremdet, fragend, suchte Elizabeth.
»Wir scheinen heute kein Glück zu haben«, murmelte Oliver. »Versuchen wir es mit dem Eis?«
Constance war inzwischen auch heruntergekommen; Noreen brachte die Torte herein, zündete die Kerzen an und füllte Eis in die Teller der Kinder. Während die beiden auf die ungewohnten hohen Stühle kletterten, sagte Oliver plötzlich: »Weißt du was? Sie sind krank.«
»Unsinn«, versetzte Elizabeth fest und doch besorgt. »Was haben sie heute gegessen, Noreen?«
»Nur ihren Lunch, Mrs. March, und erst noch etwas besonders Leichtes; ich wußte, daß sie heute abend ihr Geburtstagsessen haben würden. Aber es sieht wirklich aus ...«
Die Entscheidung ließ nicht lange auf sich warten. Maire stocherte unlustig im Teller herum; Jeep verschlang gierig zwei große Löffel voll und gab sie augenblicklich mit erstaunter Miene wie-

der hervor. Noreen lief, um Tücher zu holen, Constance sagte nachdenklich: »Es schien mir gleich, daß sie nicht ganz ...« Oliver beförderte Jeep schleunigst ins Badezimmer.

Elizabeth war kalt vor Schrecken. Langsam fragte sie: »Maire, ihr habt beide etwas gegessen. Was war es?«

Und Maire, blaß und gefügig, antwortete mit kleiner Stimme: »Bonbons.«

»Komm, zeig sie mir.« Elizabeth sprach energisch und munter, ohne die wilde Panik, die in ihr tobte, an die Oberfläche steigen zu lassen. Es war ein Zeichen dafür, wie unheimlich vertraut sie mit ihrem Feind geworden war, mit dem unsichtbaren Baumeister ihrer andern Welt, daß sie keine Sekunde lang zweifelte, woher die Bonbons kamen. Jetzt hatte er zum erstenmal nach den Kindern gegriffen. Es mußten eine ganze Menge Bonbons gewesen sein, den vielen zusammengeknüllten Papierchen nach zu schließen, rote und grüne und silberne, zu einem gierigen, schimmernden Haufen unten in die Spielzeugkiste der Kinder gestopft. Nicht die Art von Süßigkeiten, die man Kindern in unbeschränkter Menge gab, wenn man nicht genau das erreichen wollte, was geschehen war. Elizabeth zwang sich, Maire fest und prüfend anzusehen, und langsam hörten ihre Beine auf zu zittern; die Augen des Kindes glänzten müde und ein wenig fiebrig, und es hielt die eine Hand kläglich gegen den Magen gepreßt, doch die Bonbons – jetzt wagte sie es zu sagen, wagte das Wort auszusprechen – die Bonbons waren nicht vergiftet gewesen.

Die Türe öffnete sich und Oliver beförderte Jeep ins Zimmer. »Er ist leer«, sagte er kurz und hielt Elizabeths Blick fest. »Den Rest überlasse ich besser dir, nicht wahr?«

Elizabeth schlug Maires Bettdecke zurück, hob Jeep in sein Kinderbettchen und begann, den beiden einige beiläufige kurze Fragen zu stellen. Doch sie begriff nur allzu rasch, daß es nutzlos war – die Kinder hatten keine Ahnung, woher die Bonbons gekommen waren. Sie hatten sie dort in ihrer Spielzeugkiste gefunden, und es war nur begreiflich, daß sie sie so rasch und so heimlich als möglich verschlangen, denn sonst hätte man sie ihnen weggenommen.

»Aber es muß eine Schachtel dabei gewesen sein«, sagte Elizabeth fest, »Bonbons kommen immer in einer Schachtel oder Tüte ...«

Elizabeth wartete. Jeep wiederholte nachdenklich: »Schachtel, Mama?« und Maire überlegte und ging prüfend zur Kiste hinüber.

Dann sagte sie voll Überzeugung: »Sie waren einfach drin – einfach so.«
Einfach so – sorglos hingestreut, schimmernd und farbig, um die Augen der Kinder zu fesseln, wenn sie widerwillig ihre Spielsachen aufsammelten und sie in die Kiste zurückbeförderten.
»Dann ist also jemand in euer Zimmer gekommen und hat sie dort gelassen, als Überraschung? Wer kann das bloß gewesen sein?«
»Daddy«, erklärte Jeep prompt.
»Nein, nicht Daddy. Wer ist sonst noch ...«
»Mama«, sagte Jeep mit einer Miene zärtlicher Überzeugung.
»Nein. Maire, wer war sonst noch ...«
Die Türe öffnete sich; Noreen kam herein, und ihr Gesicht hellte sich auf beim Anblick der Kinder, die munter in ihren Betten saßen. »Fehlt ihnen nichts, Mrs. March? Oder glauben Sie, sie werden krank?«
»Bloß ein leichtes Bonbonfieber«, sagte Elizabeth trocken. Weil die Kinder zuhörten, verlieh sie ihrer Stimme einen leichten Klang, als sie die Papierchen aus der Kiste holte und fragte: »Kommt Ihnen dieses Zeug bekannt vor, Noreen?«
Doch der erste Teil von Noreens Antwort entging ihr. Wie sie auf die Papierchen in ihrer Hand hinunterstarrte, wußte sie plötzlich, daß sie selbst ganz kürzlich die gleichen gesehen hatte, oder doch ganz ähnliche. – Wo? Wann?
»... eine Art Pralinen«, sagte Noreen mit besorgter Miene. »Und sie sehen – teuer aus, nicht wahr? Die Kinder müssen sie gefunden haben, wie ich gerade die Wäsche aufhängte. Ich sagte ihnen, sie sollten inzwischen ihr Spielzeug in die Kiste räumen. Aber wo sind sie hergekommen?«
»Das«, sagte Elizabeth, »möchte ich eben gerne wissen.« Sie küßte die Kinder und ging zur Türe. »Die beiden sind ohnehin mehr als bettreif, sprechen wir also später darüber.«
Doch zunächst mußte sie mit Oliver sprechen. Er stand bewegungslos an einem Fenster im Wohnzimmer und starrte in die Dunkelheit hinaus. Sein Rücken wirkte grimmig. Bei Elizabeths Eintritt sagte er, ohne sich umzusehen: »Die beiden scheinen vorzeitig Geburtstag gefeiert zu haben ... Was war es? Hast du es herausgefunden?«
»Dies hier.« Elizabeth zeigte ihm die zusammengeknüllten Papierchen. »Ich habe das Gefühl, diese Art Bonbons schon einmal gesehen zu haben – du nicht?«

Oliver streifte sie mit kurzem Blick. »Nein. Wo zum Teufel sind die verdammten Dinger hergekommen?«
Elizabeths kurzes Staunen wandelte sich in Ärger. Sie sagte kalt: »Wir würden es wohl ebenso schnell herausfinden, wenn du mich nicht anschreist«, und sie warf die Papierchen zornig ins Feuer.
»Entschuldigung«, Olivers Stimme paßte sich ihrer Kälte an, »ich weiß, es ist nicht weiter schlimm, er weiß kaum, was ein Geburtstag überhaupt bedeutet. Aber – es geht um etwas anderes. Niemand weiß, woher das Zeug gekommen ist, niemand hat gesehen, wie sie es aufgegessen haben. Weißt du – weiß überhaupt jemand im Haus, was sie auch nur die Hälfte des Tages treiben?«
»Wenn du meinst, ob ständig jemand neben ihnen steht – nein, das bestimmt nicht«, sagte Elizabeth betroffen. »Das wäre möglich, wenn nur ein Kind vorhanden wäre und man nichts dagegen hätte, eine kleine Marionette aufzuziehen, doch mit zweien ist es ausgeschlossen.«
»Ich dachte, dafür sei Noreen angestellt.«
»Noreen ist sehr tüchtig und sehr fleißig, und wenn die Kinder nicht mit ihr zusammen sind, sind sie bei mir. Doch Noreen und ich sind keine Polizistinnen, und der Haushalt gibt zu tun. Sie hat Wäsche aufgehängt, während ich . . .«
»Ach richtig, während du mit Steven Brent beschäftigt warst.«
Eine kurze Stille legte sich lastend über das Zimmer. Irgendwo im Hintergrund schloß Constance die Tür des Backofens mit einem Knall, und Noreen ging leise durch die obere Halle. Elizabeth und Oliver standen da und starrten sich zornig und ärgerlich an. Sekunden vergingen auf diese Weise, bis Elizabeth langsam sagte: »Oliver . . .«, sie stockte und begann von neuem: »Oliver, früher oder später müssen wir . . .«
Doch Noreen war bereits die Treppe heruntergekommen und stand jetzt zögernd unter der offenen Tür, im Begriff etwas zu sagen. Unsicher blickte sie von Elizabeth zu Oliver, drehte sich dann um und ging schweigend in die Küche hinaus. Constance trat ins Eßzimmer, legte die Schürze ab und sagte bedauernd: »Schade, wirklich schade – aber die Kinder werden ihre Torte eben morgen essen.«
Niemand gab ihr eine Antwort. Der Regen peitschte gegen die Scheiben. Oliver öffnete seine Zeitung, raschelte mit den Seiten und murmelte: »Scheußlicher Abend heute.«
»Scheußlich, ja«, sagte Elizabeth kalt.

Wie weit lag jene Zeit zurück, da sie zu Bett gehen und einschlafen konnte – ganz einfach und natürlich? Es schien ihr eine Ewigkeit. Heute war ein komplizierter Vorgang daraus geworden: das unbehagliche Alleinsein mit Oliver, die höfliche Frage, ob er noch lesen wolle, der vergebliche Versuch zu vergessen. Eine Zigarette, quälende Gedanken, eine Schlaftablette, und dann noch eine.
Elizabeth lag im Dunkeln und horchte auf Olivers ruhige Atemzüge. Die unbestimmte Drohung, die sie vor einem Monat zum erstenmal verspürt hatte, begann deutlichere Umrisse anzunehmen. Ein Paar Hände war daraus geworden. Hände, die Rosen zerfetzten, als könnten sie Schönheit und Vollkommenheit nicht ertragen, als wollten sie den zärtlichen Gruß zerstören, den sie bedeuteten. Hände, die geduldig mit Feder und Papier umgingen und Blatt um Blatt mit falschen Namenszügen bedeckten. Wie manches Blatt? Hände, die eine Spielzeugkiste öffneten, um eine schimmernde Flut kostbarer, verbotener Bonbons auszuschütten. Hände, die sie schon ungezählte Male gesehen hatte und doch nicht wirklich kannte, weil es die Hände eines Menschen waren, dem sie vertraute.

Aber die Schecks, dachte Elizabeth, unfähig, die Vorstellung der beiden Hände länger zu ertragen. Die Schecks. Im Zusammenhang mit den Schecks oder mit Mrs. Bennetts gestohlener Legitimation wird sich ein Hinweis zeigen, irgend etwas Greifbares wird auftauchen. Und sie täuschte sich nicht.

6

Es tauchte auf, unerbittlich logisch, ein kleines und doch notwendiges Glied in der Kette, von seiner eigenen Einleitung begleitet, die Elizabeth zunächst nur halb zu deuten wußte.

Kurz vor Mittag war sie ins Studio hinaufgegangen, denn sie vermied es in letzter Zeit, allein im Haus zu bleiben. Die Kinder waren zu einer Vorweihnachtsfeier abgeholt worden, und Constance hatte um den Wagen gebeten. Noreen, deren freier Tag von zwölf Uhr mittags bis zum nächsten Vormittag dauerte, war gegangen, um ihren Autobus zu erwischen.

Das Studio war bitter kalt. Elizabeth drehte die elektrische Heizung voll an, spannte ein frisches Blatt in ihre Schreibmaschine, zündete sich eine Zigarette an und saß dann stumm vor sich hinstarrend da.

Der Vormittag war unruhig verlaufen. Mitten in eine wilde Aufregung im Kinderzimmer – Jeep hatte Maire in einem Wutanfall gebissen, und Maire hatte aus Rache seinem alten Gummibaby ein Bein ausgerissen – war Lucy Brent erschienen und hatte Elizabeth mit Beschlag belegt. Sie war besonders lucyhaft gewesen: nervös, lebhaft, kritisch. »Mir scheint, du hast wieder abgenommen, Elizabeth – fühlst du dich eigentlich wieder ganz gut, oder darf ich das nicht fragen?«

Wie sollte sie sich gut fühlen, im Bewußtsein der unsichtbaren, unfaßbaren Gefahr, der tückischen Verkörperung von Bosheit, die sich sachte ins Innere des Hauses eingeschlichen hatte? Und durfte Lucy fragen?

Elizabeth wurde einer Antwort enthoben, denn aus dem Kinderzimmer, gedämpft durch die Entfernung, klang ein neuer Tränenausbruch, und sie konnte murmeln: »Arme Noreen. Sie hat noch etwas auszuhalten, bis sie mittags wegkann.«

»Noreen ist recht tüchtig, nicht wahr?«

»Gewiß, sehr tüchtig.« Elizabeth empfand ein eigenartiges Gefühl der Auflehnung unter Lucys scharfem, fragendem Blick, und als sich die Freundin mit einer Zigarette beschäftigte, nahm sie sich Zeit für eine lange, kritische Prüfung, wie sie sie noch vor kurzem nicht im Traum für möglich gehalten hätte.

Wie alt war Lucy eigentlich – vierunddreißig, fünfunddreißig? Mittelgroß, beweglicher, schöngebauter Körper, fast überschlank; kleines dunkles Köpfchen, schmales kluges Gesicht mit hohen Backenknochen und lebhaften, rastlosen Augen. Wie ein kostbares, hochgezüchtetes Windspiel war sie Elizabeth vorgekommen, als sie sich zum erstenmal getroffen ...

Was wußte sie eigentlich von Lucy? Was kannte sie von ihr außer ihrer sprunghaften Laune, ihrer Leidenschaft für Bridge, ihrer Gewandtheit, mit einem Schal, einem Clip oder einem Fetzchen Seide Eleganz hervorzuzaubern? Nichts ... Ihre Gedanken stockten. Lucy hatte den Blick wieder erhoben und sagte mit leisem Spott: »Sie mag mich nicht leiden, weißt du. Sie billigt mich nicht – Noreen, meine ich.«

»Unsinn«, rief Elizabeth überrascht, und als Lucy nur lächelnd die

Achseln zuckte, wurde sie ärgerlich. »Wie kommst du auf solche Gedanken – du magst sie übrigens auch nicht leiden, nicht wahr, Lucy?«
Lucys Augenbrauen hoben sich erstaunt. Sie sagte gelassen: »Ich mag sie nicht leiden? Meine Liebe, ich kenne sie kaum! Für mich ist sie nichts weiter als ein Anhängsel der Kinder.« Sie lächelte ihr plötzliches warmes Lächeln. »Du hast vielleicht bemerkt, ich bin heute nicht zum Plaudern aufgelegt. Ich muß dich etwas furchtbar Peinliches fragen – da will ich lieber einen Anlauf nehmen und es hinter mich bringen. Kannst du mir bis Januar fünfzig Dollar leihen?«
»Natürlich«, sagte Elizabeth rasch. Sie hatte das Gefühl, ebenso munter sprechen zu müssen wie Lucy und ihr nicht mehr als fünfzig Dollar bieten zu dürfen. »Genügt ein Scheck?«
»O ja, ein Scheck wird Wunder wirken«, sagte Lucy offen; sie dankte Elizabeth und steckte den Scheck mit erleichterter Miene ein. Fünf Minuten später schritt sie zur Tür, genau im Augenblick, als die Kinder in Noreens Begleitung die Treppe herunterkamen, fertig angezogen für die Gesellschaft. Lucy drehte sich um und begrüßte Maire und Jeep, dann hob sie ihre Augen zu Noreen: »Hallo, Noreen ...«
Es klang munter, beiläufig.
Noreen bückte sich und zog Jeeps Hosenträger straff, erst dann richtete sie sich wieder auf und antwortete höflich: »Hallo, Mrs. Brent.«
Mit einem leisen Schock beobachtete Elizabeth den Blick, der zwischen ihnen ausgetauscht wurde: Lucys Augen waren kühl und überlegen und ein wenig herausfordernd; Noreen gab den Blick ruhig zurück. Sekundenlang schwang es fast hörbar in der Luft, daß sie nicht Kindermädchen und Besucherin, nicht einfach Fremde waren, sondern wohlbewußte, gleichgestellte Feindinnen.
Sie hatte alles, was sie brauchte, Schreibmaschine und Bleistifte und die friedliche Stille des Studios, und doch vermochte sie nicht, die lähmende Untätigkeit abzuschütteln.
Die Bonbons – wo hatte sie diese glänzenden Papierchen schon gesehen? Wenn sie das herausfinden könnte, würde sie wissen, wer es war ...
...wer sie haßte.
Denn dies, sie wußte es plötzlich, war die Antwort, die einzig richtige Antwort, erschreckend in ihrer Einfachheit: hinter einem

freundlich-vertrauten Gesicht mußte sich Haß verbergen, und der wachsende Druck ließ das Gift Tropfen um Tropfen hervorquellen, bis es früher oder später in einem vernichtenden Strahl herausschießen würde.
Leichte Übelkeit stieg in ihr hoch; sie stand auf und schritt rastlos im Studio auf und ab, um schließlich am vordern Fenster stehenzubleiben und auf das Haus hinunterzustarren.
Selbst unter den kahlen Bäumen wirkte es anmutig mit seinem schiefergrauen Dach und den weißen Fensterläden. Man müßte die Fensterrahmen neu streichen, dachte Elizabeth, und das Rosenspalier sollte . . .
Sie erstarrte jählings, ihre Finger preßten sich hart gegen die Handflächen. Denn ein antwortender Blick hatte sie getroffen – es starrte jemand zu ihr herauf aus dem stillen Haus, das leer sein sollte.
Gegen eine der obern Fensterscheiben gepreßt ein weißes Gesicht, leicht zur Seite geneigt, ein Starren aus blinden Augen zum Studio herauf. Es bewegte sich langsam, zögernd, eine weiße Hand hob sich lässig. Einen Augenblick, eine kleine entsetzliche Ewigkeit lang schien es zu warten, zu beobachten, dann hob eine jähe Schulterwendung es außer Sicht.
Es war das Fenster von Noreens Zimmer. Aber es war nicht Noreens Gesicht.
Während Elizabeth den Hügel hinunterjagte, überlegte sie keine Sekunde, was sie im Haus vorfinden würde. Sie würde es wissen, das genügte – und um dies zu erreichen, mußte sie handeln, so wie jetzt, blindlings, ohne Furcht und Überlegung.
Sie betrat das Haus durch die Küche, weil das der kürzeste Weg war. Behagliche Wärme schlug ihr entgegen, und die geheimnisvoll vibrierende Stille eines Hauses umfing sie, aus dem sich soeben jemand entfernt hat. Ein Brett krachte irgendwo, der Kühlschrank summte leise – Elizabeths Atem ging mühsam. »Hallo?« rief sie unsicher.
Und zu Füßen der Treppe nochmals: »Constance . . .?«
Aber sie war allein im Haus.
Die seltsam lebendige Stille, die Haustür, die lose nach innen schwang, während sie mit emporgewandtem Gesicht zu Füßen der Treppe wartete, bestätigten es: vor kurzem, vor einer knappen Minute vielleicht, war jemand die Treppe hinuntergeeilt und hatte sich nicht die Zeit genommen, die Türe richtig zu schließen.

Oder täuschte sie sich? Hatten Angst und schlaflose Nächte sie so weit gebracht, einen harmlosen Widerschein zu einem Gesicht umzuformen? Hatte sie selber die Türe offengelassen, als sie ins Studio hinaufging?
Oben fand sie die Antwort. Die Tür zu Noreens Zimmer war nur angelehnt, und Elizabeth ging hinein. Es war ein kleines Zimmer mit schrägen Wänden und einer hellen, fröhlichen Tapete. Ein Bett war vorhanden und ein Nachttisch, eine Kommode, ein Lehnstuhl, ein bunter handgeknüpfter Teppich. Und in der Luft hing ein schweres, süßes Parfüm, das Elizabeth fremd war, ein Parfüm, das nicht in dieses Zimmer gehörte. Zwei Flaschen standen auf der Kommode. Elizabeth zog die Glasstöpsel heraus, roch an den unschuldigen Blumendüften, die ihr entgegenstiegen, und setzte die Flaschen sorgfältig wieder zurück. Vor Constances Tür zögerte sie einen Augenblick und stieß sie dann entschlossen auf. Das sonst so makellose Zimmer ihrer Cousine war heute unordentlich; achtlos lag das Tweedkostüm, das Constance am Morgen getragen hatte, auf dem Bett, ein Paar Strümpfe baumelten nachlässig über der Stuhllehne – es war beinahe, als ob man Constance selber ohne Kleider überrascht hätte ...
Elizabeth beobachtete das Durcheinander nur flüchtig. Sie ging zum Toilettentisch, roch an einer großen Flasche Eau de Cologne und stellte fest, daß es Gardenia war – dann zögerte sie unschlüssig. Ihr Herz schlug noch immer laut, ihre Handflächen waren feucht. Was sollte dieses Gefühl dringender Eile bedeuten, dieser Eindruck von persönlicher Gefahr?
Gewaltsam drängte sie diese Gedanken zurück. Der geheimnisvolle Eindringling konnte das Parfüm nicht hier aus dem Hause haben, außer ... Hinten auf Constances Toilettentisch, ganz nahe beim Spiegel, lag ein kleines Paket, in rosa- und weißgestreiftes Papier gewickelt, das geöffnet und nur lose wieder eingepackt worden war. Bevor Elizabeths Skrupel ihre Hände hätten aufhalten können, war das gestreifte Papier schon weggefallen. Es war Parfüm – teures, französisches Parfüm, in einer ungeöffneten weißen Schachtel. Eine Karte lag dabei, die nur die einfachen Worte enthielt: »Ich hoffe, Ihnen damit eine kleine Freude zu machen. Ihr H. W.«
Elizabeths Blick fiel plötzlich auf die Uhr neben Constances Bett. Wie lange war es her, seit sie das Haus betreten hatte – fünf Minuten? Zehn? Sie schloß nun die Türe von Constances Zimmer hin-

ter sich und ging die Treppe hinunter zum Telefon.
Ihre Stimme klang ausdruckslos, als sie die Brentsche Nummer verlangte, und dann wartete sie, wartete und lauschte auf das geduldige, monotone Klingeln. Eben als sie aufhängen wollte, wurde der Hörer am anderen Ende mit einem ruckartigen Geräusch abgehoben und Lucys Stimme sagte atemlos: »Hallo! Ja, wer ist dort?«
Atemlos ...
»Ich bin's, Elizabeth. Ich wollte dich bloß fragen, ob du zufällig noch ...«
Minuten später, nachdem sie vorgegeben hatte, eine Adresse niederzuschreiben, die sie nicht brauchte, legte Elizabeth den Hörer in die Gabel zurück. Das stille Haus, die stummen Zeugen der Wände und wachsamen Spiegel, die ihr alles hätten sagen können, was sie wissen wollte, schienen ihr zuzuflüstern ... Sie hörte nicht zu. Sie machte sich Tee und ein Sandwich, knipste eine Lampe an, um das drohende Dämmerlicht des Wintertages zu vertreiben, und setzte sich mit einem Buch ins Wohnzimmer – doch erst, nachdem sie etwas getan hatte, was sie noch nie zuvor getan: sorgsam verriegelte sie jede Tür des Hauses.

Der Gegenstand, der so pünktlich und logisch auftauchte, nachdem er seinen Zweck erfüllt hatte, war Mrs. Bennetts Handtasche. Noreen brachte sie am nächsten Nachmittag herunter; »Verzeihung, Mrs. March, ich dachte, Sie wüßten vielleicht, wem sie gehört?«
Elizabeth nahm die Tasche und betrachtete sie sorgfältig. Sie war alt und abgetragen, mit mattgewordenem Verschluß und staubigen schwarzen Falten. Mrs. Bennetts fröhliche Stimme klang ihr im Ohr: »Zerbrechen Sie sich nicht den Kopf, Mrs. March, die Tasche wird schon wieder zum Vorschein kommen, und wenn nicht, ist nicht viel verloren. Sie war ohnehin uralt ... und nichts drin als ein Taschentuch und einige Rechnungen.«
Eine quittierte Rechnung vielleicht – würde dies als Legitimation auf einer Bank genügen? Elizabeth wußte es nicht. Sie sagte: »Ja, die Tasche gehörte Mrs. Bennett, die vor Ihnen die Kinder versorgte. Sie hatte sie verloren und wir durchkämmten das ganze Haus ... wo haben Sie sie bloß gefunden, Noreen?« und wußte die Antwort darauf bereits, bevor das Mädchen gesprochen hatte.
»Im Schrank in meinem Zimmer. Ich habe heute früh Weih-

nachtseinkäufe gemacht, und als ich die Geschenke wegräumte, fand ich die Tasche ... ich hoffe nur, Mrs. Bennett erinnert sich genau, was drin war«, sagte Noreen, »ich habe sie überhaupt nicht angerührt, Mrs. March, außer daß ich sie gleich herunterbrachte.« Mit raschem, verwirrtem Kopfschütteln blickte sie auf die Tasche nieder. Dies, dachte Elizabeth, muß der ewige Alptraum von Leuten sein, die in anderer Leute Häuser arbeiten. Sie sagte rasch: »Natürlich nicht«, und dann: »Danke Noreen, ich werde das in Ordnung bringen.«

Das also hatte der Eindringling in Noreens Zimmer gesucht. Die Handtasche war nicht dort gewesen, als Noreen ihre Sachen einräumte. Mrs. Bennett hatte das Zimmer gründlich ausgefegt, und Elizabeth selber hatte alles überprüft. Das Hinlegen der Tasche konnte nichts anderes bedeuten als einen Trumpf, eine Rückversicherung, wenn die gefälschten Schecks je zur Sprache kommen sollten. Wie leicht, wie logisch dann der Vorschlag, Noreens Zimmer zu durchsuchen, vorgebracht werden könnte.

Und vielleicht hätte es geklappt, wenn Elizabeth nicht das Gesicht am Fenster gesehen hätte, das Gesicht, das nicht Noreen gehörte. Elizabeth trug die Handtasche in ihr Zimmer und untersuchte sie. Mrs. Bennett hatte recht gehabt: ein Taschentuch war vorhanden, eine Haarnadel, eine Zwei-Cent-Marke, eine Rechnung – nichtssagend alles bis auf die Art, wie die Tasche ins Haus gelangt war.

Während sie noch auf dem Bettrand saß, wußte Elizabeth mit einem Gefühl, das zwischen Erleichterung und Furcht schwankte, daß es Zeit geworden war, Oliver von den gefälschten Schecks zu erzählen. Wenn man über die Schecks Bescheid wußte, sah man Jeeps verdorbenen Geburtstag und die Zerstörung der Rosen in einem anderen Licht. Früher hätte man behaupten können, daß die Schecks bloß eine Art Diebstahl waren, ungewöhnlich und nicht alltäglich, gewiß, aber doch bloß Diebstahl – aber dann hätte sich kein Fremder in Noreens Zimmer geschlichen, und Mrs. Bennetts Handtasche wäre einfach beiseite geschafft worden.

Es war kurz vor fünf Uhr. Elizabeth legte die schwarze Tasche in eine Schublade ihrer Kommode und ging hinunter.

Im unteren Korridor begegnete sie Constance. »Oh, da bist du ja, Elizabeth, ich wollte eben zu dir heraufkommen. Im Kühlschrank findest du kaltes Huhn, und ich habe Salat vorbereitet und Erdbeertörtchen. Ich wollte dir das bloß sagen, weil ich näm-

lich ....« Constance errötete wie ein Schulmädchen, »weil ich heute abend auswärts esse ...«
Elizabeth schluckte ihre Überraschung hinunter. Natürlich – das war H. W., der seinem Geschenk auf dem Fuß folgte. Sie lächelte unwillkürlich hinter Constance her und ging dann hinaus, um auf die Küchenuhr zu sehen. Seit sie sich entschlossen hatte, Oliver von den Schecks zu erzählen, schien sich die Zeit bis zu seiner Heimkehr plötzlich endlos zu dehnen.
Noreen war damit beschäftigt, Fleischbrühe zu wärmen und Brot zu schneiden; sie drehte sich lächelnd um und gab Maire einen aufmunternden Klaps: »Erzähl Mama, was du heute nachmittag gesehen hast.«
»Einen Büffel«, verkündete Maire strahlend.
»Maire!«
Maire ignorierte Noreens vorwurfsvollen Blick und wandte sich mit wichtiger Miene zu Elizabeth. Der Büffel schrumpfte zusammen und verschwand schließlich ganz, als sie das Interesse verlor; statt dessen stellte sich heraus, daß sie Wildenten gesehen hatten – »und Jeep hat den ganzen Heimweg geweint«.
Elizabeth sagte ernsthaft: »Er ist noch klein, weißt du, er wird müde« und dann: »Da fällt mir ein, wo steckt Jeep eigentlich?« Sie entdeckten ihn hinten in der Küche, wo er friedlich sein Dreirad mit Senf beschmierte, und sie vermochten ihn nur mit Mühe davon zu trennen. Noreen deckte den Tisch für das Abendessen der Kinder und wies auf die Vorzüge der gerösteten Schnitten hin. Als andächtiges Schweigen eingekehrt war, ging Elizabeth ins Wohnzimmer hinüber, um auf Oliver zu warten.
Er würde ihr jetzt glauben, weil er ihr glauben mußte; der wachsame, unpersönliche Blick würde endlich aus seinen Augen verschwinden. Wenn noch jemand da sein würde, der alles wußte und verstand, jemand, der wie sie die schmale Trennungslinie zwischen Normalem und Verzweiflung beobachtete, dann würde sie durchhalten. Sie würde alles ertragen können, solange Oliver auf ihrer Seite stand – und er würde sich an ihre Seite stellen, weil er gar nicht anders konnte. Es wurde halb sechs und dann ein Viertel vor sechs, und Elizabeth ließ jeden Vorwand, zu lesen, fallen und ging nervös im Zimmer auf und ab. Die Kinder hatten fertig gegessen und folgten Noreen hinauf ins Badezimmer, und noch immer war Oliver nicht gekommen ... Elizabeth fuhr fort, rastlos auf und abzugehen. Im Spiegel fing sie im Vorüberschrei-

ten ihr Bild auf und blieb jählings stehen. Schmal und spitz war ihr Gesicht, bar jeden Selbstbewußtseins, angespannt von tausend Fragen. Keine Spur von Farbe in ihren Wangen, ihren Lippen, nur der erstaunlich dunkle Bogen der Brauen und die zarte Radierung der Wimpern als Akzent. Es würde nicht genügen für Olivers neuen ärztlichen Blick. Sie lief hinauf. Die Kinder lachten und plätscherten in der Badewanne, und unter Constances Schlafzimmertür drang ein Lichtstreifen hervor. In ihrem eigenen Badezimmer wusch Elizabeth ihr Gesicht in eiskaltem Wasser, stäubte einen Hauch Puder über die rosig gewordenen Wangen und benützte ihren Lippenstift kräftiger als sonst. Ja, so sah sie besser aus – noch immer nicht wie die blühende Mutter zweier gesunder Kinder, noch immer nicht wie die Elizabeth March, die lächelnd vom Umschlag ihrer Bücher blickte – aber doch besser. Unten klingelte es; war Oliver ausgesperrt und hatte keinen Schlüssel, oder läutete das Telefon? Elizabeth öffnete die Schlafzimmertür und lauschte; sie hörte das Rauschen von Badewasser und Maires Geschrei »das ist meine Ente!« und noch etwas anderes. Olivers Stimme.

Sein Wagen mußte eben vorgefahren sein, als sie die Treppe hinaufgegangen war. Elizabeth ging rasch den Korridor entlang – doch auf der obersten Treppenstufe stockte sie, der Ruf blieb in ihrer Kehle stecken. Unter ihr, jenseits der Biegung des Treppengeländers, sagte Oliver leise und eindringlich: »Freitag um zwölf – am selben Ort? Gut ... Und bitte, ich sagte es doch: keine Anrufe mehr hierher ...«

Die nächsten Worte hörte Elizabeth nur noch halb. Sie gingen im Dröhnen ihres Pulses unter.

7

»Ein scheußlicher Wind draußen«, sagte Oliver, »und höllisch kalt wird's außerdem. Wollen wir ein Feuer anzünden? Ja?«

Er warf Hut und Mantel und die Abendzeitung achtlos auf den nächsten Stuhl. »Wo sind die andern? Die Kinder schon im Bett?«

Elizabeth verschränkte ihre eiskalten Hände fest hinter dem Rükken. »Beinahe ... Hat nicht eben das Telefon geklingelt, oder habe ich mir das bloß eingebildet?«

Oliver schichtete sorgsam Holz aufeinander und zündete ein Streichholz an. Als er sich wieder aufrichtete, sagte er fröhlich: »Doch, es hat geklingelt. Eine falsche Verbindung.« Die Späne und die Zeitung flammten hoch auf, und der Widerschein der Glut tanzte über sein dunkles Gesicht. »Trinken wir einen Cocktail?« Das traf Elizabeth am meisten: der heitere Klang seiner Stimme, die leichte gute Stimmung, die ihm seit Wochen gefehlt hatte. Als ob der Telefonanruf und seine Verabredung für Freitag ihn verwandelt hätten; als ob die Lüge, leichthin und geschickt ausgesprochen, der Sache eine besondere Würze verleihen würde. Sie war froh, daß der Feuerschein ihr Gesicht maskierte; sie fühlte, wie ihre Wangen vor Schreck brannten. Seltsam – denn ihre Hände und Füße, ihr ganzes Inneres waren kalt, tödlich, eisig kalt.
Während sie ihren Cocktail tranken, kam Constance herunter in einem weichen grünen Kleid, das Elizabeth noch nie gesehen hatte. Die fließenden Linien nahmen ihrem Körper die Schwere, die Farbe ließ ihre Haut und ihr Haar um Jahre jünger scheinen. Constance bewegte sich unruhig, untersuchte peinlich genau die Nähte ihrer Handschuhe und schien etwas verlegen über die veränderte Erscheinung.
Durch die Öffnung in der Hecke schimmerten die Scheinwerfer eines Autos. Elizabeth und Oliver, die beide begriffen, daß der Lenker des Wagens nicht in Erscheinung treten würde, stürzten sich gleichzeitig in höfliches Geplauder, während Constance in den Mantel schlüpfte und zur Türe ging. Dort sagte sie atemlos: »Ich habe meinen Schlüssel – Gute Nacht« und tauchte in die stürmische Dunkelheit hinaus.
»Du brauchst nicht aufzubleiben, Mutter«, murmelte Oliver spöttisch und fing Elizabeths Blick auf. »Das ist ja völlig neu, nicht wahr?«
Elizabeth antwortete mit einem Achselzucken. Sie deckte den Tisch und zündete Kerzen an; in der Küche versuchte sie Constances Salatsauce und fügte Salz und einige Tropfen Essig bei. Sie bewegte sich wie ein Automat – hörte nichts als das Echo von Olivers Stimme.
»Ich sagte doch – keine Anrufe hierher ...« Sie hatten über sie gesprochen, kritisch, warnend. »Wenn eine Frauenstimme antwortet, hängst du auf ...« Es war, so unerträglich es schien, die älteste, schäbigste Situation der Welt.
Und am andern Ende des Drahtes? Wessen Stimme?

Freitag mittag, am selben Ort. Es klang wie das heimlichste aller heimlichen Rendezvous und paßte so wenig zu Oliver, wie das schwere exotische Parfüm in Noreens Zimmer gepaßt hatte. Es war ein Teil ihres Angsttraumes.

Als sie wieder ins Wohnzimmer trat, fiel ihr ganz plötzlich ein, was der Telefonanruf aus ihrem Gedächtnis vertrieben hatte: Freitag war sie zu Dr. Hathaway bestellt. Wie immer hatte sie den Vormittag dafür gewählt, um sich mit Oliver zum Lunch treffen zu können, bevor sie nach Hause fuhr. Es war eine alte Tradition. – Sie sagte beiläufig: »Ach, übrigens, können wir Freitag zusammen Mittag essen? Hathaway hat mich auf elf bestellt, da werde ich rechtzeitig fertig sein.«

»Fein«, erwiderte Oliver prompt. »Im Grill vom *Dinty Moore*?«

Sie suchte seinen Blick, der nichts verriet. »Einverstanden«, sagte sie langsam und wandte sich ab.

Freitag also – ein Tag, der ihr viel verraten würde.

Sie aßen schweigend, bis Oliver nach einer Zigarette griff und freundlich fragte: »Weißt du, ob Constance für das neue Jahr schon irgendwelche Pläne gemacht hat?«

Elizabeth hob die Brauen. »Pläne?«

»Ja, Pläne«, sagte Oliver ruhig. »Du weißt, wie sehr ich schätze, was sie für uns getan hat. Aber wenn wir endgültig fünf statt vier sein sollen, wäre es wohl Zeit, daß wir Bescheid darüber wissen und uns entsprechend einrichten.«

Fünf statt vier ... es war kein glücklicher Ausspruch. Oliver bemerkte es augenblicklich und fuhr hastig fort: »Ich meine, wenn sie bleibt, sollten wir das bekanntmachen und dafür sorgen, daß sie auch aufgefordert wird, wenn wir eingeladen werden, und so weiter. Was wir heute haben, ist doch ein recht unzulängliches Arrangement, findest du nicht?«

»Was würdest du denn vorschlagen?« fragte Elizabeth heftig und grundlos ärgerlich. »Soll ich ihr sagen, wir brauchten sie nicht mehr, sie könne gehen und sich ein einfaches Billett nach X oder Y kaufen?«

»Natürlich nicht«, Olivers Stimme klang kühl, »du weißt genau, was ich meine.«

Nein, ich weiß es nicht, dachte Elizabeth, das ist es ja gerade! Ich weiß nicht, ob du möchtest, wir wären wieder allein, oder ob du dich vor Constance fürchtest, weil sie meine Cousine ist und Dinge beobachten könnte, die sie nicht sehen soll. – Sie sagte steif:

»Ich hole Kaffee« und floh in die Küche.
Kurz vor neun Uhr gellte Maires Schrei durch das ruhige Haus. Es war, als ob die ganze heimliche Bosheit der letzten Wochen jählings schwarz und drohend hervorgebrochen wäre. Eine brennende Woge panischer Angst durchlief Elizabeth – dann war sie auf der Treppe und rannte nach oben, bevor Oliver auch nur aufspringen konnte.
Maire schrie zum zweitenmal, als Elizabeth die obere Halle erreichte und blindlings an Noreen vorbeistürzte, die im Bademantel herbeigelaufen kam. Sie stieß die Tür des Kinderzimmers auf, mit bebendem Atem, und sah mit einem Blick, daß beide da waren, sicher und ungefährdet, Jeep zusammengerollt in seinem Bettchen, Maire aufrecht in einem wirren Bündel von Bettzeug sitzend.
Sie war nicht richtig wach. Elizabeth legte ihren Arm beruhigend um die kleinen, zitternden Schultern. Sekunden zuvor hätte sie ihre Stimme nicht beherrschen können, doch jetzt klang sie weich und ruhig, kaum lauter als ein zärtliches Flüstern. »Keine Angst, Liebling, schau, ich bin bei dir – alles ist gut ...«
Maire murmelte etwas Unverständliches und kroch wieder unter die Decken. Elizabeth schaute sich hastig um, während sie das Kissen glattstrich: die Schranktür war geschlossen, die Vorhänge bewegten sich im leisen Luftzug vom Fenster her – war das Kind aufgewacht und hatte die sachte Bewegung gesehen, wie einen Traum, der unvermittelt und erschreckend lebendig geworden? Zweige schlugen mit kratzendem Geräusch gegen das Vordach. Elizabeth blickte auf, gewahrte den großen, schwarzen Schatten an der Wand und wandte heftig den Kopf. Es war Noreen, die schweigend unter der offenen Türe Wache hielt und Elizabeths nervöse, rasche Inspektion des Raumes gesehen haben mußte.
Maires Augen hatten sich geschlossen, dunkle Wimpern lagen fest auf den runden Wangen. Elizabeth erhob sich sachte, und Noreen fragte flüsternd von der Türe her: »Vielleicht der Luftzug ...?«
Keines der Kinder wurde vom Luftzug getroffen, sie wußten es beide, wußten auch, daß das Fenster, das offenstand, auf das niedrige Vordach hinausging und daß der Apfelbaum, vom Nachtwind geschüttelt, eine ausgezeichnete Leiter bildete. Eine seltsame Stille legte sich zwischen sie, während sie dastanden in dem kühlen, flüsternden Halbdunkel und sich anblickten. Dann

schlich sich Noreen auf Zehenspitzen an ihr vorbei, schloß das Fenster über dem Vordach und öffnete das andere über Maires Bett.

Noreen fühlte es also auch – das leise drohende Eindringen einer Gefahr ins Haus. Sie war kein Dummkopf, sie hatte die Rosen gesehen, die Bonbons, Mrs. Bennetts Handtasche – und, wichtiger als alles: als nicht zur Familie gehörig bemerkte sie mehr als alle andern. War dies der Grund, warum sie täglich besorgter wurde, warum sich ihre Augen immer tiefer umschatteten?

Du mußt mit ihr sprechen, dachte Elizabeth plötzlich; sie kann dir helfen.

Später, als sie bereits im Bett lag, kam Oliver aus dem Badezimmer mit der Zahnbürste in der Hand und fragte: »Was sollte das Geschrei bedeuten? – böse Träume?«

»Ich glaube.«

Oliver verschwand wieder; nach kurzer Zeit kam er zurück. »Weißt du«, sagte er unvermittelt, »wenn du immer so die Treppe hinaufschießt, wirst du eines Tages hinfallen und dir den Hals brechen, während Maire längst wieder friedlich eingeschlafen ist.«

Hinfallen. Den Hals brechen. Während Maire ... Elizabeth entgegnete heiser: »Ich kann nicht anders als rennen, wenn ich – wenn Maire« und brach zu ihrem Schrecken in Tränen aus. Oliver war augenblicklich bei ihr, fast so wie sie vorhin bei Maire, und seine Arme gaben ihr den sicheren, ruhigen Schutz, um ruhig zu werden. Es dauerte lange, bis Elizabeth ruhig wurde, denn ungestüm und unaufhaltsam kamen die aufgehäuften Schrecken der letzten sechs Wochen herausgestürzt, ein Wildbach von Schluchzen und Tränen gegen Olivers Brust. Doch selbst in diesem Augenblick hielt sie die gefälschten Schecks zurück; sie dachte an das kurze feindliche Gespräch, das sie mit Oliver über Constance geführt, und eine unbewußte Angst ließ sie nicht von den Schecks sprechen. Über alles andere sprach sie, stockend, von Schluchzen unterbrochen. Über die Rosen: »Ich war es nicht, ganz egal was du denkst ...«, über die Bonbons: »Siehst du denn nicht, wie klug das eingefädelt war?« – über das Gesicht an Noreens Fenster: »Ich weiß nicht, wer es war – und dann das leere Haus. – Ich fürchte mich so«, sagte Elizabeth zitternd; sie hob den Kopf und starrte mit blinden Augen durch das Zimmer, »ich fürchte mich so schrecklich ...« Olivers Arme lösten sich. Er

schüttelte den Kopf, freundlich, sachte, fast unmerklich, als wäre jede heftigere Gebärde zuviel. Als sie endlich verstummte, faßte er sie am Kinn, hob ihr Gesicht hoch und sagte zögernd: »Elizabeth« – er stockte und begann dann von neuem, und seine Augen blickten eindringlich: »Heißt das, daß du immer unter diesem – diesem Druck gelebt hast seit der Geschichte mit den Rosen? Als du selbst sagtest, daß . . .«
Elizabeth erfaßte blitzartig die Bedeutung dieser Worte.
»Als ich was sagte?«
Aber Oliver schüttelte den Kopf, er blickte lauschend zur Türe. Behutsame Schritte gingen den Korridor entlang, ein Lichtschalter knackte, eine Tür schloß sich sachte.
Constance.
»Oh, Gott«, murmelte Elizabeth traurig. »Das hat gerade noch gefehlt.«
»Ja.« In Olivers Stimme klang leiser Grimm. »Komm, rauchen wir eine Zigarette, und dann wollen wir die Sache Schritt für Schritt durchgehen . . .«
Schon nach den ersten ruhigen Worten hörte Elizabeth nicht mehr zu. Sie begriff, daß das Schlimmste geschehen war: sie hatte Oliver alles erzählt, schluchzend und weinend und zitternd wie ein Kind – und nun behandelte Oliver sie wie ein Kind, dem man tröstend erklären kann, der Schatten unter dem Bett sei bloß ein Pantoffel . . . Kein Ausweg also, niemand der ihr helfen würde.
Oliver schloß freundlich: » . . . ganz bestimmt habe ich recht. Und am Morgen sieht alles anders aus, du wirst sehen. Was du im Augenblick brauchst, ist Schlaf, ungefähr zwölf Stunden.«
Elizabeth hob den Kopf und begegnete ihrem Bild im Spiegel des Toilettentischs. Starre Augen, nasse Wangen, wild zerzaustes Haar – kein Wunder, daß Oliver sie für hysterisch hielt.
Oder spielte er nur Komödie?
Auch Olivers Bild war im Spiegel, seine Augen sahen nachdenklich und abweisend vor sich hin. Als er ihren Blick auf seinem Spiegelbild fühlte, stand er hastig auf und ging zur Kommode hinüber. »Glaubst du, du kannst eine Tablette schlucken?«
»Am liebsten würde ich alle . . .«
»Komm, sei vernünftig«, sagte Oliver mit abgewandtem Gesicht, »ich würde nicht –« seine Stimme stockte jählings, und Elizabeth blickte hoch.
»Findest du die Tabletten nicht?«

»Doch, hier sind sie«, sagte Oliver nach kaum merklichem Zögern und brachte ihr die Tablette und ein Glas Wasser.
Elizabeth legte sich unter den Decken zurecht und hielt Oliver am Bettrand fest. »Glaubst du, Constance hat die Haustür zugesperrt?« – »Sicher« – »Ich möchte doch, daß du nochmals nachsiehst.«
Sobald er mit resignierter Miene das Zimmer verlassen hatte, glitt Elizabeth aus dem Bett und lief zur Kommode hinüber. Als Oliver zurückkam, lag sie wieder im Bett, still, beherrscht, nichts verriet ihr Herzklopfen.
Zwei Tabletten befanden sich noch in der grauen Schachtel, die tags zuvor neun enthalten hatte. Oliver wußte es – er mußte es bemerkt haben, er hatte ihr auch gestern abend die Tablette gegeben.
Sechs fehlten.
»Du wirst hinfallen und dir den Hals brechen«, hämmerte ihr Blut. Und: »Was tun wir mit Elizabeth?«

8

Es mochte drei oder vier Uhr morgens sein, als Elizabeth erwachte – jäh aus dem Schlaf gerissen durch eine winzige Störung der eisigen, tief-nächtlichen Stille.
Ein Streifen Mondlicht hing im Zimmer, scharf und schneidend wie ein Messer, und Elizabeth hätte beinahe aufgeschrien. Als Puls und Hirn und Sinne sich zurechtgefunden, wußte sie, daß sich die Ursache ihres jähen Erwachens nicht im Zimmer befand. Ruhig und gerade hingen die Vorhänge, das Mondlicht wirkte wie erstarrtes Silber, ihr gegenüber schlief Oliver friedlich unter seiner Decke.
Sie hatte eben ihren Kopf wieder auf das Kissen fallen lassen, als sie das leise, das unbeschreiblich sachte Geräusch hörte.
Später begriff sie, daß ihm ein stärkerer Laut vorausgegangen sein mußte, der sie aus den Tiefen ihres erschöpften Schlummerns riß. Denn dies allein hätte sie nie geweckt, dieses sanfte und beinahe unwirkliche Geräusch, das von unten zu ihr heraufdrang. Als ob – wieder lauschte sie und suchte in ihrer Erinnerung, bis sie es fand: ein leises Knarren von Holz, ein sachtes Klicken von Me-

tall ... jemand versuchte, die Haustür zu öffnen.
Aber Oliver war doch hinuntergegangen und hatte das Schloß nachgeprüft. Das hatte er doch?
Und die Hintertüre, die Kellertüre mit ihrem zweiten Durchgang zur Küche, die Verandatüre – stand eine von ihnen offen? Ihre Schultern und ihre Kehle begannen zu schmerzen, während sie mit erhobenem Kopf starr und angestrengt ins Dunkel lauschte. Ganz plötzlich erfaßte Elizabeth, daß das Geräusch verstummt war und nicht wiederkehren würde.
Der Fußboden lag kalt unter ihren nackten Füßen, als sie vom Teppich weg und dicht ans Fenster trat. Ein seltsam unwirkliches Bild bot sich ihren Augen, der Szene einer Bühne ähnlich: kahle, windzerzauste Bäume, ein von Schatten belebter Rasen, Steinplatten, auf denen der Frost schimmerte. Nur in der Öffnung der Hecke zitterten die Zweige, als wären sie eine knappe Sekunde zuvor gestreift worden – oder bildete sie sich das nur ein?
»Kannst du nicht schlafen?« fragte Olivers Stimme überraschend aus der Dunkelheit heraus.
Wie lange war er schon wach, wie lange hatte er sie beobachtet? Elizabeth murmelte eine Antwort und schlüpfte ins Bett zurück, immer noch angespannt lauschend. Sie war beinahe wieder eingeschlafen, als sie das leise, unendlich sorgfältige Schließen von Noreens Tür hörte.

Morgen. Maire fieberte leicht. Constance war in ihr üppiges Einzelgängerfrühstück versunken und bemerkte kaum, daß Elizabeth ihren Kaffee stehen ließ. In der Küche blies Maire große Blasen in ihren Orangensaft, während Jeep begeistert Zuschauer spielte. Elizabeth lächelte den beiden zu und sagte dann: »Hallo, Noreen – ich möchte gern mit Ihnen sprechen, wenn Sie einen Augenblick Zeit haben.«
Noreen hatte eben in der Anrichte die Milch der Kinder in die Tassen gegossen. Mit leisem Erstaunen beobachtete Elizabeth, wie die schmalen Schultern, die kleinen flinken Hände erstarrten. Nach einer Sekunde senkten sich die Hände automatisch, um unruhig an der Schürze zu zupfen. Das Mädchen drehte sich zögernd um. Sie sagte mit stockendem Atem: »Mrs. March, ich wollte sie schon lange fragen – wenn ich irgend etwas falsch mache – es ist oft schwer am Anfang – ich weiß, sie hatten eine so tüchtige Kraft vor mir ...«

»Es handelt sich nicht darum«, unterbrach Elizabeth sie hastig. »Wir sind mehr als zufrieden, Noreen – nein, ich wollte mit Ihnen über etwas anderes sprechen.«
Wie blaß das Mädchen war, wie angespannt ... Liebte sie ihren Beruf so sehr, oder steckte eine tiefere Furcht dahinter? Elizabeth begegnete dem ernsten Blick der graubraunen Augen, unter denen tiefe blaue Schatten lagen. Die Schatten waren neu; Noreen hatte sie nicht gehabt, als sie eingetreten war, auch nicht den gehetzten Ausdruck um den jungen, blassen Mund.
Sie wußte etwas – oder fürchtete sich vor etwas. Elizabeth war so erschrocken, daß sie ihr Vorhaben änderte; sie sagte sanft: »Sind Sie ganz sicher, daß es Ihnen hier gefällt, Noreen? Sagen Sie's ruhig, wenn es nicht so ist – Kinder sind oft recht schwierig in diesem Alter.«
»Oh, bitte, Mrs. March, ich habe die Kinder so lieb!« In der leisen Stimme schwang unterdrückte Leidenschaft, und wieder war Elizabeth erstaunt. Noreen sah sie mit raschem, ängstlichem Lächeln an, und Maire fragte neugierig: »Wer hat die Kinder lieb?« und damit war das Gespräch für diesmal zu Ende.

Am Freitag zog sich Elizabeth mit lächerlicher, abergläubischer Hast an. Das pflaumenblaue Kostüm, den passenden rosafarbenen Tweedmantel, der eigentlich nicht warm genug war für den bitterkalten Tag, der jedoch Doktor Hathaways scharfes Auge täuschen mochte.
Das ganze Frühstück hindurch war sie auf Kohlen gesessen, doch Oliver sagte nur: »Ruf mich von der Praxis aus an, wenn du fertig bist, dann werde ich dir einen Vorsprung lassen und dich in der Bar des *Dinty Moore* treffen.«
»Wo du den Vorsprung aufholen kannst.« Sie hatte sich froh und glücklich vor Erleichterung gefühlt, weil Oliver seine leise, hastige Telefonverabredung brach, um sie zu treffen. Er hatte wählen müssen – und sich zu ihren Gunsten entschieden. Warum also blickte sie so ängstlich auf die Uhr, warum wünschte sie so dringend, aus dem Haus zu kommen und nach Boston zu fahren, bevor etwas geschehen konnte ...?
Das Telefon klingelte um halb zehn Uhr; es war Brenda McCollum, die sie zu einer Party am Heiligen Abend einladen wollte. Elizabeth dankte, sie wären gern gekommen, hätten jedoch bereits andere Abmachungen getroffen.

Um fünf Minuten vor zehn klingelte es zum zweitenmal.
Oliver sagte: »Ist das nicht Pech? Ausgerechnet heute! Moulton hat für halb zwölf Uhr eine Besprechung festgesetzt. Ich würde mich gerne drücken, aber . . .«
»Das geht natürlich nicht«, sagte Elizabeth mit erzwungener Munterkeit. »Nun, die Welt wird nicht untergehen. – Ich wünsche dir viel Erfolg.«
»Wie schade«, sagte Constance zerstreut vom Schreibtisch herüber. »Oliver ist verhindert, nicht wahr?«
»Es scheint so. Auf bald also, Constance«, entgegnete Elizabeth, schloß die Haustür hinter sich und ging den Rasen hinunter zu ihrem Wagen.
Oliver hatte die Zeit ausgezeichnet berechnet, er hatte die schimmernde Seifenblase nicht eine Sekunde zu früh platzen lassen. Es war nur Pech, daß er ihr erst vor wenigen Tagen von Moultons ausgedehnter Europareise erzählt hatte. Sonst hätte es wie die Wirklichkeit klingen können.

Hathaway empfing sie pünktlich und meinte empört, daß sie fürchterlich aussehe; was stelle sie sich eigentlich vor? Elizabeth fieberte vor Ungeduld, während er seine Fragen stellte, Notizen machte und schließlich ein Rezept verschrieb. Sie hatte Glück: als sie die Praxis verließ, erwischte sie ein vorüberfahrendes Taxi, und es war genau zehn Minuten vor zwölf, als sie gegenüber von Olivers Bürogebäude haltmachten. Sie lehnte sich nach vorne. »Ich warte hier auf jemanden und fahre dann weiter. Es wird nicht lange dauern.«
Zwölf Uhr, hatte Oliver vor zwei Tagen zu der unbekannten Stimme am Telefon gesagt. Er würde das Gebäude verlassen und hingehen müssen, gleichgültig wo er sich verabredet hatte. Elizabeth beobachtete den mittäglichen Strom von Menschen, den die Türen des International Chemical Building ausspien; halb hoffte sie, daß Oliver nicht erscheinen möchte, und wußte doch, daß er kommen würde.
Beinahe hätte sie ihn doch übersehen, wäre auf dem Trottoir nicht eine kleine Verwicklung um einen herrenlosen Hund entstanden. In der kleinen freien Insel, die die drängenden Passanten gebildet hatten, erschien Oliver zwischen den goldfarbenen Gittertüren der marmornen Vorhalle, blieb kurz stehen, um sich eine Zigarette anzuzünden, und begann dann den Block hinaufzugehen. Eli-

zabeth beobachtete ihn, alles Gefühl in ihr schien erstorben zu sein.
Er schickte sich an, die Straße zu überqueren, und hielt an der Ecke ein Taxi an. Elizabeth preßte ihre Hände fest zusammen und faßte einen raschen Entschluß, den sie nicht bewußt überlegt hatte. Sie lehnte sich nach vorne. »Oh, ich sehe eben, daß wir uns verfehlt haben ... Es ist das rot-gelbe Taxi dort vorne. Wenn Sie ihm bitte folgen wollen ...«
»Das Taxi, in das eben der Herr eingestiegen ist?« fragte der Fahrer.
»Ja.« Sie war eiskalt und gleichgültig. Sie hatte nicht geglaubt, daß sie je soweit kommen könnte, doch in seltsamer Weise hatte sich in der letzten Minute alles zu der einfachen Notwendigkeit verdichtet, die Wahrheit zu wissen. Was sie tun würde, wenn sie die Wahrheit erst einmal kannte, war wieder etwas anderes, und selbst der abgebrühteste, erfahrenste Taxichauffeur würde ihr da nicht helfen können ... Olivers Taxi führte sie in einen Teil Bostons, den Elizabeth nicht kannte und später auch nicht hätte wiederfinden können. Sie hatte so lange auf das rot-gelbe Taxi gestarrt, daß sie ihn gar nicht mehr sah und erschrocken zusammenfuhr, als der Fahrer lakonisch sagte: »Dort drüben geht Ihr Freund«, und haltmachte.
Sie hatte das Kleingeld bereit; stumm ließ sie es in die ausgestreckte Hand gleiten und war aus dem Taxi gestiegen, ohne einen Blick auf das Gesicht des Chauffeurs zu werfen.

9

Als Oliver hinter der Drehtür verschwunden war, blieb Elizabeth zögernd stehen. Sie wartete mit instinktiver Vorsicht, die sie selbst verblüffte, bis ein kahlköpfiger Mann im Regenmantel ihm gefolgt war, erst dann schritt sie die drei schmalen Stufen hinauf und betrat die Halle des Hotels *Savoia*. – Sie hätte nicht genau zu sagen vermocht, was dem *Savoia* seinen eindeutigen Stempel aufdrückte – vielleicht war es das bernsteinfarbene Dämmerlicht, da und dort von einer rötlich schimmernden Lampe erhellt, oder der herumlungernde Chasseur, dessen Augen mit gelangweilter Neugier über sie hinwegglitten; vielleicht war es die auffallende

Blondine, die wartend neben den Fahrstühlen saß – oder einfach die schläfrige Stille, die über der ganzen Halle lag. Sie hatte geglaubt, so starr und gehetzt zu sein, daß nichts Derartiges sie zu berühren vermöchte; und doch – der jähe Ekel, der in ihr aufstieg, war so stark, so unmittelbar, daß sie sich nur mit Anstrengung an den Zweck ihres Hierseins erinnerte und versuchte, Oliver in der dämmerigen Halle zu finden.
Zu ihrer Rechten befanden sich ein Schalter der Western Union und ein Zeitungsstand, ihr gegenüber, am Ende der Halle, in der einige kleine Sofas und Stühle standen, waren die Fahrstühle und einige Telefonkabinen. Hinten zu ihrer Linken am Empfangspult erblickte sie Olivers Kopf und Schultern über den Blättern einer großen Gummipflanze. Er sprach mit dem Empfangschef und beugte seinen Kopf dann eindringlich vor.
Elizabeth tat einige zögernde Schritte vorwärts. Wie hatte sie je glauben können, dieser Raum sei düster? Er schien plötzlich von Licht überflutet, grell, erbarmungslos, und überließ sie schutzlos den vielen starrenden Blicken, die sich scharf wie gezückte Messer auf sie geheftet, ohne daß sie es bemerkt hatte. Die Frau im Zeitungsstand, der Beamte am Schalter der Western Union, der herumlungernde Chasseur, die Blondine neben dem Fahrstuhl, ein ältlicher Mann auf dem nächsten Sofa – alle, alle starrten sie an, nagelten sie fest mit ihren Augen, abschätzend, durchdringend, zergliedernd. Es war der alte, uralte Traum, plötzlich auf offener Straße zu entdecken, daß man keine Kleider anhatte, doch nun war es kein Traum. Oliver, wie konntest du …
Im nächsten Augenblick würde sie es nicht mehr aushalten, sie würde davonstürzen in wilder Panik … zitternd schob sie ihren Handschuh zurück und tat so, als blickte sie zerstreut auf ihre Armbanduhr. Das Zifferblatt flimmerte vor ihren Augen, doch die kleine Bewegung zerstörte den unheimlichen Bann. Der ältliche Mann begann nervös seine Nase zu reiben, die Blondine zupfte an ihrem Rocksaum, die Frau im Zeitungsstand wandte sich ab – im selben Augenblick hatte Oliver das Pult verlassen und schritt nun rasch durch die Halle auf den Fahrstuhl zu. Noch hätte sie entrinnen können, hinausfliehen in das winterliche Sonnenlicht, in der Hoffnung, einen Rest ihres Stolzes zu retten, den sie an der Tür zurückgelassen hatte. Doch dann wäre die ganze Demütigung umsonst gewesen … Nein. Sie mußte es herausfinden, mußte wissen, wogegen sie kämpfte.

Und Elizabeth tat, wozu keine Gewalt der Erde sie zehn Sekunden zuvor hätte zwingen können: sie schritt energisch durch die Halle, ging knapp an Oliver und der Gruppe von Leuten, die eben den Fahrstuhl verließen, vorbei und stellte sich vor eine Telefonkabine, so daß sie Olivers Rücken im Auge behielt. Es durchzuckte sie jäh, und der Gedanke stimmte sie traurig, wie nützlich es in solchen Situationen war, die Gewohnheiten des eigenen Manns zu kennen. Oliver würde die Nummer seines Stockwerkes nennen, wenn er den Fahrstuhl betrat... oder würde er dies hier unterlassen?
»Sechs«, sagte Olivers Stimme erschreckend nahe.
Sechs. Aussichtslos also, wenn nicht gleich ein zweiter Fahrstuhl – der uniformierte Liftboy war aus dem Aufzug getreten und wartete auf weitere Passagiere. Ein Mann und eine Frau, die Elizabeth zuvor nicht bemerkt hatte, kamen durch die Halle. Die Blondine erhob sich, warf ihr einen neugierigen Blick zu und folgte den beiden in den Fahrstuhl. Die Türen schlossen sich, sie waren fort. Hastig trat Elizabeth zu den Fahrstühlen, drückte auf den Knopf und wurde augenblicklich mit Erfolg belohnt. Der zweite Aufzug hielt vor ihr. »Sechstes Stockwerk – sehr wohl, Madam«, sagte der freundliche, weißhaarige Fahrstuhlführer. »Es wird wieder kälter, nicht wahr? Wir scheinen dieses Jahr doch einmal weiße Weihnachten zu kriegen...«
Elizabeth sagte ja, gewiß, und trat im sechsten Stockwerk hinaus. Ihr Herz klopfte wie rasend; eine wilde Sekunde lang verschmolzen diese Töne mit dem leisen, raschen Geräusch von Fußtritten in einem der nächsten Korridore. Olivers Schritt, den sie so gut kannte.
Sie hatte Glück; als sie um die Ecke des Hauptkorridors bog, erblickte ihr Auge eine Bewegung am Ende des Seitenganges zu ihrer Linken. Sie drehte den Kopf gerade rechtzeitig, um Oliver hinter einer Tür verschwinden zu sehen, die er ruhig hinter sich ins Schloß zog.
Wieder Stille, nur schwach belebt durch das Echo des Verkehrs, das aus den Tiefen der Straße heraufdrang. Irgendwo in der Nähe ertönte ein heftiges Klirren von Glas, und eine Frauenstimme sagte zornig: »... du Esel!« Elizabeths Gefühlslosigkeit war jäh gewichen; ungläubig, scharf, klar erfaßte sie jede Einzelheit ihrer Umgebung. Kein Automat also, keine fremde Frau, die ihr vielleicht ein wenig leid getan, die sie mit leichter Verlegenheit be-

dauert hätte, sondern sie selbst, sie, Elizabeth March, war es, die in dieses abgelegene, dämmerige Hotel gekommen war, in der jämmerlichsten Rolle der Welt.
Sie zwang sich, den Korridor hinaufzugehen und einen Blick auf die Zimmernummer zu werfen. All dies war Wirklichkeit – später würde sie sich nur mit Mühe davon überzeugen können. Würde sie jemals fähig sein, das trübe graue Licht zu vergessen, das vom Fenster herübersickerte und wäßrig über die Zahlen streifte, oder die kleine dreieckige Stelle darüber, wo die Farbe abgeblättert war?
Sie drehte sich um und ging rasch davon.
Der Empfangschef beobachtete sie, als sie sich dem Pult näherte – hatte er sie schon vorher bemerkt? Hatte er gesehen, wie sie die Halle durchquerte, wie sie wartete und dann den Fahrstuhl so hastig betrat? Der rosafarbene Tweedmantel leuchtete auffallend durch das Halbdunkel; sie fühlte das automatische Heben der Augen, das ihr Vorübergehen begleitete.
Er hörte aufmerksam zu, während sie mit ihm sprach und unbestimmt etwas vom Freund eines Freundes murmelte, der im Hotel wohnte. Sie glaube, die Nummer des Zimmers sei 619, und der Name – sie hatte Mühe, in ihrer Verwirrung einen zu finden – der Name war Hunt.
Der Mann betrachtete sie mit kaum verhehltem spöttischem Lächeln. »Tut mir leid, Madam. Es wohnt niemand im Hotel, der so heißt.«
»Oh – aber das ist unmöglich!« Sie fühlte sich jetzt auf festerem Grund, wußten sie doch beide, daß er ihr nicht glaubte. »Ich bin ganz sicher, er sagte Hotel *Savoia*, Zimmer 619.« Sie erwiderte kühl seinen Blick. »Würden Sie bitte nachsehen.« Der Mann seufzte hörbar, drehte sich um und blätterte in einem Karteikästchen. Er zog eine Karte heraus und hielt sie sekundenlang in der Hand; als er Elizabeth wieder ansah, fühlte sie augenblicklich, daß sich seine Haltung leicht verändert hatte. Ein Zweig der Gummipflanze zitterte ganz nah neben ihrer Wange. Der Mann sagte mit einem Ausdruck genießerischen Vergnügens: »Zimmer 619 wird von einem Mr. C. G. Maßmann bewohnt ... Ich bedaure.«
Seine Haltung war kaum mehr höflich, er entließ sie deutlich mit seinen Augen, seinem Tonfall, einer sorglosen Wendung der Schulter. »Alfred! Hat Mr. Casales Ihnen gesagt, ob er ...«
Glühend vor Zorn und Scham ging Elizabeth weg. Ihr schien, als

wäre selbst die Luft mit Hohn und Spott gesättigt. Einem Impuls gehorchend blickte sie zurück: der Empfangschef hatte seinen Ellbogen auf das Pult gestützt und tuschelte mit einem Chasseur, der ihren Rückzug mit spöttischem, abschätzendem Grinsen verfolgte.

Sie haben alle ihren Spaß an solchen Dingen im *Savoia*, dachte Elizabeth, der das Grinsen wie eine Wunde auf dem Rücken brannte – o ja, sie haben ihren Spaß ... Das sollst du mir büßen, Oliver – für all dies sollst du mir büßen!

Sie klammerte sich an ihren Zorn, wie sie sich an einen Rettungsanker geklammert hätte, denn darunter wartete die Angst – die gähnende und bodenlose Angst.

Die Heimfahrt war bitter kalt. Wild entschlossen kämpfte Elizabeth jeden Gedanken nieder, der quälend, marternd aufsteigen wollte. Solange sie auf den Verkehr achten mußte, war kein Platz für das andere, das Schreckliche, vorhanden. Sie erreichte das Haus um zwei Uhr und fand es leer. Friedliche – höhnisch friedliche Stille empfing sie. Ein Streichholz für das Kaminfeuer, eine Tasse heißen Tee – und dann, nicht länger zu vermeiden, die Tatsachen. Was, genau genommen, wußte sie? Daß Oliver am Telefon eine geheimnisvolle Verabredung getroffen, daß er sie angelogen hatte, um seine Verabredung einzuhalten – ein Stelldichein, das in einem Schlafzimmer eines düsteren Seitenstraßen-Hotels stattfinden mußte, unter Begleitumständen, die selbst das Hotelpersonal belustigten.

Daß in kurzen zwei Monaten – denn auf das kam es heraus – ihr ganzes Leben zerbrochen war.

Konnte all dies wirklich stimmen? War es möglich, daß Oliver so sehr von einer anderen Frau besessen war? Konnte er all seine verwöhnten Ansprüche vergessen haben, seine Abneigung gegen Heimlichkeiten und Betrug?

Wenn es zutraf, dann war ihre Ehe zerstört, selbst wenn sie sich zwingen konnte, weiter mit Oliver zusammenzuleben.

Wenn es nicht zutraf – und es war dieses winzige Körnchen von Ungläubigkeit, das sie Oliver hatte folgen lassen – dann war er im selben feinen Netz gefangen wie sie, in diesem Netz von Bosheit und Gefahr, das sich um alles spann, was sie liebte.

Warum das alles?

Constance kam nach Hause; sie brachte einen Hauch kalter Luft mit sich und schien erstaunt, Elizabeth schon zurück zu finden.

»Ich dachte, du würdest den Nachmittag in der Stadt verbringen – du gehst so selten hin. Bist du schon lange hier?« – »Erst seit einigen Minuten.« Elizabeth beobachtete, wie Constance die Handschuhe auszog, Fingerspitzen und Stulpen sorgfältig glattstrich. Constance ist wie Sand, der durch ein Stundenglas rinnt, dachte sie – registriert alles und wird durch nichts berührt. Sie sagte: »Die Kinder sind spazierengegangen, wie ich sehe?«

»Ich glaube«, Constances Stimme klang unbestimmt, »daß Noreen versprochen hat, mit ihnen zum Teich zu gehen. Schade, nicht wahr, daß du nicht mit Mrs. Brent zusammen in die Stadt fahren konntest.«

Lag nicht ein seltsamer Ausdruck in den blaßgrauen Augen? Nein . . . nein. Elizabeth zog sorgfältig ein Streichholz aus der Schachtel. »Ich wußte nicht, daß Lucy nach Boston fahren wollte.« »Oh, ich bin nicht sicher. Gleich nachdem du weggefahren warst, machte ich einige Einkäufe im Dorf, und als ich sie am Bahnhof sah, nahm ich einfach an, aus irgendeinem Grund – sag mir doch«, unterbrach sich Constance, »was hat der Arzt gesagt?«

»Was die Ärzte immer sagen. Lebertran und viel Schlaf.«

»Ist das alles?«

»Ja«, sagte Elizabeth überrascht und drehte sich um, und Constance errötete so unglücklich, als wäre sie dabei erwischt worden, wie sie Elizabeths Rücken eine Grimasse schnitt. Sie murmelte verlegen: »Ich – ich – du schienst so verstört . . .« und Elizabeth, der sie leid tat, sagte munter: »Es war einfach die übliche Kontrolle. Aber ich habe in letzter Zeit nicht besonders gut geschlafen.«

»Das sind die Nerven«, erklärte Constance erleichtert. »Obwohl ich sagen muß, daß ich in den letzten Nächten ebenfalls sehr unruhig geschlafen habe. Es ist der Wind, glaube ich, man bildet sich ein, alles mögliche zu hören.«

»Wir sind ziemlich exponiert hier«, sagte Elizabeth und dachte mit jäher Traurigkeit, wie wenig es brauchte, nur einen beiläufig hingeworfenen Satz, um sie an ihren Alptraum zu erinnern, an die nächtlichen Geräusche an der Tür, die nicht der Wind gewesen waren.

»Stimmt«, versetzte Constance nachdenklich und wandte sich zur Treppe, »ich hatte mir das gar nicht überlegt – du bist wirklich ziemlich exponiert, Elizabeth . . .«

Auch Oliver fragte nach dem Bericht des Arztes; ein beiläufiges »Alles gut gegangen?« als er abends nach Hause kam und oben im Schlafzimmer nochmals die gleiche Frage, mit ganz leicht veränderter Betonung.
»Was hat Hathaway eigentlich wirklich gesagt?«
»Daß ich ein bißchen zu mager bin und so weiter«, sagte Elizabeth, »das Übliche. Ärzte wollen immer, daß man rund und rosig ist.« Sie fühlte Olivers wartendes Schweigen hinter sich, fühlte, wie langsam qualvoll bittere Überraschung in ihr aufstieg, weil er überhaupt eine Anspielung auf diesen Vormittag machen konnte. Während sie ihr Haar so heftig bürstete, daß es schmerzte, glaubte sie, deutlich wie ihr eigenes Spiegelbild, den unüberbrückbaren Abgrund vor sich zu sehen, der knapp unter der Oberfläche zwischen ihr und Oliver gähnte.
Wenn er einmal wissen würde, daß sie ihm zum *Savoia* gefolgt war, daß sie seinen Betrug entdeckt hatte, würde es kein Zurück mehr geben. Ein impulsives Wort aus ihrem Mund würde den Abgrund öffnen – und keine Macht der Erde könnte ihn wieder schließen.
Gehörte das zum Plan ihres unsichtbaren Feindes?
Oliver stand gegen die Kommode gelehnt, er hielt den dunklen Kopf gebeugt und starrte mit gerunzelter Stirn auf die Manschettenknöpfe, die er in der offenen Hand hielt. »Hat dir Hathaway nicht vorgeschlagen, Ferien zu machen – für eine Weile wegzufahren?«
Es klang eindringlich, mit einem leisen Unterton des Erstaunens, als hätte er Hathaway gebeten, einen solchen Vorschlag zu machen, und wunderte sich jetzt, warum das Echo ausblieb. Sie sollte fort – dann würde es keine peinlichen Augenblicke mehr für Oliver geben, keine unerwünschten Anrufe, keine Verabredungen zum Mittagessen, die in letzter Minute abgesagt werden mußten. War dies der Grund, warum er sich abends zuvor eingehend nach Constances Plänen erkundigt hatte? Mühsam hielt sie die Worte zurück, die sich auf ihre Lippen drängten. Es geht nicht nur um dich, es geht auch um die Kinder. Und wenn du Oliver zur Rede stellst und er zugibt, was du befürchtest, und du die einzige Antwort gibst, die in Frage kommt – dann gibst du sie auch für Maire und Jeep.
Sie sagte: »Nein, er hat nichts von Ferien gesagt«, und fügte beiläufig hinzu: »Vergiß nicht, morgen Maires Schlitten abzuholen,

nicht wahr?«

Der Heilige Abend kam, wolkenverhangen und bitterkalt. Elizabeth suchte die roten Kerzen hervor und hängte duftende Tannenzweige über die Türen, holte vom Boden den Christbaumschmuck und vermochte doch keinen Augenblick lang der nackten Furcht zu entrinnen, die sie begleitete, den ganzen langen Tag hindurch.
Sie hatte gelernt, die Ruhepausen zu fürchten, die netten, normalen Zeiten, da alles, was sie liebte, sicher und geborgen in ihrer Nähe war und alles andere aus bloßen Schatten zu bestehen schien. Ihr war, als stellte Weihnachten einen kostbaren Schatz dar, der ihr entrissen werden könnte; als wäre sie ausgerechnet an diesem Tag besonders verwundbar, als könnte das Unheimliche jede Sekunde zwischen Blumen und Kerzenlicht hervorbrechen.
Noreen Delaney verabschiedete sich um drei Uhr, lächelnd, mit geröteten Wangen und gestammelten Dankesworten für die Geschenke, die ihr Elizabeth gemacht hatte. Oliver fuhr weg, um den Christbaum abzuholen; Constance, festlich in braunen Satin gekleidet, band sich eine Schürze um und begann Sandwiches vorzubereiten. Lucy und Steven Brent sollten zum Cocktail kommen, und Elizabeth, fest entschlossen, das Netz nicht zu beachten, das sich unsichtbar um sie alle spann, hatte auch die Stockbridges und Bill und Ellie Seaver eingeladen.
Um sechs Uhr steckte sie die Kinder ins Bett, nachdem sie sie gebadet und gefüttert und endlose Fragen beantwortet hatte. Würde Sankt Niklaus durch den Kamin herunterkommen, wenn das Feuer brannte? Elizabeth versprach ernsthaft, sie würden das Feuer unverzüglich auslöschen, und ging dann in ihr Zimmer hinüber, um sich umzuziehen.
Nicht das schwarze Kleid, das mit Satin besetzt war – sie hatte es an jenem Abend getragen, als die Brents gekommen waren, und die Erinnerung an den Schock haftete ihm noch an. Das kupferfarbene Faillekleid also, das ihre Taille sehr schmal und ihren Hals sehr weiß erscheinen ließ und in weiten, extravaganten Falten ausschwang. Sie kleidete sich an; dann ging sie ins Wohnzimmer hinunter, wo Oliver und Bill Seaver mit dem Mixen von Cocktails beschäftigt waren, während Ellie Seaver, rundlich, rosig und lebhaft, mit Constance über Tulpenzucht plauderte. Um halb sieben erschienen die Stockbridges – und kurz darauf die Brents.

Nach wenigen Minuten schon begriff Elizabeth mit jähem Schreck, daß Lucy und Steven auf Kriegsfuß standen, daß Steven leicht betrunken und Lucy wütend war.
Die Spannung teilte sich allen mit. Die Stockbridges folgten dem Schauspiel aufmerksam und fasziniert; sie rissen sich nur widerstrebend los, um ihren Zug zu erreichen, während die Seavers, die die Brents nur flüchtig kannten, sich offensichtlich ungemütlich fühlten.
Kein feindseliges Wort wurde zwischen ihnen ausgetauscht, es war vielmehr, als hätten sie den Streit am Gartentor zurückgelassen, um ihn beim Weggang wieder aufzunehmen ... oder steckte mehr dahinter? War Lucy nicht schärfer als sonst, lag nicht ein triumphierendes Funkeln in ihrem Blick, als hätte sie einen heimlichen Sieg errungen?
Es war das Schlimmste, dachte Elizabeth müde und gereizt, was auf einer Party geschehen konnte. In alter Gewohnheit suchte sie Olivers Blick und fing ein rasches, zustimmendes Nicken auf. Doch selbst dann geschah noch nichts, bis sich die Seavers um halb acht verabschiedet hatten – und dann war es, als hätte man einen Funken in einen mit Gas gefüllten Raum geschleudert. Oben öffnete sich eine Türe, kleine nackte Füße tappten durch den Gang. Elizabeth sprang auf, doch Oliver sagte lässig von der Couch herüber: »Laß nur, es ist Heiliger Abend«, und sie ließ sich unsicher zurücksinken, ohne den Blick von der Treppe zu wenden.
Es war Maire – Maire, die vorsichtig in ihrem hellen Pyjama um die Biegung der Treppe kam; ihr silberblondes Haar war vom Schlaf zerzaust, ihre Augen glänzten groß und erwartungsvoll. So sehr war sie vertieft, daß sie nicht bemerkte, wie sich Elizabeth automatisch von ihrem Stuhl erhob. Sie erreichte den Fuß der Treppe und spähte ins Wohnzimmer – und stieß einen wilden Schrei des Entsetzens aus.
Kein unartikulierter Schreckenslaut war das, wie ihn ein kleines Kind ausstößt, nein, es hatte einen bestimmten Klang, einen halberstickten, angstvollen Klang, der wie die Verkörperung der Gefahr selbst war: »Oun ... Oun ...«
Im nächsten Augenblick war Elizabeth schon bei ihr und nahm den kleinen zitternden Körper fest in ihre Arme. Sie wußte nicht, ob sich die Panik des Kindes auf sie übertragen hatte, oder ob das schreckliche Zittern in ihrem eigenen Körper erwacht war, als

Echo des Schreis, der sie durchfahren hatte.
Wie ein Fremder, der sich endlich zu erkennen gibt.

10

Oun ...
Ein häßlicher, drohender, geisterhafter Laut, der sein eigenes fürchterliches Echo mitzubringen schien – doppelt erschreckend für Elizabeth. Ihr war, als hätte Maire mit der ganzen Einfachheit des kindlichen Gemüts es zustande gebracht, dem lauernden Feind im Haus einen Namen zu geben.
Als sie wieder die Treppe herunterkam, fühlte sie, daß das Wohnzimmer noch immer vom Widerhall des Schreies vibrierte. Lucy fragte neugierig: »Tut sie das oft?« und Oliver: »Hat sie sich beruhigt?«
Constance murmelte etwas von der Wirkung des Weihnachtsmannes auf kindliche Gemüter. Steven Brent, der tiefsinnig seine Fußspitzen betrachtete, blickte hoch und sagte langsam: »Eigenartig und nicht gerade schmeichelhaft ist bloß, daß sie hier in diesem Zimmer etwas zu sehen schien ...«
Elizabeth erschrak. Sie hatte geglaubt, niemand außer ihr hätte Maires raschen Blick in das Zimmer bemerkt, bevor sie zu schreien begonnen hatte. Befand es sich also hier, hier mit ihr in diesem Zimmer, verborgen und triumphierend ...?
Das war fürchterlich.
»Oun«, murmelte Constance nachdenklich, als hätte Steven überhaupt nichts gesagt. »Clown vielleicht? Irgendeine Verwirrung mit dem stereotypen Sankt-Nikolaus-Gesicht?«
Eine Eule schlug Lucy hoffnungsvoll vor, »Nachtgetier, du weißt...«
Nachtgetier. Geister der Nacht, die in der Dunkelheit an Türen rüttelten und ein Kind schreiend aus dem Schlaf auffahren ließen, die unermüdlich und stetig ihr Zerstörungswerk betrieben ...
Elizabeth hatte wieder zu zittern begonnen. Sie trat zum Feuer, hob die Zange auf und strengte sich an, ihrer Stimme einen beiläufigen Klang zu verleihen, als sie über die Schulter hinweg sagte: »Es ist so schwer zu sagen, wenn sie in Maires Alter sind.« Es schien eine Ewigkeit, und doch dauerte es nur knapp fünf Minu-

ten, bis sich Steven und Lucy verabschiedeten und ihre Abschiedsrufe und Weihnachtswünsche in der feuchten, eisigen Luft verklangen. Nach dem Abendessen verschwand Constance in der Küche, um nach ihrer Mutter unerreichtem Rezept eine Fleischpastete zu machen, und Elizabeth und Oliver begannen den Baum zu schmücken. Oliver hatte offensichtlich darauf gewartet, mit ihr allein zu sein, denn während er mit zerstreuter Miene glitzernde Flitterschnüre aus einer Schachtel zerrte, sagte er: »Das war scheußlich mit Maire vorhin, nicht wahr? Sie hat wohl schlecht geträumt oder ist ganz aus dem Häuschen wegen morgen.«
Es klang wie eine sachliche Feststellung, doch seine Augen ruhten fragend auf ihr. Elizabeth hängte sorgfältig eine schimmernde rote Kugel auf. »Ich weiß nicht. Aber sie hat dasselbe schon einmal gesagt.«
»Wann?«
»Neulich abends, als sie mit einem Schrei aufwachte. Ich dachte damals, es sei bloß Anfang oder Ende eines bösen Traumes. Aber heute abend«, sagte Elizabeth langsam, »heute abend hat sie nicht geträumt.« Olivers Hand verharrte einen Moment lang unbeweglich zwischen dem glitzernden Flitter. »Du meinst also, sie fürchtet sich vor etwas – etwas Bestimmten?«
Vor etwas Bestimmten. Wie sollte man bei einem dreieinhalbjährigen Kind wissen, was wirklich und bloß halbe Phantasie war? Und warum war sie selbst so überzeugt, daß Maire wirklich etwas gesehen hatte, das sie tödlich erschreckte? Denn sie war überzeugt – so stark war ihre Gewißheit –, daß beim bloßen Gedanken daran die kleine Traube aus silbernen und seegrünen Kugeln, die sie hielt, in ihren Fingern nicht mehr sicher war. Sie legte sie hin und blickte auf Oliver. Sie sagte: »Ja – in ihrer eigenen Vorstellungswelt.«
Es war nur die halbe Wahrheit, doch wozu die ganze Wahrheit aussprechen? Kürzlich war sie ehrlich gewesen mit Oliver, hatte ihm alles gesagt – und damit nur die Kluft zwischen ihnen vergrößert.
Auf Olivers Gesicht malte sich Erleichterung. »Es wird sich wahrscheinlich herausstellen, daß es etwas aus einem ihrer Bilderbücher ist.«
Ja – vielleicht würde es wirklich so sein; vielleicht war die Vorsicht, das Gefühl von Angst und drohender Gefahr überhaupt

nicht gerechtfertigt. Elizabeth begann sich auf den Baum zu konzentrieren und trat schließlich zurück, um ihr Werk prüfend zu betrachten. Das erleuchtete Zimmer schloß die Nacht an den Fenstern aus, Tannenduft lag in der Luft, und eine flüchtige Sekunde lang war es wirklich Heiliger Abend. Der Baum stand funkelnd und glitzernd in der Ecke, seine Kugeln schimmerten durch einen Schleier von Silber. Sogar mit den geleerten Schachteln und Kartons, die auf dem Teppich aufgeschichtet waren, wirkte er verzaubert, als wäre er wirklich durch einen mitternächtlichen Besucher geschmückt worden.
Elizabeth starrte auf den schimmernden, duftenden Baum – sie dachte an Maire und Jeep, die friedlich oben schliefen, und ihr Herz zog sich schmerzhaft zusammen. Sie sagte: »Willst du die Geschenke aufbauen? Ich mache inzwischen die Strümpfe bereit«, und wandte sich ab.
Constance brachte Kaffee herein, sie bewunderte den Baum und bestand darauf, sich mit dem Staubsauger nützlich zu machen. Um zehn nach zwölf, als sie alle in nachdenklichem und erschöpftem Schweigen beisammensaßen, erhob sie sich, sagte praktisch wie immer »Ja – nun wäre also Weihnachten. Zeit für mich, gute Nacht zu sagen«, und wandte sich zur Treppe. Constance war nicht gefühlvoll, und es überraschte Elizabeth, als sich ihre Cousine auf ihren Ruf »Frohe Weihnachten, Constance« hin umdrehte und sie in impulsiver Gebärde auf die Wange küßte.
»Ich danke dir, Elizabeth«, sagte sie verlegen. »Hoffentlich schläfst du gut – du wirst morgen all deine Energie brauchen.« Lag eine verborgene Bedeutung hinter diesen Worten? Elizabeth war zu müde, um nachzudenken. Als Constance gegangen war, umfaßte sie mit einem letzten prüfenden Blick das ganze Zimmer – die beiden dicken roten Strümpfe, die vom Kaminsims herunterbaumelten, die aufgebauten Geschenke, verheißungsvoll und fröhlich mit ihren bunten Bändern und Weihnachtskärtchen Maires Schlitten, der gegen die Wand gelehnt war, warf einen langen Schatten auf den Teppich; eine Klingel auf Jeeps Feuerwehrauto fing das Licht in schimmernden, blitzenden Reflex auf. Sie sagte: »Ich denke, es ist alles in Ordnung – gehen wir rasch schlafen, die Kinder können jeden Augenblick aufwachen und glauben, es sei Morgen«, und sie streckte ihre Hand aus, um die Lampe auszudrehen.
Oliver nickte zustimmend. »Gott sei Dank müssen wir nicht

durch den Kamin verschwinden.« Er drehte die Lichter aus, verriegelte die Türen und schob eine hartnäckig glühende rote Kohle im Kamin unter die Asche. Elizabeth, in Gedanken versunken, bemerkte plötzlich, daß er fertig war und wartend neben ihrem Stuhl stand. Sie sagte hastig: »Oh, du bist so weit?« und erhob sich. Sie standen sehr nahe beieinander. Oliver legte seine Hände auf ihre Schultern und blickte ihr freundlich und forschend in die Augen. »Du denkst immer noch an diesen »Oun« – nicht wahr?« Es war reichlich blödsinnig von Steven, so etwas zu sagen – daß Maire hier unten etwas sah, das sie erschreckte. »Du hast das doch« – verstärkte sich der Druck seiner Hände oder bildete sie sich das nur ein? – »nicht etwa ernst genommen?«
Es mochte die Dunkelheit im Zimmer sein, oder der Druck von Olivers Händen, oder ihre plötzliche, unsägliche Müdigkeit: Elizabeth hatte das Gefühl, daß ihre Antwort wichtig war, unendlich wichtig. Sie trat zurück und erschrak, wie schroff die unwillkürliche Bewegung ausfiel. »Es ist viel zu spät, um ernsthaft über etwas nachzudenken. Gehen wir?«
»Denn morgen abend«, sagte Oliver, als hätte er ihre Worte nicht gehört und als wäre es ihm soeben eingefallen, »morgen abend wird Noreen zurückkommen, und es besteht die Möglichkeit, daß sie Bescheid weiß über dieses mysteriöse Ding.«
Ja, dachte Elizabeth, beinahe sicher weiß sie Bescheid – aber können wir sie dazu bringen, es zu sagen?
... Eine Menschenmenge, eine riesige Menschenmenge, und Lärm und Aufregung und Geschrei ... brannte es irgendwo? Als sie vorwärtseilen wollte, wurde ihr etwas Weiches und Verhüllendes über die Augen geworfen. Sie sollte es also nicht sehen, sie sollte es niemals herausfinden dürfen – und mußte es doch herausfinden. Wild kämpfte Elizabeth gegen die weiche Hülle, die ihr Gesicht bedeckte; sie öffnete die Augen und erblickte Jeeps blaue Augen ganz nahe über ihr. Das Volksgeschrei verwandelte sich in Maire, die aufgeregt von einem Bein zum andern hüpfte und rief: »Daddy, Mama, kommt und schaut, Sankt Nikolaus ist dagewesen!« Jeep griff wieder nach dem Slip, den Elizabeth weggeworfen hatte, legte ihn neben sie auf das Kissen und sagte ernsthaft: »Anziehen, Mama, bitte tu mir den Gefallen!« Seine Stimme klang schmeichelnd und geduldig, als hätte er seit langem dieselbe Bitte wiederholt, und Elizabeth richtete sich schläfrig auf.
Es war Weihnachtsmorgen. Im andern Bett bewegte sich Oliver.

Maire sagte triumphierend: »Er ist wach! Bist du wach, Daddy? Sankt Nikolaus ist dagewesen!«
Jeep trottete mit kleinen seitlichen Schritten hin und her; ein Strumpf und ein schwarzer Pumps schlossen sich dem Haufen auf Elizabeths Kissen an. Bei jeder Lieferung sagte er voll Hoffnung »anziehn, Mama« und nickte und lief, um mehr zu holen. Oliver hob den Kopf, schaute auf die Uhr und blickte müde zu Elizabeth hinüber. »Du lieber Himmel – zehn vor sechs.«
»Vergiß nicht – es ist Weihnachten –«
»Ja, ich weiß.« Oliver kämpfte sich seufzend auf den Ellbogen hoch und blickte sich im Zimmer um. Nach einem Augenblick fragte er freundlich. »Wollt ihr zwei nicht noch für eine Weile ins Bett zurückgehen?«
Elizabeth konnte nicht anders: beim Anblick der beiden erstarrten Gesichter mußte sie lachen. »Daddy macht bloß Spaß – mit Tränen in den Augen.«
»Versuchen könnte man's immerhin«, sagte Oliver. »Na schön. Maire, sei nett und reich mir meinen Bademantel herüber. Nimm dir ein Beispiel an Jeep – er hat deine Mutter so gut wie fertig angezogen.«
Die Kinder hatten ihre Geschenke fertig ausgepackt. Gummitiere und Bilderbücher, die Puppe, der Baukasten und Maires Puppengeschirr lagen kunterbunt und in seligem Durcheinander in einem Meer von Weihnachtspapier und bunten Bändern. Elizabeth und Oliver blickten sich über ihre Kaffeetassen hinweg an und lächelten. Die Bescherung der Kinder war ein Erfolg gewesen, ein voller Erfolg; entzückt und weltverloren kauerten sie am Boden und bemerkten kaum, daß sie beobachtet wurden. Als Constance mit dem Papierkorb hereinkam, sagte Elizabeth rasch: »Oh, lassen wir's noch eine Weile so, Constance, es sieht so festlich aus.«Constance setzte sich wieder, ihr Lächeln war leicht gequält, und der Papierkorb blieb hungrig im Winkel stehen – er wartete darauf, Weihnachten zu entfernen, den festlichen, verschwenderischen Flitter aufzuschlingen.
»Sollen wir jetzt unsere eigenen Geschenke auspacken?« Wie immer fühlte sich Elizabeth in diesem Augenblick schüchtern, fast verlegen. Als Oliver nickte, sagte sie rasch: »Gut, ihr zwei fangt an. Ich hole erst noch frischen Kaffee.«
Der Morgen war von blassem, winterlichen Sonnenschein erfüllt, in der Küche duftete es angenehm nach Kaffee. Elizabeth holte ei-

ne Zigarette aus der Tasche ihres Morgenrocks und wartete auf das Summen der Kaffeemaschine. Eben als sie die erste Tasse einschenkte, erklang Maires jauchzendes Lachen aus dem Wohnzimmer: »Daddy, du siehst aber komisch aus!«

»Ich weiß nicht recht«, erklärte Oliver feierlich. »Findest du nicht, es ist zu tief ausgeschnitten für mich?«

Elizabeth setzte die Kaffeemaschine nieder und ging hinein, wo sie Oliver in die Betrachtung eines Geriesels von blaßgrüner Seide versunken fand. Sie sagte: »Das ist für Constance. Wie in aller Welt...« und hinter ihr versetzte Constance behutsam: »Ich glaube, ich habe hier etwas, das Oliver gehört, nicht wahr?«

Sie hob zwei Militärbürsten mit Elfenbeinrücken hoch, und Elizabeth blickte auf die Karte, die in Constances Schoß lag: ... ihre eigene, kühne Schrift, dunkelblau auf weißem Grund ... »Für Constance, von E.« Und die Karte, die dem Nachthemd beigelegen hatte, trug die Worte: »Für Oliver, von E.«

Constance raschelte munter mit Papier. Sie schälte eine neue Schachtel aus der Hülle – eine kleine Pause entstand und dann sagte sie mit erzwungener Heiterkeit: »Wie hübsch! Und bestimmt sehr warm, denke ich mir.«

Es war ein Paar schwarzer gehäkelter Pantoffeln, mit kleinen goldenen Troddeln besetzt, hübsch, jung und leichtfertig. Man konnte sich Constance ebenso gut in einem Frou-frou-Röckchen vorstellen, fuhr es Elizabeth durch den Kopf. Sie preßte die Hände gegen die plötzlich heiß gewordenen Wangen und murmelte: »Allmächtiger – was habe ich dann bloß Noreen gegeben?«

Sie starrten sie an – verwirrt, ungläubig. Sogar die Kinder hatten die jähe Stille bemerkt und setzten sich neugierig auf. Oliver blickte auf die Geschenke zu seinen Füßen hinunter, dann glitten seine Augen zu Constance, um schließlich zögernd wieder auf Elizabeth haften zu bleiben. »Sollen wir nicht lieber – gleich alles tauschen?«

»Ja, ich glaube.« Ihre Stimme klang heiser, ein Unterton von Verzweiflung schwang darin. »Macht weiter, nicht wahr?« Sie flüchtete in die friedliche Küche zurück; ziel- und sinnlos, nur weil sie dort war, begann sie wieder Kaffee zu kochen. Was war sie für eine Närrin gewesen, zu glauben, Weihnachten würde ohne Zwischenfall vorübergehen! Und welch ein tückischer, welch ein unglaublich boshafter Einfall war das – die Karten auf den Geschenken zu vertauschen, die sie mit soviel Liebe und Sorgfalt eingepackt und weggelegt hatte. Keine rohe Gewalt, kein Schaden – nur ein weiteres Ereignis, das den gefürchteten starren Blick in Oliver brachte, eine weitere kleine Belanglosigkeit, die sie nicht ganz zurechnungsfähig erscheinen ließ, die ihr in Erinnerung rief, daß jemand sie haßte ...

Als Oliver in die Küche kam, fand er sie dort stehen und mit blinden Augen ins Leere starren. Er zog die Türe hinter sich ins Schloß und sagte ruhig: »Mach dir nichts daraus – wir haben alles in Ordnung gebracht, es ist, als wäre nichts geschehen. Komm und packe deine Sachen aus.«

»Gleich.« Elizabeth drehte ihm den Rücken zu und beschäftigte sich mit der Kaffeemaschine, unsägliche Demütigung im Herzen, weil Olivers bloße Gegenwart ihr die Tränen in die Augen zu treiben drohte.

Sie kämpfte die Aufwallung nieder und sagte in beinahe gelassenem Ton: »Dieses Durcheinander war Absicht, weißt du. Ich habe zu jedem einzelnen Geschenk gleich die richtige Karte gelegt, so daß nichts passieren konnte.«

Oliver schwieg. Als sie sich umdrehte, sagte er rasch: »Ich zweifle nicht, daß du die besten Absichten hattest. Aber komm jetzt ...«

»Nein, warte.« Weil Weihnachten war, fuhr Elizabeth trotz dem Ausdruck in Olivers Augen zu hoffen fort. »Die Karten waren alle in Ordnung, als ich die Geschenke in den Schrank legte, Oliver. Ich weiß das ebenso gut, wie ich weiß, daß ich hier stehe.«

»Die Karten waren nicht befestigt«, murmelte Oliver. »Sie mögen verrutscht sein ...«

»... um dann hübsch ordentlich auf die falschen Pakete zurückzurutschen, nicht wahr?« sagte Elizabeth verächtlich.

Eine kurze, unbehagliche Stille entstand. »Schau her«, sagte Oliver dann ruhig. »Willst du behaupten, daß sie jemand absichtlich vertauscht hat? Ich weiß, ich bin so früh am Morgen nicht besonders rasch von Begriff – aber was in aller Welt wollte man damit bezwecken?«

»Genau das«, sagte Elizabeth und blickte ihm plötzlich voll in die Augen, »genau das, was geschehen ist. Daß du mir nicht glauben wirst und wir hier draußen stehen und uns nicht ausstehen können. Merkst du es denn nicht, Oliver? So geht es jedesmal.«

»Elizabeth ...«

»Ich höre Jeep schreien«, sagte sie hastig. »Willst du nachsehen, was los ist?«

Zehn Minuten später saß sie wieder im Wohnzimmer, unter Olivers beobachtenden und Constances wachsamen Blicken, öffnete ihre Geschenke, lächelte, dankte. Sie legte das breite weißgoldene Armband von Oliver um das Handgelenk, sie roch an dem Eau de Cologne von Constance und heuchelte Freude und Überraschung. Doch unter der leichten Oberfläche hämmerte, stetig wie ihr Puls, das Echo von Ärger und Schock.
Wie konnten sie nur – wie konnten sie nur glauben, daß sie ihre Geschenke aus Achtlosigkeit verwechselt hatte? So etwas wäre nur möglich, wenn man hoffnungslos betrunken war oder unter der Einwirkung einer Droge stand ...
Ach so, dachte Elizabeth mit jäher kalter Aufmerksamkeit. Die sechs fehlenden Schlaftabletten ...
Angenommen, sie war von einem Einkaufsbummel zurückgekommen, müde und nervös; angenommen, sie hatte eines oder zwei oder gar drei der beruhigenden kleinen Dinger geschluckt und sich dann hingelegt; angenommen, sie hatte trotz dem angenehmen Dämmerzustand nicht schlafen können und war wieder aufgestanden, um die Geschenke einzupacken ... War es das? Sollte dies die Erklärung darstellen, die sich Oliver geben müßte?
Elizabeth wurde von jähem, wildem Zorn gepackt. Das Bewußtsein, daß sie dieser heimlichen, tückischen Bosheit wehrlos ausgeliefert war – das Bewußtsein, daß ihr Mann und ihre Cousine den fein gesponnenen Plänen so blindlings folgten – es war die einzige Entschuldigung, die sie später für das, was sie im nächsten Augenblick tat, finden konnte.
Sie beugte sich zu Maire, die selig neben ihrer Puppenküche kauerte und mit singender Stimme die Zutaten eines Kuchens aufzählte: »Senf und Zucker und Salz und Apfelsaft und ...«
»Das wird wundervoll schmecken, Liebling«, sagte Elizabeth. »Was meinst du, sollen wir den »Oun« zum Essen einladen?«
Es war, als hätte sie eine Bombe ins Zimmer geschleudert. Maire ließ die Teller klirrend fallen und flüchtete sich stolpernd auf ihren Schoß; nach einem einzigen wilden Blick zum Fenster und einem gekeuchten »Oun« soll nicht hereinkommen«, vergrub sie ihr Gesicht an Elizabeths Brust.
Der geplante Triumph wandelte sich zu Scham und Sorge über des Kindes pochendes Herz. Elizabeth haßte sich selbst aufs tiefste. Sie streichelte die blaßgoldenen Locken und sagte: »Keine Angst, Liebling, es ist kein »Oun« da. Niemand tut dir etwas, Mai-

re, du weißt, du brauchst keine Angst zu haben ...«
Maire hatte also etwas außerhalb des Hauses gesehen. Und hatte Angst, es könnte hereinkommen.
Sie hob ihren Blick über Maires Kopf hinweg und sah Constances ernstes Gesicht und Olivers gerunzelte Stirn. Er sagte langsam: »Ich verstehe, was du meinst. Nun – Noreen kommt heute abend zurück, wir wollen nicht vergessen, sie zu fragen.«
Doch Noreen kam an diesem Abend nicht zurück – auch nicht am nächsten Tag. Und in Elizabeth erwachte neue Angst – schärfer; quälender als die alte.

11

Am Tag nach Weihnachten begann es wieder zu schneien. Erst fiel der Schnee nur sacht und leise herunter, ein Schleier tanzender Sterne im Dämmerlicht des Nachmittags, doch eine halbe Stunde später schon hatte sich die Landschaft in einen dichten weißen Flockenwirbel verwandelt, und Elizabeth kämpfte gegen steigendes Unbehagen, als sie vom Wohnzimmerfenster aus in die blinde, weiße, wirbelnde Welt hinausstarrte. Sie hatte sich abends zuvor über Noreens Ausbleiben gewundert, hatte sich am Morgen geärgert, als sie noch immer nicht erschien; erst als vor einer Stunde Oliver anrief und fragte, ob sie noch nichts von dem Mädchen gehört habe, gestand sie sich ein, daß sie ernstlich besorgt war.
Es konnte Noreen doch nichts zugestoßen sein! Es war Unsinn, ihr Ausbleiben mit Maires plötzlichem Erschrecken, mit dem grauenhaften »Oun« in Verbindung zu bringen.
Hinter ihr klingelte das Telefon. Noreen?
Es war Lucy Brent, die sie in spöttisch-tragischem Ton bat, herüberzukommen und sich den kleinen Hund anzusehen, den Steven ihr zu Weihnachten geschenkt hatte. »Er sieht aus wie eine allzu groß geratene Maus und – o Gott, hörst du das? – er scheint nicht zu mögen, was ich ihm zum Frühstück gegeben habe. Bitte, komm herüber und hilf mir!«
»Ich kann nicht. Constance ist ausgegangen und ...« Elizabeth empfand einen eigenartigen Widerwillen, es Lucy gegenüber auszusprechen – »Noreen ist noch nicht nach Hause gekommen.«

»Oh – wirklich? Aber ich glaubte doch, sie ... ja, da kann man nichts machen«, sagte Lucy munter. »Ich habe heute den Wagen – glaubst du, ich kann diese Kreatur mit einigen Zeitungen im Badezimmer einschließen und zu dir herüberkommen? Tut man das mit Hundebabys?«
Eine halbe Stunde später kam sie an, gerade nachdem Elizabeth die Kinder mit dem Baukasten auf dem Eßzimmerboden installiert hatte. Sie trat herein, lebhaft und aufmerksam, und schaute sich überall prüfend um, als könnte sich Noreen hinter einem Stuhl versteckt haben. »Dich ausgerechnet heute allein zu lassen – das ist ein starkes Stück! Aber du bist deinem Personal gegenüber viel zu gutmütig ... Hat sie dir zumindest Bescheid gegeben?«
»Nein. Um die Wahrheit zu sagen: ich mache mir ernstlich Sorgen.«
»Sorgen?« Lucy zog ihre Brille hervor und starrte sie entgeistert an. »Mein liebes Kind, warum in aller Welt? Sie wird zurückkommen, wenn es ihr paßt – wenn sie Weihnachten zu Ende gefeiert hat, meine ich – mit einem sterbenden Onkel oder einer kranken Nichte als Ausrede. Das tun sie immer.«
Elizabeth lauschte der munteren, leichten Stimme, der flüchtig hingeworfenen spöttischen Beruhigung, und sie dachte an Noreens große, erschrockene Augen. Sie fühlte, wie heißer Ärger in ihr aufstieg, alles überflutete, und sie machte überhaupt keine Anstrengung, ihn zu unterdrücken. Mit harter Stimme sagte sie: »Sei nicht so ungerecht, Lucy. Du kannst das Mädchen nicht ausstehen, hast sie von allem Anfang an nicht leiden mögen. Wenn du irgendeinen Grund hast, ihr nicht zu trauen, wenn du etwas über sie weißt, dann wäre es nur fair, mir das zu sagen.«
Ein wilder Tränenausbruch aus dem Eßzimmer unterbrach die ungemütliche Stille, die Elizabeths Worten folgte. Maire hatte Jeep mit erstaunlicher Zielsicherheit einen bunten Holzwürfel an den Kopf geworfen, und Elizabeth mußte ihren Sohn tröstend auf den Schoß nehmen und Maire erklären, beim nächsten solchen Wurf würde sie den ganzen Baukasten wegschließen. Jeep ging ins Eßzimmer zurück und sagte wütend: »Mama sagt, du böses, böses Mädchen.«
Und inzwischen hatte Lucy Zeit gehabt, sich zu erholen, hatte Zeit gehabt, eine verletzte und überraschte Miene aufzusetzen. »Ich wollte dich nicht kränken, Elizabeth – du lieber Himmel, ich kenne das Mädchen ja kaum. Es ist bloß so, daß ihr Ausbleiben

gerade nach Weihnachten ziemlich faul aussieht.«

»Wenn es das wäre«, sagte Elizabeth, »und wenn man sie kennt, ist es sehr schwer zu glauben – wenn es das wäre, hätte sie mich angerufen – mit einer Ausrede vielleicht, das gebe ich zu, aber sie hätte angerufen.«

Lucy zuckte kühl die Achseln, und Elizabeth dachte, während sie sie beobachtete: Sie weiß etwas über Noreen, oder sie glaubt wenigstens, etwas zu wissen. Ist das der Grund, warum sie sich so feindlich gegenüberstehen? Und dann, weil es nie sehr weit von ihren Gedanken entfernt war, dann dachte sie an das Hotel *Savoia*, und die Frage durchzuckte sie wie ein Blitz: oder ist es umgekehrt? Ist es möglich, daß Noreen etwas über Lucy weiß?

Lucy hatte den Rückzug angetreten; sie sagte leichthin: »Nun gut, die Tatsache bleibt bestehen, daß sie nicht zurückgekommen ist und dich nicht angerufen hat. Du denkst doch nicht am Ende an – Kidnapper?«

»Ich weiß nicht...« Klar und deutlich sah sie in diesem Augenblick Noreen vor sich, wie sie damals die Treppe herunterkam und Lucys Blick erwiderte – auf gleicher Ebene, gerade, furchtlos.

Sie wiederholte langsam: »Ich weiß nicht . . .«

Lucy ließ das Thema fallen. »Ach, sie wird schon wieder auftauchen. Hast du schöne Weihnachten verbracht?« Sie legte ihre Brille beiseite, und ihre Augen ruhten in unschuldiger Frage auf Elizabeth.

Lucy hatte gewußt, wo Elizabeth die Geschenke aufbewahrte – sie hatte einmal geseufzt: »Wie ich dich beneide – du hast schon alles fertig . . .«

»Sehr schön, danke.« Vorsicht: sie würde nichts erreichen, wenn ihre Stimme das Geringste verriet. »Und du?«

»Du weißt, ein junger Hund.« Lucy lächelte seltsam. »Es ist ja wohl symbolisch gemeint von Steven. Wir sollen das Getrappel von vier kleinen Füßen haben statt von zwei – und etwas, das Lucy zu Hause anbindet. Reizend, nicht wahr?« Ihre Stimme klang bitter, und Elizabeth fühlte sich peinlich berührt und verlegen, als hätte sie Einblick in etwas getan, das nicht für ihre Augen bestimmt war. Sie sagte munter: »Unsinn – Steven dachte bloß, ein Hund würde dir Spaß machen, und da hat er dir eben einen gekauft. Eigentlich hätte ich auch gern einen für die Kinder . . .«

Lucy stand auf, die Bitterkeit war wie weggewischt. »Liebe Elizabeth«, sagte sie lachend, »wenn ich dich um etwas beneide, so um

deinen netten vernünftigen Kopf.«
»Danke«, versetzte Elizabeth gelassen. »Mußt du schon gehen? Es ist noch nicht einmal halb fünf Uhr.«
»Ich weiß«, Lucy befestigte den Gürtel ihres schwarzen Regenmantels, »aber Steven kommt früh nach Hause – wenigstens hat man mir in seinem Büro gesagt, er sei schon weggegangen, als ich anrief. Sag mir, wenn ich dir etwas helfen kann – die Kinder hüten, zum Beispiel – oder wenn du etwas von Noreen . . .«
Es war ein unglücklicher Zufall, daß Steven Brent sich ausgerechnet diesen Augenblick aussuchte, um an die Haustür zu klopfen.
». . . Dienstag also, zum Mittagessen«, sagte Steven fünf Minuten später. »Crale will dich schon seit Ewigkeiten sprechen.« Er war beim Anblick seiner Frau überrascht gewesen, und Lucy hatte sich, nach einem raschen, prüfenden Blick auf Elizabeth, kurz verabschiedet. Sie würde nicht im Traum daran denken, sie zu stören; Geschäft war Geschäft, nicht wahr, selbst unter so angenehmen Umständen? Und ihr Wagen, der in der Auffahrt parkte, wo Steven ihn nicht gesehen hatte, war unverzüglich in der frühen Dämmerung verschwunden.
»Dienstag paßt gut«, sagte Elizabeth. Sie war noch immer überrascht und leicht verletzt. Lucys jähe Kälte, ihr kurzer Abschied hatten ihr einen Stoß versetzt, und der Gedanke mißfiel ihr, daß Steven dies alles ebensogut am Telefon hätte sagen können, ohne jemanden in Verlegenheit zu bringen. So klein und lächerlich der Vorfall war, schuf er doch eine Situation, die noch vor sechs Monaten nicht möglich gewesen wäre – ein weiterer Beweis dafür, wie falsch, wie schrecklich alles war.
Constance hatte die Kinder zum Abendbrot in die Küche geholt. Weich glitt der fallende Schnee gegen die schwarzen Fensterscheiben der Veranda, und während Elizabeth hinsah, dachte sie mit steigendem Unbehagen an Noreen. Lucy war leichthin über das Ausbleiben des Mädchens weggegangen – doch so einfach war es nicht. In den zwei Monaten ihres Hierseins hatte sich Noreen stets zuverlässig und beinahe übertrieben sorgfältig gezeigt . . .
»Oun« schrie Maire in ihrer Erinnerung, und Lucys Stimme sagte: »Du denkst doch nicht am Ende an Kidnapper?« Und nun die Nacht, die vor den Fenstern lauerte, und der Schnee, und immer noch keine Botschaft von Noreen – Elizabeth preßte die Hände zusammen. Sie hatte die Adresse der Freundin, bei der Noreen

einmal in der Woche an ihrem freien Tag übernachtete. Wenn sie morgen noch nichts gehört hatte . . .

»Elizabeth«, sagte Steven neben ihr, und sie kam mit einem Ruck in die Gegenwart zurück, zu seiner erregten Stimme und zu den Papieren, die er mit ungewohnter Heftigkeit auf den Tisch geworfen hatte. »Elizabeth – glaubst du eigentlich, daß Lucy glücklich ist?«

Es war das letzte, was sie zu hören erwartet hatte, das letzte auch, was sie in diesem Augenblick zu hören wünschte.

Sie blickte vorsichtig auf Steven, sah den Ernst auf seinem Gesicht, von dem die gewohnte scheue Ruhe gewichen war, sah seine finger, die einen hastigen Wirbel auf der Tischplatte klopften. Der Himmel mochte wissen, was es ihn gekostet hatte, dies auszusprechen. Behutsam sagte sie: »Ich weiß nicht, Steven – ich habe immer geglaubt, ja«, und in ihrem eigenen Geist fügte sie schweigend hinzu, was sich ihr unvermeidlich aufdrängte: doch in diesen Dingen bin ich keine Autorität – ich habe auch immer geglaubt, Oliver sei glücklich.

Sie blickte wieder auf Steven und zwang sich weiterzusprechen. »Warum fragst du? Ich meine, macht dir ihre Gesundheit Sorgen oder . . .«

»Nein. Es ist nichts Derartiges, es . . .« Steven stockte; sekundenlang starrte er auf seine verschränkten Finger hinunter, bevor er wieder aufblickte und langsam sagte: »Es ist nur ein Sympton, ich weiß, aber – dieser Fanatismus für Bridge. Lucy ist so sehr von Bridge besessen, daß sie für nichts anderes mehr zu leben scheint. Es ist geradezu unnatürlich, und außerdem . . .«

Er hielt rechtzeitig inne; er sprach es nicht aus, und doch wußte Elizabeth, was er hatte sagen wollen: wir können es uns nicht leisten. Überrascht und mit neuer Aufmerksamkeit blickte sie zurück, erinnerte sich an Lucys wachsende Schärfe, an Lucy, die sich fünfzig Dollars borgte, an Lucy, die sich über den jungen Hund beklagte. Wie mochte sich Lucy Steven gegenüber außerdem noch gezeigt haben?

Plötzlich fühlte sich Elizabeth unendlich müde; sie dachte, ich kann meinen eigenen Kampf ausfechten, aber nicht noch Stevens dazu.

Ihr Widerstreben mußte sich auf ihrem Gesicht gespiegelt haben, denn Steven, der aufgesprungen war und rastlos auf und ab schritt, wandte sich ab und murmelte unsicher: »Ich weiß, man

fragt solche Dinge nicht. Es ist nur – ich dachte mir – eine Frau erzählt ihrer Freundin so viel . . .«
»Nicht alle Frauen tun das, Steven«, schränkte Elizabeth ruhig ein. Einige Augenblicke lang schwiegen beide; der weiße samtene Wirbel des Schnees wurde dichter; draußen vor den Verandafenstern erfüllten tanzende Schatten den dunklen Grund mit leuchtendem, gleitendem Leben. Steven sagte langsam: »Du hast selber genug zu kämpfen, nicht wahr, Elizabeth?« In wortloser Überraschung blickte sie auf und er sagte rasch: »Entschuldige – habe ich ein verbotenes Thema berührt? Ich dachte an den Abend neulich, als Maire . . .«
In diesem Augenblick hätte sie ihm beinahe alles erzählt. Sein Gesicht war ernst, seine Augen ruhig und fragend, und sie hätte sprechen können, ohne zu weinen und zu zittern wie damals bei Oliver. Und Steven, das wußte sie instinktiv, Steven würde ihr glauben... Doch sie war fest entschlossen, nicht mit ihm über Lucy zu sprechen und ihn nicht einen Augenblick länger festzuhalten als nötig.
Sie erhob sich und sagte ausweichend: »Ach, weißt du, jeder erlebt einmal eine Krise – den Geräuschen nach zu schließen, scheint Constance jetzt gerade in der Küche eine durchzumachen – ich will sie lieber ablösen.«
An der Türe meinte Steven beiläufig: »Dienstag zum Mittagessen also – ich werde vorher noch mal anrufen. Ist Weihnachten gut verlaufen?«
»Sehr gut, danke . . .« Als sich die Türe hinter ihm geschlossen hatte, blieb sie einen Augenblick lang an einem der Fenster stehen und blickte in den weißen Flockenwirbel hinaus. Ihr Mund schmerzte von der krampfhaften Anstrengung, zu lächeln. An der Hecke drehte sich Steven um und winkte, und sie hob die Hand, um den Gruß zu erwidern. Und ganz plötzlich verschob sich alles, die Fensterscheibe und die entfernte Gestalt und ihre eigene Bewegung verdichteten, verschärften sich zu einem anderen Bild. Das Gesicht an Noreens Fenster, die lässig gehobene Hand. Das Parfüm im Zimmer hatte darauf schließen lassen, daß der Eindringling eine Frau gewesen – doch das Gesicht selber, abstrakt betrachtet, war viel unbestimmter. Es hätte das einer Frau sein können . . . oder das eines Mannes.
Als Elizabeth die Kinder zu Bett bringen wollte, kehrte der Traum

zurück. Maire war fröhlich plappernd neben ihr hergehüpft. Zu Füßen der Treppe, plötzlich, ohne Warnung, stieß sie ihren schrecklichen klaren Angstschrei aus und klammerte sich wild an Elizabeth. Jeep, der hinter ihnen hergestolpert war, die Arme voller Spielsachen, blieb verblüfft stehen. Im Wohnzimmer sprang Constance erschrocken auf die Füße und fragte: »Du lieber Himmel, was ist denn los?« Elizabeth beachtete sie nicht. Sie löste Maire behutsam aus ihren Armen, setzte sich mit ihr auf die unterste Treppenstufe und verlieh ihrer Stimme einen ruhigen, beiläufigen Klang – denn die Erregung, die in ihrem Körper zitterte, verriet ihr, daß das Unheimliche, das Maire erschreckt hatte, den verborgenen Kern ihrer eigenen Angst bildete.

Sie sagte: »Nun, hör mal, Maire, was soll das alles: wo ist dieser – dieser »Oun?«

Selbst wenn sie so ausgesprochen wurde, munter und leicht tadelnd, schien die Silbe winzige, düstere Echos auszusenden. Einen Augenblick lang hatte Elizabeth das Gefühl, der Verfolger befinde sich dicht neben ihr, lauernd, höhnisch, gierig darauf, endlich erscheinen zu dürfen. Unsinn. Sie zwang sich, Maires Augen zu beobachten, die langsam den blinden starrenden Ausdruck verloren. Maire drehte den Kopf, zögernd, furchtsam, und preßte sich wieder näher an Elizabeth. Sie spähte über ihre Schulter nach rückwärts, und Elizabeth folgte dem Blick der großen, wachsamen Augen zu der inneren Glastür und zu dem kleinen Zwischenraum, der sich zwischen dieser Glastür und der Haustür befand. Nichts als Schatten und einige wenige helle Reflexe . . .

»Siehst du?« sagte Elizabeth, beschämt über ihre eigene Erleichterung. »Es ist überhaupt nichts dort, gar nichts, du Dummerchen.«

Maire sah sie mit zweifelndem Blick an. Sie hatte sich wieder beruhigt, doch ihr kleiner Körper war noch immer angespannt. Langsam und fragend wiederholte sie: »Nichts dort. »Oun« ist ganz fort«, zog ihre Hände aus denen Elizabeths und ging vorsichtig auf das Wohnzimmer zu. Elizabeth beobachtete sie, Constance starrte ihr nach, als wäre sie hypnotisiert, Jeep fragte ungeduldig: »Was tut Maire, Mama?«

Maire schien sie alle nicht zu beachten. Sie ging das Wohnzimmer entlang, immer noch mit diesem seltsamen, vorsichtigen, steifbeinigen Gang; dabei hielt sie sich in sicherer Entfernung von den Fenstern und betrachtete die Verandatür mit besonderer Aufmerksamkeit. Constances Augen folgten ihr in fasziniertem

Schweigen. Elizabeth starrte auf jede Stelle, wo Maire hinsah, und dachte mit heftig pochendem Herzen: die Fenster. An einem der Fenster ist etwas gewesen ...
Denn jetzt sah sie, wovor sich Maire fürchtete, wovor sie jeden Augenblick zurückschrecken konnte: Glas, irgendeine beliebige Glasscheibe ...
Doch Maire war mit ihren nicht ganz vier Jahren rasch und selbstbewußt und kannte keine Furcht. Überreich an Phantasie, vielleicht, doch immer der trennenden Linie zwischen Wirklichkeit und ihrer eigenen lebhaften Vorstellungskraft bewußt. Und sie kannte jeden und alles, was sie in der unmittelbaren Welt des Hauses betraf, mit Namen.
Was mochte es sein, das ein aufmerksames und gesprächiges Kind nicht anders als mit einer einzigen wilden, schreienden Silbe beschreiben konnte?

»Ich bin überzeugt«, sagte Oliver, in die Betrachtung der Nabe von Jeeps Dreirad versunken, »daß du dich ganz unnötig aufregst. Jeder macht sich einmal einen freien Tag, und Noreen hat sich in dieser Beziehung bis jetzt noch nie etwas geleistet. Wenn auch der Tag nach Weihnachten nicht gerade der taktvollste Moment ist ... Nun habe ich es: der Splintnagel fehlt ...«
Constance erhob sich und verließ schweigend das Zimmer. Elizabeth starrte in den Schnee hinaus. Sie hätte ihre seltsame Ahnung nicht erklären können, ihre Überzeugung, daß dies kein normales, absichtliches Ausbleiben war. Mit leiser Stimme fragte sie: »Und wenn ihr etwas zugestoßen sein sollte?«
»Du meinst, ob sie entführt worden oder Mädchenhändlern in die Hände geraten ist?« Oliver beugte sich eifrig über das Dreirad. »Liebes Kind, das ist doch Unsinn – hast du eine Pinzette?«
Elizabeth vermochte sich nicht länger zu beherrschen. »Ich finde, du dürftest das blöde Ding endlich weglegen und mir nachdenken helfen, was wir tun können.«
Nun wurde auch Oliver ungeduldig. Er setzte das Dreirad mit hartem Ruck zu Boden und sagte gereizt: »Schön, wie du willst – doch offen gesagt habe ich keine Ahnung, was wir tun könnten.«
Constance kam wieder zurück und reichte ihm eine Schachtel und murmelte fragend: »Vielleicht ist er da drin?« und setzte sich wieder hin. Elizabeth sagte: »Ich könnte die Polizei verständigen.«
»Sie kümmern sich nicht um jedes verschwundene Kindermäd-

chen, besonders nicht während der Feiertage!« Oliver zuckte die Achseln. »Weißt du, wo sie das Fest verbringen wollte?«
»Bei einem Onkel und einer Tante in Arlington. Soviel ich weiß, sind die Leute telefonisch nicht erreichbar – sie wohnen in einem Zweifamilienhaus, und das Telefon ist nicht auf ihren Namen eingetragen. Außerdem wollte Noreen früh zurückkommen, um noch mit ihrer Freundin zusammen Weihnachten zu feiern.«
Constance hatte mit gerunzelter Stirn auf ihre verschränkten Hände gestarrt. Nun blickte sie hoch und sagte unvermittelt: »Ich bin ganz deiner Meinung, Elizabeth. Wenn sie krank wäre oder sich in ihrer Familie irgend etwas ereignet hätte, würde sie nicht einfach ausbleiben. Sie würde sich mit dir in Verbindung setzen. Und sie ist so jung und leichtgläubig, daß du wirklich eine gewisse Verantwortung hast.«
Oliver beugte sich der Übermacht. »Also gut«, sagte er mürrisch, »dann fahr doch hin und sprich mit der Freundin – weißt du, wie sie heißt?«
»Rosemary Teale – ja, ich glaube sie heißt Rosemary. In Pinckney Court – das wäre leicht zu finden.« Wieder stieg die seltsame, unheimliche Ahnung würgend in ihr hoch, und wieder suchte sie sie vergeblich zu fassen, zu erkennen – das Gefühl, daß Noreen und die Kinder von derselben Gefahr bedroht waren.
Rosemary Teale, Pinckney Court . . . »Ich werde morgen hinfahren«, sagte Elizabeth. Doch es kam anders. Sie brauchte ihr Vorhaben nicht auszuführen.

12

Rosemary Teale, deren Gestalt im dunkelblauen Skianzug sich vor der eisigen, blendenden Schneewelt abhob, wirkte wie der Inbegriff von Ruhe und Sicherheit. Sie war ein kleines kräftiges Mädchen, kaum älter als Elizabeth, mit einem lebhaften, rundlichen Gesicht und kurzgeschnittenem, glänzendem braunem Haar. Ihre Stimme klang ein bißchen heiser, fast wie die eines kleinen Jungen. Sie stellte sich rasch und unbefangen vor, als ihr Elizabeth kurz vor zehn Uhr morgens die Haustür öffnete.
»Sie sind Mrs. March, nicht wahr? Sie kennen mich nicht, ich weiß – ich bin eine gute Feundin von Noreen Delaney – Rosemary Teale. Ich wollte Sie fragen, ob Sie . . .«

Mit einem Lächeln hielt sie inne. Elizabeth drehte sich instinktiv um und sah Maire nackt und rosig wie einen Engel durch das Treppengeländer spähen. Sie sagte rasch: »Bitte, kommen Sie doch herein und nehmen Sie Platz, bis ich meine Tochter angezogen habe.«

Ein spontanes Gefühl von Beruhigung war in ihr erwacht, das sie warm und tröstlich durchdrang, während sie Maire fertig anzog und zu Jeep ins Kinderzimmer steckte. Doch als sie wieder nach unten kam, wurde ihr diese Illusion wieder genommen. Rosemary Teale stand wartend vor dem Kaminfeuer; sie drehte sich um und sagte ohne Einleitung: »Ich mache mir Sorgen um Noreen, Mrs. March ... Haben Sie Nachrichten von ihr?«

»Nein. Im Gegenteil«, sagte Elizabeth, »ich war eigentlich im Begriff, Sie aufzusuchen und Ihnen die gleiche Frage zu stellen. Bitte, nehmen Sie Platz, Miß Teale.«

Rosemary Teale setzte sich. Sie zündete sich eine Zigarette an und erklärte langsam, mit dieser liebenswürdig heiseren Jungenstimme: »Die Sache ist so: Jill und ich – Jill ist das dritte Mädchen, das mit uns zusammenwohnt – wir beide also haben am Nachmittag des Weihnachtstages eine Party gegeben. Noreen freute sich darauf, ich weiß es – sie hatte ein Kleid von Jill für sich abgeändert und sagte, sie würde ganz bestimmt kommen. Doch sie kam nicht – und als ich dann hier anrief und hörte, daß sie gar nicht zurückgekommen ist, begann ich mir Sorgen zu machen.«

Constance mußte den Anruf entgegengenommen und vergessen haben, ihn zu erwähnen. Elizabeth blickte auf das Mädchen im Lehnstuhl, auf die geraden dunklen Brauen und den festen Mund, und sie fragte sich flüchtig, wieviel Rosemary Teale wohl von den Vorgängen im Hause March gehört haben mochte.

Von den verlegenen Pausen, den heimlichen Feindschaften, den kleinen, unerklärlichen Vorfällen. Elizabeth versuchte sich behutsam vorzutasten: »Mir schien in letzter Zeit, daß Noreen verändert war – fast so, als ob sie Sorgen hätte.«

»O ja, ganz sicher war das so«, sagte Rosemary rasch. »Seltsam, daß Sie es erwähnen, denn erst gestern abend sagte ich dasselbe zu Jill.«

Was sie zu Jill gesagt hatte, deckte sich zu Elizabeths Enttäuschung nur mit ihren eigenen Beobachtungen: Noreens bedrücktes Wesen, ihre gehetzte Miene, ihr völliger Rückzug in ängstliches Schweigen. »Nur wenn es um Maire ging, wurde sie noch

lebhaft«, sagte Rosemary Teale. »Sie hängt sehr an Ihrem kleinen Jungen, Mrs. March – Jeep heißt er, nicht wahr? – aber Maire vergöttert sie geradezu.«
Elizabeths Herz schlug rascher. Ohne zu warten, bis Rosemary ausgesprochen hatte, fragte sie: »Haben Sie die Adresse ihrer Tante in Arlington? Wenn ich kann, will ich heute nachmittag hinfahren.«

Yancy Street, Herfort, Lincoln ... Sycamore Street. Elizabeth bog nach rechts ein und fuhr langsam die Sycamore Street hinunter. Der Name hatte in ihr die Vorstellung einer dunklen, engen Gasse erweckt, nun aber dehnte sich die Straße endlos vor ihr aus, breit, gerade, nackt im kalten Licht des Winternachmittags. Die Reihenhäuser, auf beiden Seiten schienen auf den ersten Blick alle gleich zu sein – schmutzige, senfgelbe Mauern, verschnörkelte Zierbalkons, einige steile Stufen vor der Haustür.
Da war die Nummer, die sie suchte; drei Blocks weiter fand sie einen Parkplatz, sie stieg aus und begann zurückzugehen. Nun sah sie, daß nicht alle Häuser dasselbe Gelb aufwiesen; da und dort stach ein verwaschenes Grün aus der Reihe. Sie kam an einer Frau im Kopftuch vorüber, die auf dem Vorplatz Schnee schaufelte, an einem jungen Mann, der sie mit einladendem Lächeln musterte, an einer Gruppe kleiner Jungen, die mit Schneebällen warfen und denen sie ängstlich auswich. Und dann stand sie vor Nummer 203, und ihr Herz klopfte auf einmal wie rasend.
Das Haus Nummer 203 war in häßlichem Senfgelb gestrichen, das da und dort abzublättern begann, seine Fensterrahmen waren braun, an den Scheiben hingen brave weiße Spitzengardinen. Elizabeth gab sich einen Ruck; sie stieg die steilen Stufen hinauf und schritt zur Haustür; das Klappern ihrer Absätze hallte auf dem hölzernen Boden der Küchenveranda wider. Sie klopfte, blickte dann wartend auf eine Reihe verkümmerter Topfpflanzen, die zwischen den Gardinen zu ihrer Linken sichtbar waren, und versuchte sich einzureden, daß hinter dieser Tür nichts Böses auf sie lauerte.
Von der Straße drang das Geschrei spielender Kinder herüber. Die Eiszapfen, die vom Vordach herunterhingen, schmolzen mit kleinen, tropfenden Geräuschen. Ganz plötzlich wurde die dunkelgelb gestrichene Haustür vor Elizabeths Augen aufgerissen, ein Gesicht starrte sie an, und eine Stimme fragte: »Was wünschen

Sie?«
Die Stimme klang weich und hoch und paßte nicht zu dem Ausdruck des dicken, rötlichen, herausfordernden Gesichts. Selbst die Brille wirkte herausfordernd, mit ihren dicken, gewölbten Gläsern, hinter denen die braunen Augen unnatürlich groß und glänzend erschienen. Er war ein dicker Mann, nicht groß, aber kräftig, und trotz seiner Fülle wirkte er rasch und beweglich. Das konnte nicht Ambrose Miller sein, entschied Elizabeth sekundenschnell, nein ganz bestimmt konnte das nicht Noreens Onkel oder überhaupt irgendein Onkel sein.
Sie hob ihr Kinn ganz leicht und erwiderte mutig den Blick der bebrillten Augen. »Ich möchte mit Mr. oder Mrs. Ambrose Miller sprechen. Wissen Sie, ob sie zu Hause sind?«
»Die Millers?« Wieder die weiche, hohe Stimme, wieder die ausdruckslosen glänzenden Augen, die sich Zeit nahmen, ruhig und prüfend über ihren Schal, ihren Mantel, ihre Stiefel zu gleiten, um sich dann gelassen zu ihrem Gesicht zu heben. »Sie wohnen oben, im ersten Stock, aber Mr. Miller ist krank. Ich glaube nicht, daß er Besuch empfängt.«
Es war wie damals im Hotel *Savoia* – eine Tür, die sich zu schließen drohte, eine Antwort, die ihr entglitt, noch ehe sie sie greifen konnte. Sie sagte rasch: »Und Mrs. Miller? Es ist wichtig – es handelt sich um ihre Nichte. Ich bin eine Freundin von ihr.«
Zögernd, widerstrebend war der Mann zurückgetreten und hatte sie in die kleine dunkle Diele eintreten lassen. Linoleum bedeckte den Boden, ein braunes Plüschsofa stand da, ein Schrank mit Glastür, eine Holztreppe im Hintergrund. Über allem schwebte ein leiser Geruch von Staub, Roßhaar und Kampfer.
»Nichte?« Der Mann musterte Elizabeth mit zweifelndem Ausdruck. »Ein junges Ding – neunzehn, zwanzig Jahre alt?« – »Ja.«
»Dunkelbraunes Haar, große Augen?«
»Ja, das ist sie.«
»Die ist nicht mehr hier. Und wenn sie auch nur ein bißchen Vernunft hat, wird sie nicht so rasch wiederkommen, nachdem sie sich einfach davongemacht hat, als der alte Miller krank wurde. Die Tante war fürchterlich aufgeregt, das kann ich Ihnen sagen, weil es doch der Tag nach Weihnachten war, und . . .« Der Mann unterbrach sich, spähte vorsichtig die Treppe hinauf und wandte sich dann wieder an Elizabeth. »Sie waren es doch nicht am Ende, die sie gestern abholte . . .?«

Abholte ... Elizabeth fühlte, wie ihre Hände feucht wurden, während Jagoe – er hatte sich endlich vorgestellt – genießerisch weitersprach.
Ambrose Miller, der seit langem an Arthritis litt, hatte am Weihnachtstag einen besonders schweren Anfall durchgemacht, eine Herzattacke kam dazu, und Mrs. Miller schickte nach dem Arzt. Sie hatte ihre Nichte gebeten, doch wenigstens bis zum folgenden Morgen zu bleiben, da die Pflege des kranken Mannes eine Menge zu tun gab, und Fetzen dieses Gesprächs waren bis zu Jagoe ins Erdgeschoß gedrungen:
Die Tante: »Wirklich, Noreen, ich finde, soviel Rücksicht bist du deinem Onkel schuldig«, und Noreen: »Oh, ich würde gerne bleiben, bis es ihm besser geht, und ich denke auch gar nicht an die Party – ich muß bloß erst die Leute, bei denen ich angestellt bin, anrufen. Sie erwarten mich heute abend zurück.« Und wieder die Tante: »Ich werde sie vom Drugstore aus anrufen. Schließlich kannst du doch deine eigene Familie ...«
»Aber sie hat nicht angerufen«, sagte Elizabeth langsam.
Jagoe streifte sie mit einem listigen Seitenblick. »Natürlich nicht, dazu ist sie viel zu geizig.« Und er fuhr in seiner Schilderung fort. Da er am nächsten Morgen ausgegangen war, hatte er den weiteren Gang der Ereignisse nicht selber miterlebt, doch Mrs. Miller hatte ihm unter Tränen alles berichtet: wie am Vormittag die Hausglocke klingelte und Noreen hinuntergeschickt wurde, um zu öffnen; wie Noreen fast augenblicklich wieder nach oben kam, wortlos ihren kleinen Koffer packte und ohne auf die Vorhaltungen ihrer Tante zu achten, die Treppe hinunterging und das Haus verließ.
Seither hatte sie nichts von sich hören lassen. Mrs. Miller hatte sich bitterlich bei Jagoe beklagt, daß ihre Nichte sich nicht einmal die Mühe genommen hatte, anzurufen und nach dem Befinden des Onkels zu fragen.
Das war alles ...
Die glänzenden braunen Augen ruhten mit scharfer Neugier und fast boshaftem Interesse auf Elizabeth. Während sie langsam zur Tür ging, blickte sie sich in der Diele um – keine Spur, kein Hinweis, nichts, gar nichts verriet ihr, wer Noreens Besucher gewesen war. Niemand hatte in dem dämmerigen kleinen Raum einen Handschuh oder eine Streichholzschachtel oder ein ausgetretenes Zigarettenende zurückgelassen; nur die Dinge befanden sich

da, die seit Jahren dagewesen sein mußten – das dunkle Glas der Schranktür, das Sofa, die teppichlose Treppe im Hintergrund, die sich im Dunkel verlor ...
Es hatte keinen Sinn, zu bleiben und die zornige Mrs. Miller auszufragen – das wußte Elizabeth, als sie wieder draußen stand. Noreens Besucher würde sehr vorsichtig gewesen sein, für alles gesorgt haben. Als Noreen in die Millersche Wohnung zurückgekommen war, um ihren Koffer zu holen, sprach sie kein Wort – er hatte sie gezwungen zu schweigen – mit einer Drohung oder ...
Ganz plötzlich und deutlich, als säße sie neben ihr im Wagen, hörte sie Rosemary Teale wieder sagen: »Noreen vergöttert Maire ...«
Der Wagen machte einen Ruck, die Nadel des Geschwindigkeitsanzeigers begann langsam, regelmäßig zu steigen.

»Ob alles gut gegangen ist?« wiederholte Constance erstaunt. Sie sah müde aus, ihre Wangen waren gerötet, ihre Stimme klang leicht gereizt. »Aber natürlich, sehr gut sogar. Nicht wahr, Kinder?«
»Tante Constance hat eine Tasse zerbrochen«, verkündete Maire strahlend; die Aufregung in ihrem Gesichtchen verriet, wie triumphierend sie diese Botschaft gehütet hatte. »Ja, das habe ich allerdings, junge Dame ...« Constances graue Augen blickten streng – »doch bloß, weil dein Bruder die Lampe zu Boden reißen wollte. Jeep, erzähl deiner Mama, wie unartig du warst.«
Das war ein bißchen viel verlangt von einem kleinen Jungen, dachte Elizabeth. Sie sagte rasch: »Du hast es nicht absichtlich getan, nicht wahr, Jeep?« und ohne eine Antwort abzuwarten, beförderte sie die Kinder zum Vesperbrot in die Küche hinaus. Als sich friedliche Stille über den Tisch ausgebreitet hatte, ging sie ins Wohnzimmer zurück.
Constance hielt einen kleinen runden Korb auf dem Schoß, den sie mit hingebungsvollem Eifer durchsuchte. Auch ohne zu fragen, wußte Elizabeth, daß Constance noch immer Handschuhe oder einen Lippenstift oder einen Ohrklips vermißte. Constance blickte fragend auf. »Komm, setz dich doch, Elizabeth, du wirst müde sein. Hast du etwas erfahren?«
»Nichts, das uns weiterhilft«, sagte Elizabeth und schilderte ihr das Gespräch mit Jagoe. Vergeblich suchte sie dabei der Erinnerung auszuweichen, daß Constance gestern früh kurz nach Oliver das Haus verlassen hatte, um die Handschuhe umzutauschen, die sie

ihr zu Weihnachten in einem Warenhaus in Lynn gekauft hatte. Sie war erst kurz vor zwölf zurückgekehrt.
»Eigenartig«, sagte Constance langsam, »wirklich eigenartig . . .« Sie hatte ihre Hände sinken lassen und starrte nachdenklich vor sich hin. »Weißt du, Elizabeth – es geht mich ja eigentlich nichts an, und ich möchte um alles in der Welt nicht Olivers Wünschen zuwiderhandeln – aber es scheint mir an der Zeit, daß du etwas unternimmst. So wie die Dinge liegen . . .« Elizabeth blickte auf, und Constance fuhr nach kaum merklichem Zögern fort: ». . . so wie die Dinge liegen, solltest du wirklich die Polizei benachrichtigen.«
»Ja, du hast recht«, sagte Elizabeth und blickte überflüssigerweise auf die Uhr. »Ich werde gleich – aber nein, vielleicht wollen sie herkommen, da will ich lieber warten, bis die Kinder im Bett sind.« Warten – Zeit gewinnen.
Lächerlich war das, lächerlich, wenn nicht sogar gefährlich, dieser Wunsch, zu warten, den Augenblick, da sie handeln mußte, hinauszuschieben. Sie hätte den Widerstand nicht zu erklären vermocht, der plötzlich in ihr erwacht war, das Gefühl, als schritte sie am Rande eines Abgrundes, als könnte jede Bewegung, jede Handlung, die sie unternahm, den Stoß bilden, der sie ins Bodenlose schleudern würde . . .
»Das wird das beste sein«, stimmte Constance zerstreut zu. Sie hatte sich wieder dem Korb in ihrem Schoß zugewandt und murmelte: »Ist das nicht wirklich lästig? Ich weiß, ich habe diesen Nagel irgendwo gesehen . . .« Der gefürchtete Augenblick rückte näher, langsam, unerbittlich. Jane Perrin rief an und fragte, ob Elizabeth, Oliver und Constance nach dem Essen nicht zu einem Glas herüberkommen wollten, um ihre Schwester aus Baltimore zu begrüßen. Das würden sie gerne, erklärte Elizabeth, doch hätten sie niemanden, der die Kinder hüten könnte – und sie ging vom Telefon weg, nervöser und gehetzter, als sie es gewesen war, bevor sein ungeduldiges Klingeln sie aufgeschreckt hatte.
Jeep stolperte über eines seiner geliebten Autos und biß sich die Lippe blutig; Maire fragte begeistert: »Darf ich das Blut sehen, Mama?« Elizabeth rührte Eier und kochte Kakao und schnitt Toasts in fingerdicke Scheiben – und starrte immer wieder auf die Uhr; dazwischen schwebte ihr Olivers zorniges Gesicht vor, wenn sie ihm sagen würde, daß sie die Polizei . . .
Mit Einbruch der Dunkelheit hatte der Schnee, der tagsüber ge-

schmolzen war, wieder zu gefrieren begonnen. Die Nacht war voller kleiner gleitender Reflexe, die Fliederzweige vor den Fenstern der Anrichte ragten gleich starren, silbernen Skelettarmen empor. Maire und Jeep bettelten, statt in ihr Bett gesteckt zu werden, mit Constance unter dem brennenden Christbaum sitzen zu dürfen, und Elizabeth sagte ja und ging in die Küche zurück, um das Geschirr zu spülen.

Das heiße Wasser rauschte und plätscherte; der Flieder pochte gegen die schwarzen Scheiben. Ein-, zweimal drehte Elizabeth den Wasserhahn zu, um sich zu vergewissern, daß es nur der Flieder war; plötzliche, prickelde Nervosität ließ sie zittern. Lächerlich war das, ganz einfach lächerlich, denn Constance und die Kinder befanden sich nur zwei Zimmer von ihr entfernt. Du bist ganz allein mit Constance, flüsterte es jählings in ihr. Und: Oliver wird heute abend spät nach Hause kommen, der vereisten Straßen wegen. Sie drehte sich heftig um und griff nach dem Geschirrtuch, und ihren unsicheren Fingern entglitt eine Tasse, um klirrend am Boden zu zerschellen. Während sie die Scherben aufhob, dachte sie, dies ist das Endstadium der Krankheit. Wenn die Furcht erst nur einer leichten Ansteckung geglichen hatte, so war dies das letzte, tödliche Stadium, da ein zufälliger und törichter Gedanke sie zusammenfahren ließ wie ein jäher Stoß im Finstern.

Sie trug die Löffel und den Kakaotopf zum Ausguß und spülte sie; sie zwang sich mit energischen Bewegungen zu arbeiten und mehr Lärm zu machen als nötig, um die drückende Stille der erleuchteten Küche, die schwarzen Fenster, die stürmische Nacht zu bekämpfen.

Aus diesem Grund hörte sie das leise Klopfen nicht. Erst das sachte Knirschen von Metall hörte sie, als jemand auf die Klinke der Hintertür drückte. War es also doch nicht nur der Flieder gewesen? Wer?

Das Tuch entglitt Elizabeths Fingern. Sie stand ganz still, ihre eine Hand hielt das Gelenk der andern umklammert. Sie fühlte die schmerzende Stelle in ihrer Brust, wo der Schreck sie wie ein brutaler Stoß getroffen hatte. Dann ließ jähe Verzweiflung sie die Lähmung abschütteln; sie trat in die Mitte der Küche, wo sie wieder stehenblieb und auf die Hintertür starrte.

Langsam, ganz langsam und zögernd öffnete sie sie, und Noreen Delaney trat herein.

Und Elizabeth starrte sie an, schweigend, erschreckt, ungläubig.

13

Noreens Gesicht war weiß und müde, unsagbar müde. Die blauen Schatten unter den Augen hatten sich vertieft, die Augenlider waren geschwollen und grau, der kleine blasse Mund starr, so furchtbar starr, als wäre nur verzweifelte Anstrengung imstande, ihn ruhig zu halten.
Jeder Anflug von Erleichterung, jeder Impuls, das Mädchen mit einem beiläufigen Wort zu begrüßen, erstarb in Elizabeth in den langen Sekunden, in denen Noreen dastand und ihren Blick erwiderte, mit leeren Augen, die nichts enthielten als grenzenlose Müdigkeit. War dies Noreen – war dies *wirklich* Noreen, das Mädchen, das drei Tage zuvor das Haus verlassen hatte, lächelnd, mit rosigen Wangen und glänzenden Augen . . .?
Sie fand ihre Stimme endlich wieder und fragte sehr sachte, sehr behutsam: »Was ist geschehen, Noreen?« und Noreen antwortete ihr mit einer Stimme, die kaum mehr war als ein heiseres Flüstern. »Wollen Sie mich noch haben, Mrs. March? Darf ich hier bleiben und wieder arbeiten?«
»Natürlich«, sagte Elizabeth ruhig. »Außerdem kann all dies warten, bis Sie eine Tasse heißen Tee getrunken haben. Ich setze gleich Wasser auf.«
Auf diese Weise würde es ein Zwischenspiel mit Teller und Tasse geben, eine Pause, in der sich Noreen wieder fassen, in der Elizabeth versuchen konnte, ihre drängende Ungeduld zu beruhigen. Ein warnender Instinkt riet ihr, jetzt, da die Lösung in Reichweite lag, sehr behutsam vorzugehen, denn Noreen durfte nicht allzu jäh aus ihrem Schweigen gerissen werden.
Sie ließ den Tee ziehen und lauschte auf das Rascheln von Stoff, auf das Klicken eines Aufhängers in der kleinen hinteren Diele, wo Noreen den Mantel ablegte. Dann fuhr sie zusammen – die Eßzimmertür ging auf, und Maire streckte fragend ihren Kopf herein.
»Hinaus!« sagte Elizabeth fest.
»Wer ist gekommen?« fragte Maire ebenso fest zurück.
»Der Wind. Fort mit dir, es ist gleich Schlafenszeit.«
Maire verschwand widerstrebend. Während Elizabeth am Herd den Tee eingoß, erfaßte sie aus dem Augenwinkel heraus, daß Noreen wieder in der Küche erschienen und unsicher neben dem Tisch stehengeblieben war. Sie trug die Tassen hinüber, stellte sie

hin, krampfhaft bemüht, ihre zitternden Hände ruhig zu halten, und setzte sich dann an den Tisch. Nach einigen Sekunden murmelte Noreen ein Wort des Dankes und zog sich den gegenüberstehenden Stuhl heran.

Im Wohnzimmer sang Constance mit den Kindern ein Lied. Elizabeth hörte es, hörte Maires Lachen und Jeeps Jauchzen dazwischen, und in ihrem Geist drängten sich die ungeduldigen Fragen. Noch beherrschte sie sich, noch wartete sie, während Noreen mit gesenktem Kopf in ihrer Tasse rührte. Doch als noch immer nichts geschah, als jede vorübergehende Sekunde es schwerer machte, die Stille zu brechen, gab sich Elizabeth einen Ruck. Sie blickte auf das blasse Gesicht des Mädchens und sagte: »Nicht wahr, Noreen, es ist doch so: Weihnachten ist etwas geschehen?«

»Ja.« Es kam leise, halb erstickt, fast unhörbar, und die Augen des Mädchens blieben gesenkt – doch immerhin war es ein Anfang.

Elizabeth nahm ihre ganze Kraft zusammen. »Wäre es nicht besser, Sie würden mir alles erzählen? Wenn wir Ihnen irgendwie helfen können ...« Die Ironie dieser Worte berührte sie bitter – »wenn wir Ihnen irgendwie helfen können, tun wir es von Herzen gern.«

Sie fieberte der Antwort entgegen, packte die Worte, noch ehe sie ausgesprochen wurden, denn es stand so viel, so unendlich viel auf dem Spiel. Alles, alles hing von diesem jungen verängstigten Mädchen ab, das ohnehin nur mühsam Worte fand und jetzt völlig in Schweigen erstarrt schien. Sie fügte rasch hinzu: »Manchmal kann einem jemand helfen, selbst, wenn man glaubt, es sei nicht möglich.«

Endlich blickte Noreen auf. Sie sagte langsam, tonlos: »Nein, Sie können mir nicht helfen.«

Weiß sie, dachte Elizabeth, von jähem wildem Zorn gepackt, *weiß* sie, was dieses Nein für mich bedeutet? Die Hälfte ihres Wesens flog in heißem Mitleid dem blassen jungen Geschöpf zu; die andere Hälfte glich einer zum Sprung ansetzenden Tigerin, bereit, alles, was sie liebte, zu verteidigen, rasend vor Zorn, weil sich die erhoffte Verbündete ängstlich abzuwenden drohte.

Der Zorn war stärker. Sie setzte ihre Tasse mit hartem Ruck nieder und sagte betont langsam: »Hören Sie, Noreen: was Sie in Ihrer freien Zeit tun, geht mich nichts an. Doch jetzt, unter diesen Umständen, glaube ich das Recht auf eine Erklärung zu haben. Außerdem sehen Sie aus, als gehörten sie ins Bett – und wenn Sie krank sind oder einen Schock erlebt haben – dann ist es am be-

sten, Sie legten sich hin. Habe ich nicht recht, Noreen?«
Wieder lastete Stille zwischen ihnen, wieder wartete Elizabeth, wartete mit letzter verzweifelnder Hoffnung – und dann fiel draußen die Haustür ins Schloß. Das wird Oliver sein, dachte Elizabeth traurig; Oliver, der heimkommt, ausgerechnet jetzt, da ich ihn Meilen fortgewünscht hätte ...
Noreen weinte lautlos, ihr Mund bebte, ihre Lider waren gesenkt. Die Tränen rollten über die blassen Wangen, und Elizabeth sah zu und zwang sich, hart zu bleiben. Wohl konnte man Feuer mit Feuer bekämpfen, doch Angst und Schrecken – das war etwas anderes. Sie versuchte es nochmals: »Liegt der Grund, warum Sie weggeblieben sind, hier im Haus, Noreen?«
Ohne die Augen zu heben, schüttelte das Mädchen heftig den Kopf. War es Ungeduld um ihrer Tränen willen, eine Anstrengung, sich zu beherrschen? Oder eine Antwort, die Elizabeth beruhigen sollte?
Bevor sich Elizabeth klar werden konnte, öffnete sich die Tür, Oliver trat herein, gefolgt von den Kindern, und im nächsten Augenblick war die Küche ein lebhaftes Durcheinander, von Lärm und Heiterkeit erfüllt. Und damit war das Gespräch mit Noreen fürs erste beendet.
Die Kinder freuten sich, Noreen wieder zu sehen, und Elizabeth, die sich als scharfe Beobachterin im Hintergrund hielt, bemerkte, wie das junge Mädchen Maire bei der ersten Gelegenheit zärtlich, fast leidenschaftlich an sich drückte.
Hing Noreens Abwesenheit irgendwie mit einer Gefahr zusammen, die dem Kind drohte – sollte nun auch Maire eine Zielscheibe werden, ausgesetzt den Pfeilen des unsichtbaren Feindes? War »Oun« nur ein Anfang gewesen?
Ein quälender, unerträglicher Gedanke ... Elizabeth drängte ihn mit gewaltsamer Anstrengung zurück und befaßte sich statt dessen mit den Reaktionen ihrer Umgebung.
Oliver sagte gleichmütig: »Ich glaube, du urteilst zu streng über das Mädchen. Sie ist mündig – angenommen, sie ist mit einem Jungen befreundet, der nach Korea eingeschifft wurde oder so etwas Ähnliches, und sie geniert sich, dir zu sagen, daß sie noch jeden letzten Augenblick mit ihm verbringen wollte?«
Constance versetzte nachdenklich: »Ich habe ein paar Worte mit ihr gesprochen, Elizabeth, und ich habe das Gefühl, es sind Familiengeschichten. Nicht der Onkel in Arlington, natürlich – nein,

eher so etwas wie eine peinliche Verwandtschaft, die sie um Beistand gebeten hat und die sie lieber verschweigen möchte. Man hat doch manchmal Verwandte, die man verbirgt, eine Art schwarze Schafe, nicht wahr, und wenn es irgendeinen Skandal gegeben hat, oder gar Polizeigeschichten ...«

Lucy Brents Stimme am Telefon sagte leichthin: »Keine Schilderung der letzten Minuten am Sterbebett? Himmel, ich habe das Mädchen falsch beurteilt!«

Elizabeth glaubte einen seltsamen Unterton in der leichten Stimme schwingen zu hören, und es war dieser Unterton, der sie veranlaßte, Lucy am nächsten Nachmittag aufzusuchen.

Die Brents wohnten in einem Haus, das Elizabeth stets bewundert hatte; ein ebenmäßiges altes Gebäude unter Ahornbäumen, von einem sorgfältig gepflegten Rasen umgeben. Unten lag die Bucht, im Hintergrund erhob sich ein Wirrwarr grauer moosbewachsener Felsen, die den oberen Abschluß des Parks bildeten. Irgendeinmal war das Haus in einem hellen Rauchblau gestrichen worden, das wie ein sanfter Widerschein des Wassers von der Bucht wirkte; Lucy und Steven hatten mit den weißen Fensterläden und dem weißen Kamin eine heitere, beschwingte Note hinzugefügt.

Elizabeth blickte sich suchend in dem hübschen Wohnzimmer um, das Lucy mit viel Geschmack eingerichtet hatte und das ganze in Gelb, Weiß und Rostrot gehalten war. »Wo hast du den Hund?«

»Ach – der?« gab Lucy obenhin zurück. »Ich – wir haben ihn einer Familie aus der Nachbarschaft geschenkt. Er war ein süßes kleines Ding, wirklich, aber du weißt ja, wie sehr ich Ordnung liebe ...«

Elizabeth wußte es und fühlte sich doppelt überrascht. Denn Lucy war eines jener seltenen, überlegenen Geschöpfe, um die stets Ordnung zu herrschen schien, ganz selbstverständlich, mühelos und ohne Anstrengung. Eine blitzartige Vision tauchte vor ihr auf: Lucy, wie sie am Nachmittag von Stevens unvermutetem Erscheinen in den Schnee hinausfuhr; Lucy, wie sie das Haus betrat, kalt und ärgerlich, wie sie den Hund betrachtete, den Steven ihr geschenkt, und wie sie zum Telefonhörer griff.

Lucys Stimme zerriß das Bild: »Du bist bestimmt sehr froh, daß Noreen zurück ist und du wieder ausgehen kannst. Hat sie noch immer nicht gesagt ...«

Elizabeth schüttelte den Kopf und schilderte den vergangenen Tag. Sie faßte sich möglichst kurz, streifte die Ereignisse nur mit wenigen knappen Worten: ihr Besuch im Haus an der Sycamore Street, Jagoes Auskunft, Noreens ängstliches Schweigen. Lucy sagte nachdenklich: »Sie muß freiwillig mitgegangen sein – man entführt ein erwachsenes Mädchen nicht am hellichten Tag. Hast du mit der Tante gesprochen?«
Elizabeth verneinte, und Lucy zuckte die Achseln. »Wenn schon – ich denke, sie wird dir eines Tages alles erzählen – wenn sie es überwunden hat.«
Da war er wieder, der seltsam wissende Ausdruck in Lucys Augen, die verborgene Andeutung, daß Lucy etwas wußte und mit ihrem Geheimnis zurückhielt. Elizabeth bemühte sich nicht, der Spur zu folgen; sie hatte es versucht, mehr als einmal, und immer war sie gescheitert.
Während Elizabeth sich eine Zigarette anzündete, dachte sie, sie gleiche ein wenig einem Chemiker, der Kulturen angelegt hat und nun ab und zu bei seinen Nährböden die Runde macht, um zu sehen, was geschieht.
Eine Menge Leute starben auf diese Weise – indem sie zu spät entdeckten, welches Röhrchen das tödliche Gift enthielt.
Als Elizabeth aufbrechen wollte und nach dem Handschuh angelte, der zwischen das Kissen und die Armlehne ihres Clubsessels geglitten war, entdeckte sie, daß Lucy nicht ganz die untadelige Hausfrau war, für die sie sie gehalten hatte. Denn außer dem weißen Leder des Handschuhs beförderte sie noch etwas anderes zutage: ein zusammengeknülltes Stückchen Papier, rot, metallisch glänzend – ganz offensichtlich eine Bonbonhülle.
Nach dem Abendessen zog sich Elizabeth früh zurück und überließ Oliver und Constance das Wohnzimmer; es schien ihr zwecklos, noch weiter Komödie zu spielen. Sie wußten, daß sie in einer anderen Welt lebte, ihre Augen hielten stumme Zwiesprache, Kopfschütteln, lautlose Kommentare wurden ausgetauscht. Elizabeth fragte sich mit seltsam unbeteiligter und kalter Neugier, ob dies die Gefühle waren, die man empfand, wenn man langsam den Verstand zu verlieren begann. Wer konnte sie so sehr hassen, da sie doch niemandem im Wege stand? Da sich ihr Leben auf den Tatsachen aufbaute, daß sie als Frau vielleicht etwas mehr Glück kannte als der Durchschnitt, daß sie die Mutter zweier kleiner Kinder und im Nebenberuf eine kleine, unbedeutende Schrift-

stellerin war? Kein großes Vermögen, keine düstern oder verlokkenden Geheimnisse, niemand, dem sie unrecht getan, niemand, der ihr unrecht getan hätte. Nichts, gar nichts, das ihr Dasein von dem irgendeiner andern Frau auffallend unterschied ...
Wenn nicht – und der Gedanke ließ sie in jäher Panik zusammenzucken – wenn nicht überhaupt kein Grund vorhanden war. Wenn nicht eine ganz andere Kraft am Werke war, jemand in ihrer unmittelbaren Nähe, der langsam die Beherrschung verlor, um seiner Zerstörungslust zu frönen, zwecklos, blindlings, nur um des Zerstörens willen... Elizabeth bürstete heftig ihr Haar, im verzweifelten Bemühen, das Echo von Noreens Stimme zu töten, den Widerhall der tonlosen Worte zu ersticken: »... Sie können mir nicht helfen.«
Denn wenn sich jemand eine Freude daraus machte, Rosen zu zerstören und Jeeps Geburtstag zu verderben, ihre Schecks zu fälschen, ihre Schlaftabletten zu entwenden und den Weihnachtsmorgen in eine peinliche Tragikomödie zu verwandeln, würde diese Art von Verfolgung sehr bald den Reiz verlieren; sie würde langweilig werden. Und eine stärkere, schärfere Verfolgung würde einsetzen.
Olivers Kommen schreckte sie auf. Zu spät – sie hatte beabsichtigt, bei seinem Erscheinen bereits im Bett zu liegen und sich schlafend zu stellen; denn dies war der leichteste Ausweg. Er ging an ihr vorüber ins Badezimmer; die Dusche rauschte, ein Wasserglas klirrte. Elizabeth rauchte eine Zigarette und wartete, und als er zurückkam, erhob sie sich rasch. »Ist das Wasser noch heiß? Ja? – Gut, dann nehme ich ein Bad.«
Es dauerte lange, sehr lange, später, bis sie den Augenblick vergaß, da sie wieder ins Schlafzimmer kam und Oliver aufblickte, seine Zigarette unangezündet niederlegte und quer durch das Zimmer auf sie zutrat, ohne ein Wort zu sprechen. Sie drehte ihm rasch den Rücken zu, beschäftigte sich eifrig mit einem Fläschchen Eau de Cologne, doch seine Hände legten sich auf ihre Schultern, leicht, wortlos ...
»O nein, nein ...« Wilde Panik ließ sie zurückzucken, ihr ganzer Körper erstarrte; nach einem einzigen raschen Blick senkten sich ihre Augen und wagten nicht, ein zweitesmal Olivers dunkles, zorniges Gesicht zu suchen. Die elektrische Uhr summte leise. Elizabeth starrte auf den Boden und versuchte, das Zittern, das sie befallen, zu unterdrücken. Als sie endlich wieder aufblickte, stand

Oliver immer noch sehr nahe, doch sein Gesicht war ausdruckslos geworden. Er sagte kühl: »Entschuldige – ich wollte dich nicht erschrecken« und ging mit schwerem Schritt an ihr vorbei zum Schrank. Er warf sich eine Hausjacke über die Schultern und fuhr mit eisiger Höflichkeit fort: »Ich gehe hinunter und lese noch ein Weilchen. Du wirst nicht auf mich warten, nicht wahr« und zog die Türe hinter sich ins Schloß.
Elizabeth ging zu Bett und schlief ein, nachdem sie lange, lange mit schmerzenden Augen ins Dunkel gestarrt hatte. Ihr Gesicht war naß von Tränen.

»Schweine machen oink-oink-oink!«
»Und kleine Buben sitzen hübsch brav auf ihren Plätzen«, unterbrach Noreen Jeeps jauchzendes Geschrei.
Elizabeth nahm die Kurve mit Schwung; sie warf einen raschen Blick in den Rückspiegel und lächelte. Wie gut, daß sie ihrem plötzlichen Einfall gefolgt war und die ganze Gesellschaft zu einer Ausfahrt mitgenommen hatte! Es war, als hätte sie ein dichtes Gespinst von Spinnweben weggeblasen, um Licht und Luft selbst in den düstersten Winkel strömen zu lassen. Die Kinder, die sich den ganzen Morgen gestritten hatten, waren wieder friedlich; sie blickten begeistert zum Fenster hinaus und plapperten glücklich drauflos. Noreen saß zwischen den beiden, ihre Wangen waren rosig, ihre Augen strahlten in kindlichem Entzücken. Ab und zu stimmte sie in das Gelächter der Kinder ein; hell und unbeschwert brach das Lachen von ihren Lippen, als wäre es lange, sehr lange zurückgedrängt worden, um jetzt hervorzusprudeln.
Elizabeth verstand: ihre eigene Stimmung hob sich rasch, während sie weiterfuhr. Ja, sie genoß diesen ziellosen Ausflug auf ganz besondere Weise, war ihr doch, als hätte sie damit ihrem unsichtbaren Verfolger ein Schnippchen geschlagen, als wäre sie ihm für wenige köstliche Minuten entwischt. Niemand hatte gewußt, daß sie diesen Ausflug unternehmen würde, also würde auch niemand in der Lage sein, ihn zu verderben.
Über den letzten bewaldeten Hügel ging die Fahrt zur Bucht hinunter, wo das Wasser grün gegen die Ufermauer schlug; Elizabeth brachte den Wagen zum Stehen und holte ihre Zigaretten aus der Tasche. Es war zu kalt, um auszusteigen und sich auf die hölzernen Uferbänke zu setzen. Noreen sagte: »Ich laufe rasch mit ihnen zum Ende der Promenade und zurück, nicht wahr, Mrs. March?«

und Elizabeth nickte und sah zu, wie sie davontrabten. Wie klein sie waren, die beiden Gestalten der Kinder, wie klein und hilflos für das Auge eines Fremden! Elizabeth dachte an das Gespräch zurück, das sie in der Frühe mit Noreen geführt hatte. Das Mädchen war ganz offensichtlich erstaunt gewesen, als sie Maires »Oun« erwähnte – und ebenso offensichtlich besorgt, wobei sie in Worte faßte, was Elizabeth die ganze Zeit hindurch gefühlt hatte: »Es gefällt mir nicht, daß Maire vor etwas Angst hat, sie ist so unbekümmert, hat so viel – so viel Vertrauen. Vielleicht, wenn ich sie heute abend einmal auf einem Umweg fragen würde? Sie plaudert immer sehr viel, wenn sie im Bad sitzt . . .«
Elizabeth schob die Gedanken entschlossen beiseite; dies alles – Maires Alptraum, ihre eigene wachsame hilflose Angst – gehörten nicht hierher; sie gehörten zum Haus, zu jener anderen Existenz, die sie für eine einzige kostbare Stunde lang hatte abschütteln können. Noreen und die Kinder hatten das Ende der Promenade erreicht und näherten sich wieder dem Wagen, und sie lächelte den dreien entgegen, die rosig angehaucht und windzerzaust und ausgelassen angelaufen kamen. Dann wendete sie den Wagen zögernd um und trat die Heimfahrt an.
Auf dem Heimweg geschah es zum erstenmal, daß sich der Zufall als Bundesgenosse ihres unsichtbaren Feindes in den Kampf einschaltete, um ihr selbst in dieser Stunde kein Vergessen zu gestatten. Eben als Elizabeth in die Straßen des Städtchens einbog, verwandelte sich ein kleines ratterndes Geräusch, das sie schon seit einiger Zeit flüchtig wahrgenommen hatte, plötzlich in ein heftiges Geklapper. Es kam vom hinteren Teil des Wagens. Irgend etwas war festgeklemmt und schleppte nach oder . . .
Ehe sie weiter überlegen konnte, hatte sie auch schon ein Polizist an den Randstein gewinkt. Elizabeth drehte die Fensterscheibe herunter und blickte zu dem kantigen, wettergebräunten Gesicht des Mannes auf. Er war neu, sie hatte ihn noch nie gesehen. Seine Stimme klang streng und vorwurfsvoll: »Wann haben Sie Ihr Nummernschild zum letztenmal angesehen?«
»Vor einer Stunde ungefähr«, sagte Elizabeth höflich. »Es tut mir leid – damals schien alles in Ordnung.«
»Jetzt ist es das jedenfalls nicht mehr.« Der Hüter des Gesetzes beugte sich argwöhnisch zum Heck des Wagens, richtete sich dann wieder auf und musterte Elizabeth mit strafender Miene. »Wenn ich Sie nicht angehalten hätte, Madam, wäre das Schild

bald einmal auf der Straße gelandet.«
Es folgte eine energische Lektion über allgemeinen Unterhalt und Pflege eines Wagens. Elizabeth entschuldigte sich nochmals und versicherte, sie werde es auf der Stelle reparieren lassen; doch als sie sich schon erleichtert abwenden wollte, fragte der Polizist unvermittelt: »Kann ich einmal Ihren Führerschein sehen?«
»Ja, natürlich.« Der Mann war *wirklich* neu – und deshalb doppelt ehrgeizig. Elizabeth holte ihre Brieftasche heraus, öffnete den Reißverschluß des inneren Abteils, wo sie den Führerschein aufbewahrte, und griff mit ihren behandschuhten Fingern ein wenig ungeduldig hinein. Das Abteil war leer.
Sie nahm alle Gegenstände aus ihrer Brieftasche heraus, sie untersuchte jedes Abteil ihrer Handtasche – erst dann war sie sicher, daß der Führerschein verschwunden war.

14

Ein Polizeisergeant, der Elizabeth kannte, kam dazu und erlöste sie, indem er sie mit einer Handbewegung und einer freundlichen Verwarnung ziehen ließ. Wie betäubt fuhr sie nach Hause; die Stimmen der Kinder klangen an ihr Ohr: »Was hat der Mann gesagt, Mama?« – doch sie hörte nur die Fragen, die sie sich selbst stellte.
Der Führerschein. Zwei Tage vor Weihnachten hatte sie ihn zum letztenmal benützt, als sie im Wirbel der letzten Einkäufe einen Scheck für Constances Lederhandschuhe ausschrieb und den Führerschein als Legitimation vorwies. Sie erinnerte sich genau, wie sie den zusammengefalteten Schein in die Brieftasche zurückgesteckt hatte, denn der Reißverschluß des Fachs war plötzlich steckengeblieben, und die Verkäuferin hatte mit Entrüstung erklärt, das heutige Material sei wirklich nichts mehr wert. Schließlich war es ihr gelungen, den Reißverschluß aufzukriegen – und seither hatte sie keine Gelegenheit mehr gehabt, den Führerschein zu benützen.
Man hatte ihn also vorsätzlich aus ihrer Brieftasche genommen. Sie erzählte Oliver nichts davon. Sie wußte, er würde ihr nicht glauben, und der Instinkt sagte ihr, Auseinandersetzungen mit ihm zu vermeiden. Sie suchte um einen neuen Führerschein nach,

und als er eintraf, legte sie ihn eng zusammen und faltete ihn in die Fünfdollarnote, die sie immer in dem Lederetui mit den Wagenschlüsseln bei sich trug. – Der Silvesterabend kam und ging. Constance verkündete mit undurchdringlicher Miene, sie sei verabredet; Elizabeth und Oliver nahmen an einer Gesellschaft teil, die im Hause der Perrins stattfand. Die Brents waren auch eingeladen, und noch ungefähr zwanzig andere Bekannte. Elizabeth trug ein schwarzes Abendkleid, das in tausend üppigen Falten um sie tanzte, wenn sie sich bewegte, und sie glaubte, die Rolle der glücklichen, gesunden Mrs. March sehr gut zu spielen, bis kurz nach Mitternacht Jane Perrin mit ihrer gewohnten Offenheit zu ihr sagte: »Ich bin so froh, dich wieder einmal hier zu haben, Elizabeth – und es war wirklich fabelhaft von dir, zu kommen, wo doch jeder sehen kann, daß du dich nicht wohl fühlst.«

Schmale, allzu schmale Wangen, ruhelose, nervöse Hände, eine Neigung, bei jedem plötzlichen Geräusch zusammenzufahren – all dies konnte sie nicht verbergen, trotz der Fröhlichkeit, die sie so sorgfältig wie ihr extravagantes Kleid übergestreift hatte.

Und außerdem war da noch Oliver, der sie quer durch den Raum hinweg den ganzen Abend lang beobachtete; das war das schlimmste von allem, dachte Elizabeth müde. Seine Augen ruhten prüfend auf ihr, als wäre sie die Frau eines andern, die sein Interesse erregte, ohne ihn wirklich zu berühren. Und bildete sie es sich nur ein oder lag an diesem Abend wirklich eine neue Nuance in seiner ständigen aufmerksamen Beobachtung – eine sprungbereite Wachsamkeit? Fürchtete sich Oliver, seine Frau könnte etwas Falsches tun, etwas Falsches sagen? Sie hatte nicht gewußt, wie unsäglich bitter dies sein konnte: er war ihr Begleiter, nichts als ihr Begleiter, im strengsten Sinn des Wortes. Sie war mit ihm hergekommen und würde mit ihm weggehen, und dazwischen gab es nichts, gar nichts, selbst wenn er dicht an ihrer Seite saß.

Drei Tage später brachte ihr Jeep den Gegenstand, der die ersten dämmernden Umrisse des teuflischen Plans deutlich werden ließ. Sie war eben aus dem Studio ins Haus zurückgekehrt, nachdem sie den längst geplanten Start genommen und das erste Kapitel zu Ende geschrieben hatte. Noreen hatte sie den Hügel herunterkommen sehen und ihr ein Teetablett bereitgestellt; Elizabeth, dankbar für das heiße Getränk, trug es ins Wohnzimmer hinüber und setzte sich zum Feuer. In diesem Augenblick kam Jeep auf Ze-

henspitzen aus der Diele getrippelt.
Seine linke Hand fuchtelte vergnügt in der Luft herum, die rechte hielt er auf dem Rücken verborgen. Sein kleines rundes Gesicht strahlte, als er in geheimnisvollem Ton fragte: »Welche Hand, Mama?«
Elizabeth stellte sich, als überlege sie, und wählte dann ernsthaft die Hand auf dem Rücken. Es würde ein Penny sein oder ein Bleistift oder ein Bonbon... doch nein, diesmal war es etwas anderes. Ein Papierstreifen, ziemlich stark zerknittert, ungefähr vier Zentimeter breit und zehn Zentimeter lang, mit einer grünsilbernen Zeichnung bedruckt. Sie warf einen flüchtigen Blick darauf und sagte zärtlich: »Danke, Jeep, das ist wirklich sehr schön. Ich werde gut aufpassen, daß ich es nicht verliere.«
Jeep kletterte auf ihren Schoß. Seine geheimnisvoll überlegene Miene war verschwunden, und er fragte kläglich: »Was ist Mama?«
»Was es ist? Oh, ein Stück Papier, das wohl noch von Weihnachten her übriggeblieben ist . . .« Erst jetzt sah sie sich den Streifen richtig an, und augenblicklich wurde ihr klar, daß dieses grünsilbrige Papier nicht von Weihnachten her stammte, daß sie es erst ganz kürzlich irgendwo gesehen hatte und daß es in ihrem Gedächtnis einen deutlichen Widerhall hervorrief. Sie wußte es genau, so genau, wie sie damals – warum fiel ihr das bloß ein? – wie sie damals gewußt hatte, daß das rote Papierchen in Lucys Sessel eine Bonbonhülle gewesen war. Sachte nahm sie den Papierstreifen aus Jeeps Fingern und untersuchte ihn näher.
Es war das Ende eines Umschlages; deutlich konnte sie die Falten und die beginnende Struktur der Ecken unterscheiden. Ein Bruchteil der Schrift, die schwungvoll über den silbergrünen Grund lief, ließ sich noch entziffern »-ue«, und darunter, in kleinen schwarzen Blockbuchstaben: »-ney«.
Elizabeth drehte den Papierstreifen unschlüssig zwischen ihren Fingern hin und her; sie vermochte das jähe brennende Interesse, das in ihr erwacht war, nicht zu erklären. Irgendwo, irgendwann hatte sie dieses Papier, oder doch etwas sehr Ähnliches, schon einmal gesehen – das war alles. War es wirklich alles? Warum dann diese Hast, den Papierstreifen aus Jeeps Reichweite zu entfernen, warum dieses Zittern, dieses Pochen einer Erinnerung, die an die Oberfläche drängte?
Sie sagte vorsichtig: »Wirklich hübsch, nicht wahr, Jeep? Wo hast

du es bloß gefunden?« und Jeep, wieder ganz stolz, erwiderte zärtlich: »Ich zeig's dir« und griff nach ihrer Hand.
Zuerst führte er sie ins Wohnzimmer, und da er offensichtlich nicht mehr weiter wußte, deutete er unter den Heizkörper. »Nein, nicht dort«, sagte Elizabeth geduldig, und Jeep, ängstlich bemüht, das Interesse, das sich so unvermutet auf ihn gerichtet hatte, nicht zu verlieren, ließ den Heizkörper links liegen und erklärte mit wachsender Sicherheit: »Ich zeige es dir, Mama.« Elizabeth folgte ihm ins Eßzimmer und dann die Treppe hinauf; erst als sie eine ganze Anzahl unwahrscheinlicher Stellen besichtigt hatte, wurde ihr klar, daß er nur darauf hinauslief, das Spiel zu verlängern. Sie stand im oberen Korridor, drehte das grünsilberne Papier, das seltsamerweise von Minute zu Minute wichtiger wurde, zwischen ihren Fingern und fragte zum zehnten Male geduldig: »Jeep, Liebling, versuch dich doch zu erinnern, wo du es gefunden hast...« da kam Constance die Treppe herauf. Sie trug ihren Mantel auf dem Arm und sagte etwas atemlos: »Ich hatte keine Ahnung, daß es so kalt ist draußen... suchst du etwas, Elizabeth?« Für einmal wäre ihrer Cousine unaufhörliche Wachsamkeit vielleicht eine Hilfe gewesen. Elizabeth war sich dessen wohl bewußt, und dennoch barg sie den Papierstreifen rasch in ihrer Hand und sagte leichthin: »Nein, wir machen bloß ein Spiel, nicht wahr, Jeep?«
Jeep starrte sie entgeistert an und fragte dann gekränkt: »Wo schönes Papier, Mama?« und Elizabeth sagte rasch: »Hörst du nicht, Jeep – Maire ruft nach dir. Rasch, lauf hinunter.«
Als sie die Tür ihres Schlafzimmers hinter sich geschlossen hatte, strich sie den silbergrünen Papierstreifen glatt, betrachtete ihn wieder und wieder und suchte das Gefühl der Erinnerung zu fixieren, dieses Gefühl, das vorhin so zwingend in ihr aufgestiegen war und sich auch jetzt wieder meldete, quälend, lockend, zum Greifen nahe und doch nicht faßbar. Irgendwo war sie diesem Papier schon einmal begegnet – oder nein, zweimal; irgend jemand – wer? und wo war das gewesen? außerhalb des Hauses jedenfalls – irgend jemand hatte darüber eine Bemerkung gemacht, und sie hatte nochmals hingeblickt und war – jetzt kam die Erinnerung noch näher – amüsiert gewesen.
Es war außerhalb des Hauses gewesen, ganz bestimmt. Vielleicht als sie Weihnachtseinkäufe gemacht hatte ... Aber wo: und mit wem ...?

In den folgenden Tagen stellte Elizabeth zu ihrem Erstaunen fest, daß sie tatsächlich arbeiten konnte – ihr war, als läge das Studio außerhalb der Gefahrenzone. Sie kaufte sich eine elektrische Heizplatte und löslichen Kaffee und Zigaretten und verbrachte ganze Vormittage im Studio oben; sie hämmerte auf die Schreibmaschine mit einer Konzentration, die sie nie zuvor gefühlt hatte, warf sich dann der Länge nach auf die Couch, um durchzulesen, was sie geschrieben hatte, zündete sich immer wieder eine neue Zigarette an, auch wenn noch eine im Aschenbecher brannte, und ging schließlich zur Schreibmaschine zurück, bald um weiterzuschreiben, bald um alles, was sie geschrieben hatte, zu zerreißen und es neu zu formulieren.

Dort oben im Studio fühlte sie sich fast glücklich. Für Stunden konnte sie alles vergessen – ihre so erschreckend anders gewordene Beziehung zu Oliver, Maires Angstschrei, das Rätsel um Noreens Abwesenheit, die sich aufdrängende Bedeutung des Bonbonpapiers in Lucys Lehnstuhl. Während ihr eigenes Leben um sie herum in Trümmer barst, ließ sie aus schwarzem Farbband und gelbem Schreibpapier neue Existenzen, neue Schicksale erstehen. In der Tiefe ihres Herzens wußte sie, wie nutzlos ihr Tun war, selbst wenn sie Trost daraus schöpfte, und dennoch fuhr sie fort. Es war die einzige Möglichkeit, die Tage des Wartens auszufüllen. Die Tage des Wartens – ja, genau das war es: ein Warten. Sie wartete, während ihr unsichtbarer Feind fortfuhr, sie zu hassen, um der alltäglichen Dinge willen, die sie besaß, und langsam, unerbittlich näherrückte. Eines Tages würde er zuschlagen, wenn sein Haß zu stark wurde.

Im Studio erlebte sie kurze Stunden kostbarer Freiheit, während unten im Haus das Netz auf sie wartete – es ließ seine Beute nur los, um sie dann um so unerbittlicher wieder einzufangen. Eine Bewegung von Oliver, ein Wort von Constance, ein Blick aus Noreens Augen, die Maires Panik widerzuspiegeln schienen, ein Besuch der schmalen, nervösen, scharf beobachtenden Lucy – all dies vermochte die feinen und doch so zäh gesponnenen Fäden ins Zittern zu versetzen. Es war im Grunde genommen kein neues Jahr – es war ein Zerrbild, ein häßliches Zerrbild des alten.

Der zweite Samstag im Januar war von allem Anfang an ein stürmischer Tag; wild heulte der Wind um das Haus, die Zweige peitschten gegen das Vordach, Regenschauer prasselten in silbernem Tropfensprühen gegen die Fensterscheiben. Oliver erwachte schlechtgelaunt; er benahm sich, als mache er Elizabeth persönlich für das Wetter verantwortlich, und Elizabeth, die der Sturm in steigende Nervosität versetzte, reagierte mit scharfen Worten. Noreen erfaßte die Stimmung der beiden mit feinem Instinkt und führte die Kinder nach dem Frühstück so rasch als möglich die Treppe hinauf. Constance erklärte, sie hätte beim Vormittagstee des Leseclubs einen Tisch belegt. »Gemein, nicht wahr, daß wir solches Wetter haben?« – so daß kurz vor elf Uhr morgens Elizabeth und Oliver allein im Eßzimmer zurückblieben.

Es war so ungemütlich, fast peinlich, als wären sie zwei Fremde, die auf einen gemeinsamen Gastgeber warteten und der Party mit Mißvergnügen entgegensahen. Oliver sprach kaum ein Wort; mit langen Schritten ging er im Zimmer hin und her, immer wieder, schweigend, unruhig; ab und zu blieb er stehen, um durch die nassen Scheiben zu spähen. Ob er noch eine Tasse Kaffee wolle? Nein, danke, lieber nicht. Oder etwas anderes, ein Bier vielleicht? Sein Nein klang finster – sie hätte ihm ebensogut Gift anbieten können.

Schließlich sagte Elizabeth gereizt: »Wenn du so erpicht darauf bist, herumzurennen, würdest du draußen eigentlich weiter kommen, nicht wahr?«

»Danke, aber ich habe keine Lust auszugehen; ich fühle mich scheußlich.«

»Wenn du krank bist, solltest du zum Arzt gehen.«

Oliver fuhr herum und starrte sie an. »*Ich* soll zum Arzt gehen?« fragte er schneidend, und dann legte sich eisige Stille über das Zimmer.

Oliver nahm seinen Rundgang wieder auf, hin und her, hin und her; ab und zu blieb er stehen, doch die Regelmäßigkeit dieser Pausen kam Elizabeth nur halb zum Bewußtsein. Sie sagte, und ihre Stimme klang so kühl, so unbeteiligt und beherrscht, wie sie es nie für möglich gehalten hätte: »Weißt du, Oliver, so kann es nicht mehr lange weitergehen. Mach bloß kein so erstauntes Gesicht – es ist höchste Zeit, daß wir einmal darüber sprechen, findest du nicht auch?«

Sie wußte, nun hatte sie die Brücken hinter sich zerstört, nun gab es kein Zurück mehr. Sie hatte es nicht beabsichtigt, doch einmal kam der Augenblick, da die Kraft, noch länger auszuhalten, versagte. Wieder zwang sich Elizabeth, ruhig und gleichmäßig zu sprechen, als sie fortfuhr: »Du hältst mich für eine hysterische

Närrin glaubst, ich ertrinke in morbidem Selbstmitleid um des Babys willen, glaubst, ich nehme zu viele Schlafmittel und bilde mir alles Mögliche ein. Ich dagegen glaube ...« zu dumm, nun begann ihre Stimme doch zu zittern »... ich glaube, daß du im Augenblick, als ich dich brauchte, versagt hast – daß du nicht da warst – wie eine fehlende Treppenstufe, über die man strauchelt – so daß ich mich zum Narren machte. Heute bin ich klüger geworden, ich werde den gleichen Fehler nicht ein zweites Mal begehen. Es wird keine kindischen Tränen mehr geben ...« – nun hatte sie ihre Stimme wieder völlig in der Gewalt – »und auch kein Vertrauen mehr. Du bist längst anderswo gebunden – du wirst ...«
Das Klingeln des Telefons, erschreckend laut und nahe, unterbrach sie. Blitzschnell, mit zwei, drei großen Schritten war Oliver neben dem Apparat und hatte den Hörer aus der Gabel gehoben, ehe noch das zweite Klingelzeichen verstummt war. Sekundenlang lauschte er und sagte dann gleichgültig: »Ich glaube, Sie sind falsch verbunden«, und hängte ein.
Im selben Augenblick begriff Elizabeth. Der Rhythmus seines Hin- und Herschreitens wurde ihr jählings klar ... Quer durch das Zimmer, in der Nähe des Telefons eine Wendung – und dann, dicht neben dem Apparat, ein kurzer Halt. Er wartete auf einen Anruf – wartete mit der unvermeidlichen, unwillkommenen Tatsache, daß sie zu Hause war, weil der Sturm sie von ihren gewohnten Samstagmorgen-Einkäufen abgehalten hatte. Sie fühlte, daß sich das blitzschnelle Begreifen auf ihrem Gesicht spiegeln mußte, und da sie es in diesem Augenblick nicht ertragen konnte, Oliver in die Augen zu sehen, wandte sie sich hastig ab und begann, die Falten des gestreiften Leinenvorhangs glattzustreichen. Olivers Stimme brach die Stille; er war ganz nah zu ihr getreten und sagte langsam, fast mühsam: »Elizabeth, du *mußt* mir glauben ...«
Sie zuckte zusammen, ihr Körper erstarrte. »Glauben?« wiederholte sie bitter. »Wie sollte ich das, da *du* doch mir nicht glaubst?« Und mit gesenktem Kopf ging sie an ihm vorbei.
»Elizabeth – wohin gehst du?«
»Irgendwohin. Spazieren.« Sie bemühte sich, ihrer Stimme Festigkeit zu verleihen. Als sie ihren Regenmantel aus dem Schrank nahm, mußte sie sich umdrehen und fühlte Olivers gequälten Blick auf sich ruhen – doch dann, ganz plötzlich, veränderte sich der Ausdruck seiner Augen. Er sah sie noch an, doch nur mehr so, als wäre sie eine Lampe oder ein Stuhl; sein ganzes Bewußtsein

war anderswo. Sein Blick sah nicht mehr sie, Elizabeth, sondern jemand anderen – der neben einem anderen Telefon stand, wütend darüber, weil der Anruf mißlungen war.
Elizabeth schlüpfte in den Regenmantel und knöpfte ihn zu. Oliver sagte zerstreut: »Paß auf, daß du dich nicht erkältest« und ging rasch die Treppe hinauf.
Natürlich – der zweite Apparat im Schlafzimmer, der vor einer Woche eingerichtet worden war. Elizabeth hatte ganz plötzlich darauf bestanden, ihn anbringen zu lassen; sie hatte von der Möglichkeit gesprochen, daß Feuer ausbrechen könnte, doch im Grunde ging es ihr um die tröstliche Beruhigung, mehr als eine Verbindungsmöglichkeit mit der Außenwelt im Hause zu wissen. Während sie die Stiefel anzog, lauschte sie angestrengt nach oben.
Oliver war ins Schlafzimmer gegangen; er hatte die Türe nicht völlig geschlossen. Lautlos vibrierende Stille herrschte, als stände er dort, wartend, lauschend, sich vergewissernd. Doch die Schlafzimmerfenster gingen nach vorne hinaus ...
Rasch, mit wild pochendem Herzen, ging Elizabeth zur Hintertüre, öffnete sie gegen einen heftigen Windstoß und prasselnde Regenschauer, warf sie geräuschvoll wieder ins Schloß und blieb einen Augenblick wartend stehen. Dann stahl sie sich in ihren Gummistiefeln lautlos zum Telefon zurück, hob ganz sachte den Hörer aus der Gabel und lauschte auf das Knacken und Summen in der Leitung.
Und dann kam Olivers Stimme, nicht mehr zerstreut, sondern scharf, eindringlich. Eine Bostoner Nummer – und nach kurzer Pause das entfernte Klingeln, als die Verbindung hergestellt war. Elizabeth suchte sich nicht vor sich selbst zu rechtfertigen; ihr Gang ins Hotel *Savoia* hatte diese Regungen der Empfindsamkeit in ihr getötet. Sie lauschte, wagte kaum zu atmen, hörte in der Leitung zwischen den einzelnen Klingeltönen das Geräusch von Olivers Atem – bis endlich ein antwortendes Klicken ertönte und eine schläfrige Stimme sagte: »Hallo?«
Ein Mann, eine Frau? Elizabeth wußte es nicht; es klang gedämpft, heiser und weitentfernt. Doch Oliver erkannte die Stimme sogleich.
Er sagte erschreckend nahe an ihrem Ohr: »Was zum Teufel soll das heißen? Ich habe Ihnen doch gesagt: Sie sollen mich nicht hier anrufen.«

Die Antwort kam träge, selbstzufrieden. »Und *ich* habe Ihnen gesagt, Sie sollten herüberkommen.«
»Ja – um den Umschlag zu holen. Haben Sie das vergessen?«
Elizabeth zuckte zusammen – war dies Olivers Stimme ... dieser brutale, harte, zynische Ton? Sie starrte vor sich hin, starrte auf einen Ausschnitt des Treppengeländers, auf den Streifen trübe sikkernden regnerischen Lichts am Gangfenster, ohne wirklich etwas wahrzunehmen.
»Ich habe gar nichts vergessen, mein Lieber. Sie kennen Ihre Instruktionen ... Wenn es Ihnen zuviel Mühe macht, kann ich mich immer noch an Mrs ...«
»Der Teufel soll Sie holen!« Das war Oliver – ein Oliver, den sie nicht kannte, den sie in den ganzen fünf Jahren ihrer Ehe nie zu sehen bekommen hatte. Anders war er – ganz anders als der Oliver, den sie kannte. Und doppelt gefährlich, gerade weil er sich sonst so gut zu beherrschen wußte. Elizabeth lauschte auf die Stille, die Olivers Ausbruch folgte. Eine rätselhafte, angespannte Stille. Dann sagte Oliver rauh: »Gut, ich will die Sache erledigen. Wo – wann?« und sie legte den Hörer hastig in die Gabel zurück, unfähig, noch mehr mitanzuhören. Jähe heftige Übelkeit war in ihr hochgestiegen.
Sie schloß die Tür sorgfältig hinter sich. Der Regen peitschte ihr eiskalt ins Gesicht – eiskalt, ja, doch wenigstens war er sauber. Sie war nicht die einzige gewesen, die Oliver im *Savoia* beobachtet hatte. Es gab noch jemand anderen, der Bescheid wußte, jemand mit einer lässigen, spöttischen Stimme, in der leise, heimliche Vertrautheit schwang, und Oliver ließ sich erpressen. Zornig und widerstrebend zwar, ja vielleicht gefährlich – doch er ließ sich erpressen. Er bezahlte.
Wind und Kälte und das nadelhafte Peitschen des Regens vermochten sie minutenlang zu betäuben. Blindlings lief sie vorwärts, und erst nach einiger Zeit kam ihr zum Bewußtsein, daß sie sich der Stadt näherte und daß sie völlig von Kälte und Nässe durchdrungen war. Die eisige Kälte in ihrem Innern, das Hämmern in ihren Schläfen, das leise, wiegende Schwindelgefühl, das sie befallen hatte, all dies waren warnende Vorzeichen, die sie nur allzu gut kannte. Rasch ging sie am Spielwarenladen, am Juweliergeschäft, an der Polizeistation vorbei und betrat den Drugstore, dessen Neonlicht grell durch den Regenschleier stach. Sie fand eine leere Telefonzelle und hörte ihre eigene Stimme wie aus

weiter Ferne heiser und atemlos sagen: »Hier spricht Mrs. Oliver March. Ich bin bei Corbett – kann ich so rasch wie möglich ein Taxi bekommen?«

Im Drugstore stand eine Frau in schwarzem, seehundfellbesetztem Mantel und sprach mit einem der Angestellten. »Ich bin *ganz* sicher«, sagte sie nachdrücklich, »ganz sicher, daß ich vor zwei Monaten die gleiche Flasche, die Sie mir jetzt zu zwei vierzig berechnen, gekauft habe und daß der andere Angestellte, der mit den roten Haaren, damals zwei siebzig verlangt hat...« Der Angestellte murmelte etwas und verschwand im Hintergrund. Vor Elizabeths Augen wogte ein rötlicher Nebel; durch den leichten Dunstschleier hindurch beobachtete sie die Frau, die nervös den Verschluß ihrer Handtasche auf- und zuschnippen ließ, argwöhnisch nach links und rechts spähte, als wollte sie nach dem Rothaarigen Ausschau halten, und schließlich zu einem Gestell mit Haarfärbemitteln schlenderte, das als Aufsatz einen Karton mit dem überlebensgroßen Kopf einer Blondine trug.

Das Gestell war silbergrün. Elizabeth trat langsam näher, vom Bewußtsein getrieben, daß dies wichtig war, sehr wichtig. Obschon sie sich elend und krank fühlte, mußte sie versuchen, die wirbelnde Verwirrung in ihrem Kopf zu durchstoßen und klar zu denken. Ja, es war wirklich wichtig – dieses Silbergrün, dieses lächelnde Gesicht der Blondine – sie durfte es nicht aus dem Blickfeld verlieren – es bedeutete etwas – es war wie ein Gesicht, das langsam durch den Nebel näherschwamm und sich zu erkennen geben wollte.

Es war Jeep, der seine eine Hand feierlich auf dem Rücken verborgen hielt...

Elizabeth trat dicht an das Gestell. Trotz dem leichten Schwindelgefühl, das noch immer nicht gewichen war, trotz den kleinen schmerzenden Hitzewellen, die ihren Körper durchpulsten, war sie noch imstande, klar zu sehen und die Bedeutung dessen, was sie sah, voll zu erfassen.

Das silbergrüne Fragment, das Jeep gefunden hatte, stand wie durch Zauberhand zum ganzen Umschlag ergänzt vor ihr auf dem Gestell, der Bruchteil der schwarzen Schrift fügte sich zu leserlichen Worten... Der Name des Haarfärbemittels: *Halo-Hue* – und die Bezeichnung der silberblonden Farbe? *Pink-Honey* ...

Und blitzschnell schob sie sich ein anderes Erinnerungsbild dazwischen: Steven Brent, den sie zufällig im Drugstore getroffen

hatte und mit hochgezogenen Augenbrauen auf das Gestell gewiesen hatte: »Du solltest Klage einreichen, Elizabeth – es ist genau deine Haarfarbe.« Damals hatte sie gelacht – heute lachte sie nicht mehr.
Eine jähe Welle erbarmungsloser Klarheit durchflutete sie. Sie dachte sehr scharf, sehr klar. Die Schecks. Der Führerschein. Das Haarfärbemittel.
Jemand, der sich nach Belieben in Elizabeth March verwandeln konnte.

15

Während sich Elizabeth im Laufe der nächsten Wochen von einer schweren Grippe erholte, vermochte sie trotz ihrer Benommenheit einige scharf umrissene Augenblicke zu isolieren, die wie Blitzlichter aus dem Nebel von Angst und Schwäche aufzuckten. Der beklemmende Moment zum Beispiel, als sie aus tiefem, erschöpftem Schlaf auffuhr, um Constances Gesicht dicht, ganz dicht über sich gebeugt zu sehen. Sie wollte sprechen, wollte ihre Abwehr in das starrende, erschreckend ausdruckslose und doch gierige Antlitz schreien, doch sie brachte nur ein heiseres Flüstern zustande: »Was starrst du mich so an?«
»Anstarren? Ich verstehe nicht ganz ...« Constances sanfte Stimme kam vom anderen Ende des Raumes. Als Elizabeth verwirrt den Kopf hob, sah sie ihre Cousine mit einem Wasserglas in der Hand unter der offenen Türe zum Badezimmer stehen. »Du hast mehr als eine Stunde geschlafen«, sagte Constance zufrieden. »Wie fühlst du dich jetzt?«
»Besser ...« Es war also ein Traum gewesen, nur ein Traum, der ihren Herzschlag ganz grundlos zu wildem Pochen beschleunigt hatte. Es *mußte* ein Traum gewesen sein, denn niemand würde sich auf diese Weise über ein Bett beugen, nur um eindringlich, lauernd und doch ausdruckslos auf ein schlafendes Gesicht zu starren.
Oder auch der Tag, als Lucy Brent sie besuchen kam; für einmal hatte sie ihre Schärfe abgestreift und die kritische Brille zu Hause gelassen. »Du armes Ding«, sagte sie herzlich. »Die ganze Stadt liegt mit Grippe zu Bett – einfach scheußlich. Ich will dich gar

nicht fragen, wie du dich fühlst; ich weiß ohnehin, daß dir ganz elend ist. Aber ich bin unterwegs in die Stadt, und da kann ich dir bestimmt etwas mitbringen, nicht wahr? Komm, am besten schreibst du mir eine Liste auf . . .«

In diesem Augenblick brachte Noreen Delaney Elizabeths Mittagessen herauf. Sie setzte das Tablett behutsam nieder und ging wieder. Doch Elizabeth hatte den raschen Blick gesehen, den das Mädchen Lucy zugeworfen, bevor sie schweigend hinausging.

Ein Traum, ein Blick . . . mehr nicht. Es gab in dieser Woche Augenblicke, wo sich Elizabeth wie ein Kind fühlte der Gnade böswilliger Erwachsener ausgeliefert. Sollten Oliver, Constance und Lucy schließlich doch recht haben – war sie nur ein Opfer ihrer überreizten Nerven? Der seltsame neue Frieden, der sie umgab, Olivers angenehm verändertes Wesen, die glatte Regelmäßigkeit, mit der sich der Haushalt ohne sie abwickelte – all dies schien zu beweisen, daß es so war.

Und vielleicht hätte sie es geglaubt, wäre nicht der Umschlag des Haarfärbemittels gewesen, der grünsilbern über jedem Gesicht ihrer Umgebung zu schweben schien. Das war keine Einbildung überreizter Nerven, sondern ein wirklich vorhandener Gegenstand, den man in die Hand nehmen, den man berühren konnte – eine unleugbare Tatsache. Jeep, der seine Finger in alles steckte, mußte den Streifen von einer Packung in der Handtasche einer Frau gerissen haben.

Warum – warum sollte irgendeine andere Frau wünschen, Elizabeths Namen anzunehmen, da die Schecks auf der Bank doch gesperrt waren?

Doch in Hotels und in Läden konnten die Schecks nicht gesperrt werden . . . Hatte sie eine Doppelgängerin?

Das Bett, das ihr anfangs als friedliche Zuflucht erschienen war, wurde mit einemmal unerträglich, wurde zum qualvollen Gefängnis, dem sie trotz der stechenden Schmerzen unter dem rechten Schulterblatt gerne entronnen wäre. Immer wieder fuhr sie hoch, aus unruhigem Schlummer oder gequälten Gedanken, um ängstlich nach den Kindern zu lauschen. Es half ihr nichts, sich einzureden, daß die notwendigen Waffen des Betrugs keine Beziehung zu der Bosheit aufwiesen, die sich zuvor geäußert und die sich im Zerstören der Rosen, im Verderben von Jeeps Geburtstag, im höhnischen Vertauschen der Weihnachtsgeschenke Luft gemacht hatte.

Am nächsten Tag begann es zu tauen – ein übermütiger Wind rüttelte an den Fenstern, blau und frühlingshaft strahlte der Himmel, und der Rasen war so naß, die Fliederbüsche so schwarz und schimmernd vor Feuchtigkeit, als wäre es April. Elizabeth war zum erstenmal wieder aufgestanden. Sie schlüpfte in den wärmsten Schlafrock, den sie besaß, und legte ein wenig Rouge auf die Wangen, da ihr Gesicht ihr gar so weiß aus dem Badezimmerspiegel entgegenblickte. Oliver, der sich noch immer Vorwürfe machte, sie an jenem Samstag nicht davor zurückgehalten zu haben, in den Sturm hinauszulaufen, war voller Besorgnis: »Sei vorsichtig, hörst du – versuch nicht gleich, mit dem Kopf durch die Wand zu rennen.«
»Nein, bestimmt nicht.«
»Es ist sicher besser«, fuhr Oliver ernsthaft fort, »wenn du dich bald wieder hinlegst und erst zum Mittagessen nochmals aufstehst und dann wieder zurück ins Bett gehst.«
»Ich werde vorsichtig sein«, versprach sie. Sie fühlte sich unsicher, als könnte sie jeden Augenblick straucheln, als dürfte sie der ungewohnten Wärme und Besorgnis, die in seiner Stimme schwang, nicht trauen.
»Schön«, Oliver trank seinen Kaffee aus, blickte auf die Uhr und stand auf, »jedenfalls tust du gut daran, heute nicht ins Studio hinaufzugehen. Du könntest dich wieder erkälten... Constance wollte mit mir in die Stadt fahren – was glaubst du, ist sie wohl fertig?«
»Aber natürlich«, sagte Constance von der offenen Tür her. Sie trug ein Paket mit Leihbüchern unter dem Arm und überging Elizabeths Einwand mit einem Lächeln.
»Unsinn – das Wetter ist doch herrlich – und es wird mir gut tun, den Heimweg zu Fuß zu machen. Außerdem ist es wirklich höchste Zeit, diese Bücher zurückzubringen. Kann ich dir sonst noch etwas besorgen?«
Elizabeth verneinte, und während sie dem davonfahrenden Wagen nachsah, fragte sie sich wie schon so oft in den letzten Tagen, ob wohl heute Olivers Verabredung mit der schläfrigen Stimme am Telefon stattfinden würde... Doch vielleicht hatte er es bereits erledigt, hatte bezahlt – bis der Erpresser von neuem Geld fordern würde.
Sie war allein im Haus. Noreen war mit den Kindern spazieren gegangen, obwohl sie sich nur ungern entschlossen hatte, Elizabeth allein zu lassen. »Soll ich nicht doch besser dableiben, Mrs.

March?« und als Elizabeth dem Blick der umschatteten Augen begegnete, empfand sie sekundenlang das gleiche Gefühl wie damals, als sie mit Noreen in Maires Zimmer gestanden und das stumme Verstehen des Mädchens gespürt hatte. Sie sagte langsam: »Ich wüßte nicht, warum ich nicht allein bleiben könnte, Noreen . . .«

Die Lider des Mädchens senkten sich hastig; eine leichte Röte stieg in die schmalen Wangen. Doch als Noreen wieder aufsah, blickten ihre Augen klar und offen. Sie sagte entschuldigend: »Mr. March hat mir ausdrücklich eingeschärft, ich möchte darauf achten, daß Sie sich heute nicht übermüden – da dachte ich mir . . .«

Eigentlich war das völlig normal, dachte Elizabeth, während sie in die Küche hinausging, um sich eine zweite Tasse Kaffee zu holen. Völlig normal und natürlich. Und wenn Oliver Constance den gleichen Auftrag erteilt hatte, so war auch das normal und verriet nichts als angemessene Besorgnis und Vorsicht. Es bedeutete nicht, daß man sie irgendwie – bewachen wollte, und es war ganz einfach lächerlich, aus Olivers Warnung, sie möchte nicht ins Studio gehen, etwas anderes herauszuhören.

In der Stille des leeren Hauses schien das Rascheln ihres langen Schlafrocks unnatürlich laut. Sie trank den Kaffee aus, zündete sich eine Zigarette an und schlenderte ins Wohnzimmer hinüber. Langsam erwachte ein leises Gefühl des Unbehagens in ihr, wuchs qualvoll und bohrend, wie jenes Gefühl, das sie schon einmal empfunden: Wände, Stühle und Spiegel, die sie eine Woche lang nicht gesehen hatte, schienen ihr etwas zuzuflüstern, das sie nicht verstand, als wollten sie ihr verraten, was sie so sehr zu wissen begehrte – die Berührung einer Hand, das Echo einer Stimme, den Schatten einer Gestalt, die zu erkennen ihr unendlich wichtig war. Wessen Gestalt . . .? Die Zigarette schmeckte plötzlich bitter. Elizabeth stand hastig auf und trat zum Fenster; sie durfte nicht zulassen, daß diese Gedanken von ihr Besitz ergriffen. Wohl waren sie immer da, sprungbereit lauernd im Hintergrund ihres Geistes, doch nur wenn sie zögernd bei ihnen verharrte, wagten sie sich hervor, wuchsen und wurden größer, schwollen an, bis sie ihr ganzes Hirn ausfüllten und nichts mehr übrigblieb als Angst, schwarze, blinde Angst.

Beinahe wäre es wieder geschehen. Elizabeth stand am Fenster und kämpfte, und erst langsam wurde ihr bewußt, daß sich ihre

Finger unkontrolliert bewegten. Sie nahm sich zusammen und preßte die Hände hart gegen das kalte Glas; der Gedanke durchzuckte sie: wenn dich jetzt jemand sehen würde, so müßte er denken ...

Weit unten am Ende der Straße, halb verborgen von den Zweigen der Bäume, schob sich der Kühler einer schwarzen Limousine in Sicht. Sie hielt an, ein Mann stieg aus, gefolgt von einer Frau. Irgendwie kam ihr der Mann bekannt vor – sie hatte ihn schon einmal gesehen – und die Frau war Constance. Sie schüttelten sich die Hände; als der Mann sich umdrehte, um wieder den Wagen zu besteigen, fing sich die Sonne mit blitzendem Reflex in den Gläsern seiner Brille. Das ferne Geräusch des anspringenden Motors tönte herüber, der schwarze Kühler verschwand; Constance blickte ihm nach und kam dann munter die Straße herauf. »Elizabeth? – Oh, da bist du ja, ich dachte, du hättest dich wieder hingelegt.« Constance stand unter der Tür, ihre Wangen waren gerötet, ihr Haar zerzaust; sie hatte etwas von einem atemlosen jungen Mädchen an sich – ein Ausdruck, der schlecht zu ihrer grobknochigen, tüchtigen Gestalt hätte passen müssen, sie jedoch statt dessen seltsam anziehend erscheinen ließ. Sie machte sich unverzüglich daran, die gewohnte Ordnung wieder herzustellen; mit strengen Fingern glättete sie ihr Haar und legte den Schal beiseite, den der Wind ihr munter über die rechte Schulter zurückgeblasen hatte. Doch den rosigen Hauch der Wangen, den glänzenden Ausdruck der Augen – war es Heiterkeit? – all dies konnte sie nicht entfernen.

Während sie ihre Handschuhe glattstrich, sagte sie: »Es ist ein Jammer, daß du heute nicht ausgehen kannst, Elizabeth – es ist der reinste Frühlingstag! Ich kann mich nicht erinnern, einen Spaziergang jemals so genossen zu haben wie heute.«

Elizabeth zögerte einen Herzschlag lang und fragte dann beiläufig: »Ach – du bist zu Fuß zurückgekommen?«

»Ja, Oliver sagte, der Weg von der Stadt hierher beträgt fast eine Meile, doch heute, an einem solchen Tag, ist das Gehen ein wahrer Genuß.«

Constance rückte mit nachdenklicher Miene ihre Brille zurecht und fuhr in sachlichem Tonfall fort: »Hast du besondere Wünsche für das Mittagessen? Ich dachte mir ...«

Elizabeth hörte zu, ohne den Sinn der Worte zu erfassen. Es war nicht so sehr die Lüge, die sie verblüffte, als vielmehr die muntere, selbstverständliche Miene, mit der sie Constance ausgesprochen hatte. Zum erstenmal kam ihr zum Bewußtsein, daß sie, geleitet von der äußeren Erscheinung und dem Benehmen, einen Hintergrund für eine Frau von Charakter aufgebaut hatte, die sie nicht kannte ...

Constance hatte offensichtlich Spargelomelette zum Essen vorgeschlagen, denn dieses Gericht erschien eine Stunde später auf dem Mittagstisch. Elizabeth aß gehorsam unter den mahnenden Blicken ihrer Cousine. »Du mußt wieder zu Kräften kommen, Elizabeth, und das kannst du nicht, wenn du bloß immer schwarzen Kaffee trinkst. Es geht nicht nur um dich allein, du bist es auch Oliver und den Kindern schuldig. Und schließlich«, sagte Constance, während sie sich eifrig ihrem Brötchen widmete, »schließlich kannst du nie wissen, wann du deine Kraft wieder brauchen wirst.«

Bald darauf senkte sich friedliche Stille über das Haus. Jeep machte seinen Mittagsschlaf, Constance zog sich in ihr Zimmer zurück, und Noreen spülte das Geschirr, während Maire am Küchentisch saß und eigenartige dreibeinige Kreaturen auf gelbes Schreibpapier zeichnete. Elizabeth nahm eine Dusche und wusch sich das Haar. Eben als sie sich vor den Toilettentisch gesetzt hatte, um es trockenzubürsten, da gellte Maires langgezogener, ansteigender, schauriger Schrei zu ihr herauf.

Er bannte sie in sekundenlanger Lähmung, ließ ihre Muskeln erstarren, ihren Herzschlag stocken; unfähig jeder Bewegung verharrte sie, als hätte sie eine Kugel ins Rückenmark getroffen. Dann erklang der Schrei zum zweitenmal und jäh kehrte Elizabeths Beweglichkeit zurück; ihr Herz fing wieder an zu schlagen, in rasendem, hämmerndem Wirbel. Sie ließ die Bürste fallen, riß die Schlafzimmertür auf und lief die Treppe hinunter. Wie ein Blitz, der grell in dunkler Nacht aufleuchtete, fuhr ihr dabei zusammenhanglos die Erinnerung an Olivers Worte durch den Kopf: »... du wirst einmal hinfallen und dir den Hals brechen ...«

In den unteren Räumen herrschte seltsame friedliche Stille. Sie stieß die Küchentür auf, noch immer mit heiser stockendem Atem und fliegendem Puls und erblickte ein Bild völligen Friedens. Noreen war in der Anrichte mit dem Trocknen des Geschirrs beschäftigt; Maire stand am Fenster, ihre Hände hielt sie gegen die Scheiben gepreßt, ihr ganzer kleiner Körper verriet gespannte Aufmerksamkeit. Sie schien etwas zu beobachten, doch nichts an ihrer Haltung ließ auf Furcht oder Schrecken schließen. Und dennoch – dieser durchdringende, langgezogene Schrei ... Elizabeth trat zu Maire und schaute neben dem Kind zum Fenster hinaus. Draußen auf dem nassen Rasen, knappe zwei Meter voneinander entfernt, erblickte sie zwei Katzen, die sich mit zornig gesträubten Haaren anfauchten, den Buckel in der uralten Haltung von Kampf und Angriffswut gewölbt. Eben wich die graue Katze unmerklich zurück; ihr gelbes Gegenüber legte die Ohren flach zurück und heulte.

Maires Schrei, von einer Katze ausgestoßen ... An ihrer Seite fragte das Kind eifrig: »Sind die Kätzchen böse aufeinander, Mama?«

»Ja.« Elizabeth wandte sich um und verlieh ihrer Stimme einen beiläufigen Klang: »Eigentlich sind es ‚Ouns', nicht wahr ...?« Maires Augen weiteten sich. »‚Oun' ist nicht da!« Halb war es eine Feststellung, halb eine ängstliche Frage. Vertrauensvoll griff die kleine Hand nach der Elizabeths. »Schau, Mama ...« sie führte Elizabeth ins Wohnzimmer und blieb dicht vor den Fenstern stehen; ihre Miene bestätigten Triumphs verriet, daß sie erst wenige Augenblicke zuvor hier gewesen war. »Siehst du, Mama«, wiederholte sie erfreut, »es ist kein ‚Oun' da« und wartete mit eifrig emporgewandtem Gesichtchen.

Und Elizabeth stand da, von größerer Verblüffung erfüllt als zuvor. Sie war überzeugt – das unverkennbare Echo hatte ihr die Gewißheit verliehen – daß Maire ihren Schrei von einer Katze übernommen hatte. Doch sie hatte beim Anblick der Katzen keine Furcht gezeigt, es mußte also etwas anderes sein, irgendeine Erinnerung, eine Ähnlichkeit ...

Kurz nach drei Uhr ging sie ins Studio hinauf. Sie schlich sich fast heimlich aus dem Haus, was eigentlich lächerlich war, denn obwohl Oliver ihr deutlich nahegelegt hatte, nicht hinaufzugehen, hatte sie ihm doch nichs versprochen. Dennoch – sie wählte einen Augenblick, da Constance oben war, und sagte nur hastig zu Noreen: »Ich bin im Studio oben, wenn Sie mich brauchen« und verschwand, ohne eine Antwort abzuwarten.

Aufatmend betrat sie den kleinen Raum. Sie empfand es als lächerlich, ja als unsinnig und falsch, sich an diesem Zufluchtsort so unglaublich erleichtert zu fühlen – und dennoch war es so. Als der frühe Winterabend zu dämmern begann, drehte Elizabeth alle

Lichter an und machte sich mit neuer Energie an das Manuskript. Sie suchte nach Zigaretten, fand noch zwei in einem Päckchen auf der Couch und setzte sich munter an die Schreibmaschine. Es ging – es ging recht gut, doch als sie eine kurze Pause machte und sich die zweite Zigarette anzünden wollte, entdeckte sie, daß sie ihr letztes Zündholz verbraucht hatte. Wenn sie das Kapitel noch beenden könnte, würde sie ungefähr ein Drittel des Buches fertig haben. Krampfhaft versuchte sie sich zu konzentrieren, die übriggebliebene Zigarette nicht anzusehen, energisch sich einzuhämmern, daß sie auch ohne zu rauchen arbeiten könne.
Doch bald mußte sie den Versuch als aussichtslos aufgeben. Bedauernd sammelte sie die verstreuten Blätter auf der Couch ein, ordnete sie zu einem sauberen Stoß und legte sie oben auf die Schreibmaschine; dann stülpte sie den Deckel darüber und machte das Licht aus. Mit etwas Glück würde Constance gar nicht bemerken, daß sie das Haus verlassen hatte – sie war nicht viel länger als eine Stunde fortgeblieben – und es würde keine Ermahnungen, keine Vorwürfe geben. Und wirklich – als sie zurückkam, war kein Zeichen von Constance zu sehen; sie schien noch immer in ihrem Zimmer zu sitzen. Noreen berichtete, Lucy Brent hätte kurz nach Elizabeths Weggang angerufen. »Sie schien sehr überrascht darüber, daß Sie ausgegangen waren, Mrs. March. Und ob Sie sie bitte anrufen würden, wenn Sie zurückkämen.«
Elizabeth ging zum Apparat und verlangte die Brentsche Nummer. Doch Lucy antwortete nicht, obwohl Elizabeth das Telefon lange und geduldig klingeln ließ.
Das war um halb fünf Uhr.
Draußen wurde es dunkel; ein feuchter, ungestümer Wind war aufgekommen und rüttelte an den Bäumen. Elizabeth schleppte sich die Treppe hinauf, um die schmutzigen Kleider für die Reinigung bereitzulegen; sie hätte keinem Menschen eingestehen mögen, wie unsäglich müde sie sich plötzlich fühlte. Das Radio neben Olivers Bett würde vielleicht helfen, sie wach zu halten; sie drehte es an, und während sie wieder vor dem Kleiderschrank stand und Anzüge durchsah und Rocktaschen leerte, lauschte sie in halber Betäubung der Stimme des Ansagers, der einen Wetterbericht verlas und neuen Schneefall und eine Kältewelle prophezeite.
Mit Olivers Flanellanzug auf dem Arm durchquerte sie das Zim-

mer und setzte sich auf das Bett, um das Radio wieder abzudrehen. Schnee und eine Kältewelle ... Sie würde neues Heizöl bestellen müssen. Wie seltsam das alles war mit Maire ...
Dann schlief sie ein. Sie schlief unruhig, ab und zu kam ihr deutlich zum Bewußtsein, daß der Schein der Lampe auf ihren Augenlidern lag, doch sie war allzu sehr von Müdigkeit gelähmt, um sich zu rühren. Sie träumte, daß jemand zu ihr herantrat, jemand, der ihr nahestand, der ihr wohlvertraut war, doch als sich ihr die Hand zur Begrüßung entgegenstreckte, war es keine Hand, sondern eine riesige Pfote mit scharfen, blutigen Krallen. In jähem entsetztem Begreifen riß sie sich los; da hörte die vertraute Stimme auf zu plaudern und erhob sich zu einem gräßlichen heulenden Schrei.
Elizabeth fuhr mit einem Ruck in die Höhe. Sie hatte Olivers Flanellanzug heftig von sich geschleudert, doch der Widerhall des Schreis schwang noch in der Luft ...
Diesmal war es Maire.
»Nein«, sagte Elizabeth und schob Noreen sachte beiseite. »Nein, lassen Sie – ich will selber ...« Und sie kniete am Wohnzimmerfenster nieder, so daß sich ihr Gesicht auf gleicher Höhe befand wie Maires Köpfchen. Sie legte ihre Arme schützend um den kleinen, schreckerstarrten Körper und sagte nun klopfenden Herzens: »Zeig mir, wo es ist, Liebling, zeig mir, wo es ist, dann wollen wir es fortjagen.«
Maire schmiegte sich dichter an sie. Mit halberslicktem, heiserem Laut wisperte sie »Oun« und vergrub dann ihr Gesichtchen an Elizabeths Brust – und Elizabeth, die Maires Blick gefolgt war und in die Dunkelheit hinausschaute, fühlte, wie ihr Herzschlag jäh stockte und das Blut in ihren Adern zu Eis erstarrte. Ein Augenpaar starrte aus der Finsternis ins Zimmer herein. Zwei große, gelbe, schimmernde Augen, ähnlich denen einer riesigen Katze, knapp oberhalb der schwarzen Zedernäste vor dem Fenster.
Starr und unbeweglich kniete Elizabeth dort, ihre Herzschläge schienen einige fürchterliche Sekunden lang auszusetzen, erwürgt von nackter Angst, während der glänzende, starrende Blick in lauernder Unbeweglichkeit ihre Augen festhielt.
Und dann, ganz plötzlich, verschwand er. Eben war er noch dagewesen, im nächsten Augenblick schon war er fort.
Elizabeth hörte Noreens zitternden Atemzug hinter sich. Ungläubig beobachtete sie, wie sich draußen auf dem Rasen die Umrisse

einer grüßenden Hand näherten, wie die Dunkelheit wegglitt und das Licht der Verandafenster auf Steven Brents Gesicht fiel.
Er hatte nicht bei den Zedern gestanden – die veränderte Perspektive ihrer knienden Stellung hatte sie getäuscht. Er war auf dem Fußweg stehengeblieben, wohl in der Absicht, das Bild, das durch die Wohnzimmerfenster sichtbar war, zu betrachten, und das Licht hatte sich in seinen Brillengläsern gespiegelt.
Elizabeth stand auf und gab Maire einen beruhigenden Klaps auf die Schultern; ihre Knie zitterten, sie fühlte sich schwindlig. Vor Erleichterung lächelte sie Noreen zu – hatte ihr eigenes Gesicht ebenso blaß, ebenso angstverzerrt ausgesehen wie das des Mädchens? – und sagte: »Es ist bloß Mr. Brent.« Sekundenlang stand Noreen noch starr, dann entspannten sich ihre Züge; sie erwiderte das Lächeln und griff mit einer raschen Bewegung nach Maires Hand. Elizabeth ging zur Haustür, um Steven einzulassen.
»,Ound'? – Ja doch, ich erinnere mich – das war damals, als wir alle hier waren und Maire – du lieber Himmel!« Steven war verlegen und betroffen und atmete erst auf, als fünf Minuten später Maire in alter Zutraulichkeit auf seine Knie kletterte. »Was soll das Ganze bedeuten?«
Elizabeth erzählte ihm von den fauchenden Katzen, die sie nachmittags auf dem Rasen gesehen hatte, und schilderte ihm wie sie den Vorfall interpretierte: »Den Schrei mochte Maire erstmals bei Nacht gehört haben, und dann war eine der Katzen wohl auf den Fenstersims gesprungen, um mit gelben Augen in das erleuchtete Zimmer zu starren, und das Kind hatte das glühende Augenpaar gesehen... So ähnlich muß es gewesen sein«, sagte Elizabeth, und ihre Brust hob sich in einem tiefen, fast schmerzenden Atemzug. Erst jetzt erfaßte sie das volle Ausmaß ihrer Erleichterung.
Steven betrachtete sie nachdenklich. Ohne auf Maire zu achten, die mit zärtlichen Fäusten seinen Magen bearbeitete, sagte er langsam: »Ich glaube, das hat dir besser getan als alle Medikamente der Welt, Elizabeth. Schau bloß einmal in den Spiegel – du bist eine andere Frau!«
Er setzte Maire zu Boden und erhob sich. »Eigentlich bin ich nur deshalb vorbeigekommen«, fuhr er fort, »um zu sehen, wie es dir geht und ob du dich wohl genug fühlst, um bald einmal abschätzen zu können, wann du mit dem Buch fertig wirst.« Er sprach über Termine und Verlagsprogramme, und Elizabeth nannte ein Datum, das ihr genügend Spielraum lassen würde. Während sie

ihn zur Haustür begleitete, sagte sie: »Bitte, richte doch Lucy aus, daß ich sie heute anrufen wollte, aber sie war ausgegangen. Wir werden uns wohl morgen sehen.«
»Schön, ich werde es ihr sagen. Für heute also auf Wiedersehen – ich hoffe bloß, ich habe Maires ‚Oun' endgültig vertrieben.« Sein Mund lächelte, doch seine Augen blickten ernst. »Auf jeden Fall weißt du, daß du immer auf mich zählen kannst, nicht wahr, Elizabeth?«
Elizabeth nahm die verborgene Botschaft, die hinter diesen Worten lag, ohne Erstaunen entgegen. Sie wußte längst, wußte es mit untrüglichem Instinkt, daß Steven ein Echo des unsichtbaren Schreckens aufgefangen hatte, der sie beherrschte – er als einziger hatte etwas davon empfangen, ohne die Ursache zu kennen. Sie übernahm den leichten Klang seiner Stimme mit dem bedeutungsvollen Unterton: »Danke, ich könnte dich eines Tages beim Wort nehmen.«
»Ja, tu das«, entgegnete Steven herzlich und ging.
Elizabeth fühlte sich leichter und glücklicher als seit Wochen; es war als hätte Maires Ungeheuer im Augenblick, da es sich in nichts auflöste, all die frühere Sicherheit und Vernunft zurückgebracht. Sie war überzeugt gewesen, daß sich hinter Maires »Oun« etwas Unheimliches und Schlechtes verbarg, sie hatte sich durch eines Kindes Unvernunft in wilde Panik treiben lassen.
Damals auf der Treppe mußte Maire das Blitzen von Lucys Brille oder Constances oder Stevens Brillengläser aufgefangen haben, mehr war nicht daran.
In der Küche hob sich Maires Stimme zu einem zornigen Geschrei: »Er hat alles gegessen, *alles!*« – eine Balgerei folgte und ein klägliches Geheul von Jeep. Als Elizabeth hineinging, war Noreen bereits damit beschäftigt, Ordnung zu schaffen. Jeeps Gesicht trug trotz seiner Tränen einen zufriedenen Zug; er hatte es zustande gebracht, nahezu das ganze Abendessen zu verschlingen, während Noreen in der Anrichte den Kakao rührte und Maire im Wohnzimmer war. Elizabeth strich Maire ein Honigbrot und blickte Jeep mit strengem Tadel an; es fiel ihr schwer, den ersten Ausdruck zu bewahren, drängte sich doch die Erleichterung, die erlöste Heiterkeit ungestüm an die Oberfläche.
Die Zeiger der Uhr standen auf Viertel nach sechs, und sie dachte mit einem Gefühl, das sie seit Wochen nicht mehr empfunden hatte: Oliver kommt spät. Sie würde Cocktails vorbereiten und

Sardellenbutter und Crackers bereitstellen, denn heute war ein Abend, der gefeiert werden mußte – wenn auch nur sie allein den Grund kannte. Als Constance die Küche betrat, sagte Elizabeth einem Impuls gehorchend: »Weißt du was, Constance – wir wollen heute abend ausgehen, alle miteinander. Zuerst trinken wir hier einen Cocktail und dann gehen wir irgendwohin essen. Wir sind so lange nicht mehr fortgewesen.«

Constance sah sie erschrocken an. »Aber Elizabeth«, begann sie zögernd, »du bist doch erst heute wieder aufgestanden – du solltest nicht schon . . .«

»Unsinn, ich fühle mich glänzend. Wirklich, ich . . .«

Elizabeth brach jäh ab, ihre Hände, die eben den Cocktailshaker hervorgeholt, erstarrten mitten in der Bewegung. Von der Anrichte herüber sprach Constance weiter: »Ich glaube dennoch, es wäre vernünftiger . . .« und dann, als ihr die seltsam unvermittelte Stille bewußt wurde, änderte sich der Klang ihrer Stimme, wurde ängstlich, drängend: »Elizabeth – was ist mit dir?«

Elizabeth antwortete nicht. Sie verharrte bewegungslos, mit leichtgeneigtem Kopf und starrte durch das Fenster in die Nacht hinaus – in die Dunkelheit, die nicht mehr völlig dunkel war. So stand sie, bis ein heftiges Zittern ihren Körper aus seiner Starre riß; sie ließ den Shaker fallen und rannte blindlings an Constance vorbei zum Telefon.

16

Im ersten Augenblick, als sie die Flut von Helligkeit sah, die sich golden gegen das Schwarz von Hügel und Himmel abhob, hatte sie überrascht gedacht: »Nun habe ich doch das Licht im Studio brennen lassen . . .«

Und dann dachte sie: nein, das Licht der Lampe wäre anders, ganz anders, es würde nicht zucken und lodern wie der Schein dort oben – es sieht fast aus wie . . . Flammen, fast so, als ob . . . das Studio brennt.

Ihr blitzartiges Begreifen glich einem jähen Sprung ins kalte, eisige Wasser, der sie betäubt und starr zurückließ. Dann wich die Lähmung – sie stand am Telefon und machte einer aufmerksamen, unpersönlichen Männerstimme am andern Ende des Drah-

tes die nötigen Angaben. Minuten später rannte sie in die Dunkelheit hinaus, dem gelben lodernden Schein entgegen. Sie achtete nicht auf Constances Schrei: »Elizabeth! Das darfst du nicht – nicht ohne Mantel – du wirst dir den Tod holen – oh, Oliver, wie gut, daß du kommst . . .«
Im nächsten Augenblick schon hatte Oliver sie eingeholt; er erfaßte ihre Schulter mit festem Griff und sagte dicht an ihrer Schläfe: »Gott sei Dank, daß dir nichts geschehen ist. Als ich den Feueralarm hörte . . .« Die Feuerwehrautos, die mit heulenden Sirenen vorfuhren, schnitten seine Worte ab. Ein Scheinwerfer bohrte sich durch die Dunkelheit, Männergestalten liefen über den Rasen, die finstere Nacht wurde zum lärmenden Tumult.
»Rasch – zieh das an.« Oliver hielt ihr einen Mantel entgegen; blindlings tastete Elizabeth nach den Ärmeln. »Und warte hier auf mich, ich komme gleich zurück.«
Elizabeth blieb stehen und beobachtete das Flackern der Flammen auf dem Hügel, die langsam kleiner wurden, um schließlich ganz zu erlöschen. In ihrem Geist hörte sie das Echo ihrer eigenen, fröhlichen Stimme, die kaum eine Stunde zuvor zu Steven gesagt hatte: »Warte einmal, ich habe knapp ein Drittel. Sagen wir Ende März . . .«
Und jetzt war die ganze Arbeit zerstört, die Anstrengung von Wochen ausgelöscht – wenn nicht die Flammen durch irgendein Wunder ihre Schreibmaschine verschont hatten. Und das Studio selbst, ihre Zufluchtsstätte, der einzige Ort der Welt, der ihr noch Sicherheit geboten hatte . . . Elizabeth ballte die Fäuste krampfhaft in den Manteltaschen und starrte weiter zum Hügel hinauf.
Sie hatte ihre Cousine nicht kommen gehört, doch nun sagte Constances Stimme dicht neben ihr: »Ich kann es kaum glauben, Elizabeth, es ist zu gräßlich. Was glaubst du – wie ist es ausgebrochen?«
»Ich weiß nicht.« Noch war Elizabeths Betäubung zu groß, als daß die Frage ernstlich in ihr hätte aufsteigen können. Sie fuhr fort, mit brennenden Augen auf die Brandstätte zu starren.
»Sie scheinen es eingedämmt zu haben«, sagte Constance nach einer Weile. »Gott sei gelobt . . . Du bewahrst doch eine Kopie deines Manuskripts hier im Hause auf, nicht wahr, Elizabeth?«
»Nein«, erwiderte Elizabeth heiser und bohrte die Fäuste tiefer in die Manteltaschen. »Nein, ich habe keine Kopie.« Närrin, die sie war . . .

Der Schlauch wurde jetzt über den Abhang hinunter zurückgewunden, das zweite Feuerwehrauto fuhr ratternd durch die Nacht davon. Elizabeth hob ihre Stimme über den Lärm: »Ich gehe hinauf – nachsehen, ob ich Oliver finde und ob sie schon wissen ...«
Oliver stand dicht vor dem Studio und unterhielt sich mit einem der Feuerwehrmänner. Zwei andere waren hineingetreten und ließen das Licht ihrer Taschenlampen über das durchnäßte Chaos spielen. Im dünnen Lichtstrahl sah Elizabeth die nackten Fenster und die geschwärzten Balken, die nassen, schmutzigen Sofakissen, zu einem unordentlichen Haufen in die Ecke geworfen, die Couch mit dem riesigen Loch in der Mitte ...
Der Feuerwehrmann neben Oliver sagte bedauernd: »Schade, wirklich schade, Madam ...« und wieder zu Oliver gewandt: »Vermutlich war eine brennende Zigarette zwischen den Couchkissen der Brandherd. Sehen Sie selber –« er wies auf die Couch im Studio – »der schlimmste Schaden befindet sich dort ... Es hätte sich vielleicht selbst erstickt, wäre nicht all das viele Papier gewesen ...« Er zuckte die Achseln, und nach einem Zuruf zu den beiden anderen Männern ging er den Hügel hinunter.
Oliver sagte, in verzweifeltem Bemühen, den richtigen Ton zu treffen: »Tja – da kann man nichts machen. Ich fürchte, es besteht kein Zweifel, um was für Papier es sich da gehandelt hat. Ein fürchterliches Pech ...«
Elizabeth befreite sich vom Griff seiner Hand, und gleichzeitig schüttelte sie die halbe Betäubung ab, die sie noch immer umfangen hielt. Sie lief in das Studio hinein und tastete sich ihren Weg durch die feuchten, ätzenden Schatten, ohne auf Olivers Zuruf zu achten, sie würden besser später mit einer Taschenlampe zurückkommen.
Sie brauchte keine Taschenlampe, ihre Hände fanden sich mühelos auch im Dunkeln zurecht. Und der Deckel der Schreibmaschine, warm zwar unter ihren tastenden Fingern, jedoch unberührt von den Flammen und immer noch sicher über die Maschine gestülpt, verriet ihr alles, was sie wissen wollte ...

Kurz darauf stand sie wieder unten im Wohnzimmer, und die Wärme, die trügerische Sicherheit des Hauses umfing sie so traulich, als wäre es ein friedliches Heim wie tausend andere auch – und nicht – und nicht ...
»Dir ist kalt«, sagte Oliver, der sie stumm beobachtet hatte.

»Komm, setz dich zum Feuer und trink erst einmal ein Glas Whisky, bevor wir uns weiter mit der Sache befassen. Mein Gott, was kommt wohl als nächstes?«
Kalt, dachte Elizabeth, während sie gehorsam ihr Glas zu den Lippen führte. Kalt – ja gewiß, doch es war nicht eine Kälte, die Whisky oder die Wärme des Feuers vertreiben konnte. Nun war es geschehen, sie hatte das erste Hervorbrechen der Gewalt erlebt. Sie hatte gewußt, daß es eines Tages dazu kommen würde, denn Haß war eine Leidenschaft, die stets neue Nahrung brauchte – doch niemals hatte sie sich diesen Ausbruch so ausgemalt: eine Gestalt, die sich nach Einbruch der Dunkelheit herbeischlich, Hände, die ein Streichholz gegen einen sorgfältig zurechtgelegten Stoß von Manuskriptblättern hielten. Und dann hatte sich der Eindringling schweigend wieder entfernt, um aus der Ferne den Feuerschein zu beobachten – oder auch nur, um in heimlichem Triumph auf den Feueralarm, das Heulen der Sirenen zu lauschen. Ihr Zufluchtsort, das Studio, bestand nicht mehr. Oliver hatte gefragt: »Was kommt als nächstes?« – ach ja, wie konnte man sich gegen diesen Eindringling schützen, der schleichend und unaufhaltsam wie Nebel näher kroch, der unter der Maske von Freundschaft und Liebe alles zerstörte?
Noreen Delaney war unsicher unter der Tür stehengeblieben, während Oliver Constance kurz berichtete, was ihm die Feuerwehrmänner gesagt hatten. Doch jetzt tat sie einen entschlossenen Schritt vorwärts, ihr junges Gesicht trug einen besorgten Ausdruck. »Mrs. March, Sie fühlen sich nicht wohl – Sie zittern ja – darf ich Ihnen nicht . . .«
Oliver fuhr hastig herum, Constance erhob sich mit ängstlicher Miene. Doch Elizabeth schüttelte den Kopf und sagte ruhig: »Danke – nein. Es fehlt mir gar nichts. Ich möchte euch bloß folgendes sagen: im Augenblick kann ich es nicht beweisen – und dennoch bin ich sicher – das Studio wurde vorsätzlich angezündet, nachdem ich heute nachmittag von dort weggegangen war. Anders hätte es nicht geschehen können. Ich weiß es.«
Trotz ihrer kühlen, beherrschten Stimme klang die Behauptung absurd, ja lächerlich. Noreen hob bestürzt die rechte Hand zur Wange. Oliver, der sich gegen den Kaminsims lehnte und eben eine Zigarette anzünden wollte, ließ die kleine Flamme zwischen den Fingern ersterben. Constance setzte sich ganz vorne auf die Kante ihres Stuhls und spähte mit überraschtem, fast gekränktem

Ausdruck über die Ränder ihrer Brille. Die Wanduhr tickte laut in der Stille. Dann ließ Oliver ein anderes Streichholz aufflammen und sagte leichthin: »Ach, weißt du, Feuerwehrleute täuschen sich häufig. Die elektrische Heizung ...«
»Sie war nicht angedreht.«
Elizabeth begann zu erklären, wie sie nur noch zwei Zigaretten gefunden, wie sie ihr letztes Streichholz benützt und vergeblich nach einer neuen Schachtel gesucht hatte. Unausgesprochen und doch lauter als der Klang ihrer eigenen verzweifelt ruhigen Stimme schwang der Widerhall dessen in der Luft, was sie alle wußten und was doch keiner aussprach: daß Elizabeth ohne genügend Zigaretten und Streichhölzer ebenso undenkbar war wie ein Vogel ohne Flügel, daß sie, wenn sie an ihrem Schreibtisch saß, im Eifer der Arbeit oft eine neue Zigarette anzündete, während noch eine andere vergessen im Aschenbecher brannte.
Sie blickte auf die stummen Gesichter. Sie sagte langsam: »Es ist nicht nur das allein. Ich habe mein Manuskript oben auf die Schreibmaschine gelegt und den Deckel über das Ganze gestülpt, ehe ich wegging. Die Schreibmaschine ist unversehrt, doch das Manuskript – die Feuerwehrmänner haben die Überreste auf der Couch gefunden.«
Constance atmete geräuschvoll durch die Nase – ein Zeichen, daß sie sich unglücklich und verlegen fühlte. Oliver stützte seinen Ellbogen auf den Kaminsims und fragte: »Bist du wirklich sicher ...«, zögernd hielt er inne und fuhr dann hastig fort: »Wir wollen morgen früh hinaufgehen und nachschauen. Es besteht noch immer die Möglichkeit ...«
Elizabeth suchte seinen Blick festzuhalten, doch Olivers Augen wichen ihr aus. Da setzte sie ihr Glas nieder und sagte: »Ich will mich lieber um das Abendessen kümmern, wenn ihr glaubt, daß ich dazu imstande bin« und ging rasch aus dem Zimmer. Hinter ihr schloß sich die Stille lautlos – wie eine Tür, die geräuschlos ins Schloß fällt. Das Fleisch war angebrannt, die kleinen grünen Erbsen zu Brei zerkocht. Elizabeth aß kaum einen Bissen. Oliver erzählte von einem Verkehrsunfall im Sumner-Tunnel; Constance schüttelte zerstreut den Kopf und begann ein ähnliches Unglück zu schildern, das sich vor Jahren ereignet hatte. Elizabeth hörte die Worte nur halb; ab und zu nickte sie mit ausdrucksloser Miene und vermochte sich keinen Augenblick lang aus der andern Welt zu befreien, aus jener Welt des Schreckens, der sie

vor einigen Stunden endgültig entronnen zu sein geglaubt und die sie nun um so unerbittlicher wieder eingefangen hatte. *Feuer.* Der Haß, längst gelangweilt und gesättigt von den kleinen Aufregungen, die er in ihr Leben gebracht, würde sich nun eine Zeitlang von dieser neuen, persönlicheren Erregung nähren können – von der Zerstörung ihres Buches, dem Verkohlen ihres geliebten Studios, dem höhnisch sich aufdrängenden Beweis, wie unzurechnungsfähig sie war, wie gut man sie bewachen mußte . . .
Doch auch diese Sensation würde verblassen – und dann? Die Kinder.
Es würde vielleicht noch lange dauern, einige Stufen mochten dazwischenliegen, doch wenn der unbekannte Feind nicht gefangen, wenn seinem Treiben nicht Einhalt geboten wurde, mußte es unweigerlich dazu kommen. Er würde nach Maire und Jeep greifen, die friedlich schlafend oben in ihrem Zimmer lagen, Maire mit dem Teddybär in Reichweite ihrer kleinen, im Schlaf entspannten Hand, Jeep mit der Fliegenklappe auf dem Kopfkissen . . .
Sie durfte nicht daran denken, nicht hier, nicht jetzt. Doch die Gedanken ließen sich nicht verdrängen, sie kamen dennoch, ungerufen, qualvoll, schrecklich. Die Messerschublade in der Küche. Das Apothekerkästchen. Das Vordach unter dem Fenster der Kinder, mit dem Apfelbaum, der sich dagegen lehnte – wie leicht für einen erwachsenen Körper, sich dort hinaufzuschwingen!
Elizabeth hob die Hände und preßte sie wild gegen die Schläfen.
Constance kostete eben die Sauce und sagte nachdenklich: »Eine Spur mehr Essig vielleicht?«
Es galt Vorsichtsmaßnahmen zu treffen, und Elizabeth traf sie, eisern entschlossen, trotzig über das Befremden, die Mißbilligung, die schweigende Besorgtheit hinweggehend, die ihr auf allen Seiten begegneten. Die Nachmittagsspaziergänge der Kinder hörten auf, sie durften nur noch auf dem eigenen Grundstück spielen. Abends, wenn Noreen die Kinder gebadet hatte, brachte sie Elizabeth selbst zu Bett; sie sprach mit ihnen das Abendgebet und schloß die Tür erst hinter sich, wenn sie das ganze Zimmer untersucht und Riegel und Fensterläden gründlich geprüft hatte.
Sie räumte das Apothekerkästchen auf und warf alle nicht ganz harmlosen Medikamente fort – die Opiumtinktur, das Phenobarbital, das Kodein, das noch von ihrer Krankheit her übriggeblieben – kurz, alles, was einem Kind – oder . . . sie barg den Gedanken

in der tiefsten Tiefe ihres Bewußtseins – auch einem Erwachsenen gefährlich werden konnte.
Vor allem aber hielt sie die Augen offen und beobachtete alles, was sich in ihrer Umgebung abspielte. Sie beobachtete Lucy Brent, die am Tag nach dem Brand im Studio herübergefahren kam und kein Ende finden konnte mit erschrockenen Fragen und Kopfschütteln; sie beobachtete Constance, hinter deren langem, ausdruckslosem Gesicht sich alles mögliche verbergen konnte, und sie beobachtete Noreen Delaney. Ja, sie beobachtete sogar Steven, dessen wortloses Verständnis ihre einzige Stütze geworden war.
Und heimlich, im eisigen Bewußtsein, wie weit sie gekommen war, beobachtete sie auch Oliver. Sie dachte: wer von ihnen ist es?
Die Kinder reagierten augenblicklich auf die neuen Einschränkungen, auf die Verbote und Elizabeths ungewohnte Strenge. Maire wurde streitsüchtig und störrisch, Jeep verlor sein heiteres, gelassenes Temperament und weinte bei jeder Gelegenheit.
Aus diesem Grunde gab Elizabeth an einem bitter kalten, dunklen Abend gegen Ende Januar, als Noreen ihren freien Tag hatte und Constance ausgegangen war, den Kindern ihr Abendessen eine Stunde früher als sonst und beförderte sie dann so rasch wie möglich ins Badezimmer hinauf.
Hier zumindest befanden sich beide bei ihr und in Sicherheit. Das Badewasser rauschte, der Spiegel und die Fensterscheiben wurden blind unter dem aufsteigenden Dampf, ungestüm rüttelte der Wind an den geschlossenen Fensterläden. Elizabeth schob die Ärmel ihrer weißseidenen Bluse hoch, warf die Seife, die Bürste und die Gummi-Enten in die Wanne und ertappte sich immer wieder dabei, wie sie über das Rauschen des Badewassers hinweg nach einem andern Laut horchte. Doch selbst als die den Wasserhahn abgedreht hatte und die Kinder auszuziehen begann, wobei sie mit gespannter Aufmerksamkeit in das leere Haus um sie herum lauschte, hörte sie nichts Verdächtiges. Es war ja auch ganz ausgeschlossen ... Niemand befand sich im Haus, und sämtliche Türen waren verriegelt. Dieses leise Geräusch unten war der Motor des Eisschranks, der mit einem Klicken wieder einsetzte, das gedämpfte Knarren auf der Treppe nur das Holz, das auf die Wärme der Heizung reagierte ... Und plötzlich wußte sie: das war genau das Gefühl, das sie empfinden, das sie in steigende Panik versetzen sollte: daß das Badezimmer, das ihr vor zehn Minuten

noch als Zufluchtsstätte erschienen, in Wirklichkeit eine Falle war.
Elizabeth drehte sich energisch zur Badewanne, wo Maire eben einen tropfnassen Lappen auf Jeeps Kopf gelegt hatte, und sagte streng: »Gleich hörst du auf mit diesem Unsinn, Maire!« Sie beugte sich vor, um einzugreifen, doch sie kam zu spät. Jeep war bereits wieder mit zugekniffenen Augen unter dem Tuch hervorgetaucht und spritzte zwei Hände voll Badewasser auf Maire, die entrüstet in die Höhe fuhr in ihrer ganzen rosigen Nacktheit, blitzschnell die Badetücher vom Gestell riß und sie triumphierend über Jeep ins Wasser tauchte.
Elizabeth beförderte sie mit energischem Griff aus der Wanne und gab beiden einen tüchtigen Klaps; in einer kurzen Pause zwischen dem darauffolgenden kläglichen Geheul hörte sie, wie draußen sachte eine Tür geschlossen wurde.
Gott sei Dank – Constance war zurückgekommen und konnte ihr ein trockenes Tuch bringen. Sie sah die Kinder mit strengem Blick an, sagte: »Rührt euch nicht, ihr beiden« und öffnete die Tür des Badezimmers. Während sie in die Halle hinaustrat, rief sie: »Constance? Könntest du mir . . .« und dann erstarb ihr die Stimme.
»Habe ich dich erschreckt?« Oliver lächelte ihr zu. Er trat einen Schritt von der Wand weg und brach damit den fast unheimlichen Bann völliger Unbeweglichkeit, mit der er dagestanden, als Elizabeth die Halle entlangblickte. Sein Gesicht hatte den zornigen Ausdruck verloren, nur seine Augen blickten noch wachsam und gespannt und straften den ungezwungen lächelnden Mund Lügen.
»Ich wollte nur – du bist früher als sonst, nicht wahr?« Elizabeth sprach die ersten Worte aus, die ihr auf die Zunge kamen, denn allein schon die Tatsache, daß sie überhaupt imstande war, etwas zu sagen, bedeutete eine Erlösung für sie.
Der Ausdruck von Olivers Augen veränderte sich. Er sagte leichthin: »Ja, ein wenig« und ging an ihr vorbei zur Treppe. Ein heftiges Planschen und Spritzen aus dem Badezimmer bewahrte Elizabeth davor, nach weiteren unverfänglichen Worten suchen zu müssen.
»Böser Jeep!« sagte Maire mit einem Unterton von Bewunderung.
»Böses Mädchen!« gab Jeep selbstzufrieden zurück.
»Bitte, hol mir doch ein trockenes Tuch, Oliver«, sagte Elizabeth und floh ins Badezimmer zurück.

Sie rieb die Kinder trocken und steckte sie, die plötzlich sanft und tugendsam geworden, in ihre Pyjamas. Dabei versuchte sie krampfhaft, ihren ersten Eindruck zu vergessen, daß vorhin ein völlig Fremder draußen gestanden hatte – wartend, drohend, unbeweglich – ein Fremder, der sich dann mit einigen leichthin gesprochenen Worten, mit einem unbefangenen Lächeln in den Mann verwandelt hatte, mit dem sie seit fünf Jahren verheiratet war.

Die Kinder liefen die Treppe hinunter, um Oliver den Gutenachtkuß zu geben. Während Elizabeth unbeweglich auf dem Rand von Maires Bett sitzenblieb, klang ihr gegen ihren Willen wieder das Geräusch im Ohr, das sie veranlaßt hatte, in die Halle hinauszutreten. Es war das leise Schließen einer Tür gewesen, begleitet vom protestierenden Knarren leicht verkrümmten Holzes.

Es gab nur eine einzige Tür im Haus, die sich mit einem solchen Geräusch schloß, und das war die Tür zu Constances Zimmer. Oliver war zu einer Stunde heimgekommen, da sie eigentlich in der Küche mit dem Nachtessen der Kinder hätte beschäftigt sein müssen ... Wieder sah sie den sekundenlangen Zorn auf seinem Gesicht, als sie unvermutet aus dem Badezimmer getreten war. Und sie wußte: Olivers frühe Heimkehr war kein Zufall gewesen. Was hatte er im Zimmer ihrer Cousine gesehen? Oder hatte er etwas gesucht und nicht gefunden?

17

Es war schon fast elf, als sich Elizabeth widerstrebend entschloß, ins Haus zurückzukehren; der Schnee fiel in immer dichter werdendem Wirbel, und der seidene Schal, den sie sich ums Haar geschlungen hatte, war naß von geschmolzenen Flocken. Oliver blickte von seinem Buch auf und fragte: »Schneit es noch immer?« und als sie nickte, trat er zum Fenster und blickte in die Nacht hinaus. Am Schreibtisch schob Constance einen Briefbogen beiseite, der zur Hälfte mit ihrer kleinen, energischen Handschrift bedeckt war, und sagte pflichtbewußt: »Du solltest einmal nach Jeep sehen, Elizabeth – ich habe ihn vor einigen Minuten schreien gehört und bin gleich hinaufgegangen. – Sein Kopf schien mir ein bißchen heiß – glaubst du, er hat sich erkältet?«

»Möglich.« Elizabeth hängte Mantel und Schal in den Schrank. »Ich will gleich nachsehen.«
Jeep schlief schon wieder und schnüffelte nur ab und zu vor sich hin. Elizabeth befühlte seine Stirn und seine Händchen; sie waren wärmer als gewöhnlich, doch richtiges Fieber schien er nicht zu haben. Am Morgen würde sich zeigen, wie es um ihn stand. Sie schob seine Decke behutsam zurecht und ging wieder hinunter. Einige Augenblicke lang blieb sie in der Halle stehen und fragte dann zögernd: »Ist da nicht – riecht ihr denn nicht auch etwas?«
Constance hob rasch den Kopf und schnupperte vorsichtig; das Licht der Lampe fing sich flimmernd in ihren Brillengläsern. Oliver sprang erschrocken auf, und Elizabeth sagte rasch: »Nein – nicht Rauch.« Parfüm. Ein leiser quälender Hauch nur, und doch so stark und überraschend, als hätte jemand einen fremden Mantel über den Treppenpfosten geworfen. Es war ein schweres Parfüm, moschusbeladen und süß – ein Parfüm, das ausgezeichnet ins Hotel *Savoia* gepaßt hätte ...
Es war derselbe Geruch, der an jenem Tag in Noreens Zimmer geschwebt hatte, als ein fremdes Gesicht zu Elizabeths Studio hinaufstarrte.
Elizabeth brauchte die Quelle nicht lange zu suchen. Die Tür des Korridorschranks war nicht völlig eingeschnappt, als sie sie vorhin geschlossen hatte, und wie sie sie nun aufstieß, schlug ihr der Duft stärker entgegen. Unter dem seidenen Schal, der auf den Schrankboden geglitten war, lag ein Taschentuch. Es war feucht vom Kontakt mit der nassen Seide und roch stark nach Parfüm. Constance rümpfte die Nase, als Elizabeth das Taschentuch mit spitzen Fingern in die Höhe hielt. »Das gehört doch bestimmt nicht dir, Elizabeth?«
Ein kleines zerknittertes Viereck aus weißem Leinen, ohne Initialen, unpersönlich, völlig anonym. Wessen Finger hatten es dort in den Schrank fallen lassen – wie lange war es dort gelegen, ehe die Feuchtigkeit das verborgene Parfüm befreit hatte?
Elizabeth empfand es ganz unvermittelt als den verkörperten Geruch, die verkörperte Berührung von Haß und Schlechtigkeit. Ruhig ging sie zum Kamin und warf das Taschentuch in die Glut. Oliver sah ihr schweigend zu, und Constance fragte bestürzt: »Oh – war das wirklich nötig?«
»Ja.« Elizabeth drehte sich um und blickte sie voll an. Ihre Hände hielt sie auf dem Rücken verborgen, so daß die beiden nicht sehen

konnten, wie verzweifelt sie ihre Finger zusammenpreßte. »Ja, es war nötig. Ich werde das Taschentuch gerne ersetzen – doch zufällig hasse ich dieses Parfüm ... Und jetzt gehe ich besser schlafen – ihr seid bestimmt auch müde.«

Eine halbe Stunde später blickte sie oben im Schlafzimmer auf Olivers nackten Rücken, der sich über eine Kommodenschublade beugte, und sagte vorsichtig: »Oliver, ich glaube, ich werde für eine Weile wegfahren.«
Ruhig, kühl war ihre Stimme, kein Zittern, kein unterdrücktes Beben ließ auf Panik schließen; es klang mehr wie ein Plan, den sie seit Tagen überlegt hatte, als wie ein überstürzter Entschluß, vor einer halben Stunde aus jäher Verzweiflung geboren.
Olivers kräftige Schultern schienen sich zu spannen, als hätten seine Hände mitten in der Bewegung innegehalten; doch wenn es wirklich so war, dauerte es kaum den Bruchteil einer Sekunde; er drehte sich fast augenblicklich um und sagte zustimmend: »Eine gute Idee – das ist genau, was du brauchst. Einmal richtig ausspannen und dich vom Haus und den Kindern erholen.«
»Ich würde die Kinder mitnehmen.«
Ein kurzes beredtes Schweigen entstand, dann sagte Oliver langsam: »Ach so, ich verstehe. – Und wohin möchtest du gehen?«
Sie zögerte – eine Sekunde nur, und doch zu lange.
»Du mißtraust mir, nicht wahr, Elizabeth?« Olivers Stimme klang seltsam ruhig. »Mein Gott! Du mißtraust mir, während ich ...« Er brach ab, schüttelte mit jäher unterdrückter Heftigkeit eine Zigarette aus dem Päckchen auf der Kommode, warf das ausgebrannte Streichholz in den Aschenbecher – alles, ohne sie ein einzigesmal anzusehen.
Elizabeth hatte sich aufgerichtet, betäubt und schwindlig, als hätte man ihr einen Schlag versetzt. Jetzt gab es kein Ausweichen mehr, selbst wenn sie gewollt hätte. Diesmal war die Stille im Schlafzimmer ebenso gespannt und unausweichlich wie die Pause zwischen Blitz und Donner. Mitten in dieses lastende Schweigen sagte sie ruhig: »Ich glaube, es wäre besser, wenn ich den Rest auch noch hörte, Oliver.«
»Wirklich? Gut ...« Oliver drehte sich um. Seine Stimme klang beherrscht, sein Gesicht war glatt und undurchdringlich – und deshalb traf die erstaunliche Frage Elizabeth völlig unvorbereitet.
»Wo hast du die Nacht zum 19. November verbracht?«

So unglaublich es schien – es war kein Scherz, nein, es war bitterer Ernst. Elizabeth starrte ihn an. »Die Nacht zum ... Hier im Haus natürlich, wie immer.«
»Nein, jene Nacht nicht. Ich war damals nach New York gefahren zur Tagung der Aktionäre, und als ich zu Hause anrief – spät abends erst – warst du nicht da.«
»Aber das ist doch –« Sekundenlang überflutete die Bestürzung ihr ganzes Denken, und dann erinnerte sie sich. »Ich habe einmal, als du fort warst, oben im Studio geschlafen. Ich glaube, das muß damals gewesen sein. Constance hat es dir doch bestimmt gesagt, als du anriefst.«
Oliver wandte sich mit brüsker Bewegung ab, doch Elizabeth hatte noch einen Blick auf sein Gesicht werfen können, und die letzten Worte erstarben ihr in der Kehle. Gleichzeitig wich die Bestürzung einem Gefühl des Schreckens, von leise aufquellender Empörung begleitet. »Natürlich hat Constance es dir gesagt«, versetzte sie langsam, »und du glaubst ihr nicht – glaubst auch mir nicht. Das muß bedeuten, daß du eine andere Theorie hast. Schön, Oliver: *wo* habe ich die Nacht zum 19. November verbracht?«
Oliver fuhr herum, der offene Hohn in ihrer Stimme hatte ihn verletzt. »Es gibt verschiedene Leute, die behaupten, du hättest in Boston in einem Hotel übernachtet.«
Elizabeths erste Verblüffung war so groß, daß die volle Bedeutung seiner Worte ihr anfangs nicht gleich klar wurde. Und als sie dann schließlich doch begriff, war es wie eine langgesuchte Antwort in einem Kreuzworträtsel, die gleichzeitig eine ganze Anzahl anderer Antworten in allen Richtungen erhellte. Das Hotel *Savoia* – die geheimnisvollen Telefonanrufe – die drohende Stimme am andern Ende der Leitung. Sie sagte mühsam: »Im Hotel *Savoia*, nicht wahr?«
»Ja.«
»Und nicht allein, natürlich.«
»Nein – nicht allein.«
In der Stille, die diesem kurzen Kreuzfeuer folgte, griff Elizabeth blindlings nach ihrem Morgenrock, warf ihn über die Schultern und stand auf.
Oliver stand immer noch mit zornigem Gesicht am andern Ende des Zimmers. Sie sagte heiser, ungläubig: » ... und deshalb läßt du dich erpressen – *deshalb* ...«
»Ach, zum Teufel mit der ganzen Sache!« Der Zorn war jäh aus

Olivers Stimme gewichen; er sah müde und erschöpft aus. »Es ist nur – du machst es mir so verdammt schwer ...«
Er sprach noch weiter, doch Elizabeth hörte nichts mehr. Sie stand schon bei der Tür, riß sie auf und flüchtete aus dem Zimmer ...

Sie wachte kurz vor sechs Uhr auf. Steif und durchfroren kauerte sie in dem Lehnstuhl, wo sie einige Stunden zuvor endlich eingeschlafen war. Das zaudernde winterliche Dunkel an den Fenstern des Wohnzimmers, das ruhige gelbe Licht der Lampe, der überfüllte Aschenbecher zu ihrer Rechten – all dies schien seltsam unwirklich, fast traumhaft. Mit einiger Anstrengung zwang sich Elizabeth, dem unvermeidlichen Erwachen des Hauses ins Gesicht zu sehen.
Sie leerte den Aschenbecher, setzte die Kaffeemaschine in Betrieb, drehte die Heizung auf. Während sie sich am Ausguß das Gesicht wusch, dachte sie flüchtig, wie schön es wäre, wenn sie auch die störenden Schatten mit kaltem Wasser fortspülen könnte. Leise ging sie hin und her, suchte in allen Schubladen, bis sie einen Kamm und einen alten Lippenstift fand, und als sie sich schließlich in der Küche die erste Tasse Kaffee eingeschenkt hatte, blieb ihr nichts mehr anderes übrig, als sich wieder mit den Tatsachen zu beschäftigen. Sie konnte ihnen nicht länger entfliehen.
Die Tatsachen. – Wenn ihr eigener Gang ins *Savoia* auch häßlich gewesen war, so schien ihr Olivers Hingehen doch noch schlimmer; denn sie hatte sich nur auf die Beweise verlassen, die ihre eigenen Augen und Ohren ihr verschafften, während Oliver – Oliver war auf Vorschlag eines andern hingegangen. Nicht die Person, die sie haßte, hatte ihn ins *Savoia* bestellt – das wäre zu gefährlich gewesen; irgendein Mittelsmann mußte ihn dort erwartet haben – und er hatte den Beweis vorgefunden, den man für ihn bereitgelegt hatte. Er hatte ihn vorgefunden und ihm Glauben geschenkt, und alle Liebe, alles Vertrauen, die fünf Jahre inniger Gemeinschaft umschlossen, hatten nicht vermocht, die Waagschale zu ihren Gunsten zu senken.
Weshalb? Gestern im Schlafzimmer hatte sie nur den betäubenden Schlag empfunden, den Oliver ihr versetzte; gar nichts war wichtig erschienen neben der Tatsache, daß er der häßlichen Verleumdung glauben konnte. Doch dann waren die einsamen Stunden im Lehnstuhl gekommen und mit ihnen die Erkenntnis, wie leicht es gewesen sein würde, irgendeinen schlagenden Beweis zu

beschaffen. Da war ihr Führerschein, und da war das Haarfärbemittel, eines von der Art, die man mühelos ins Haar waschen und ebenso mühelos wieder auswaschen kann. Und selbst ohne solche Hilfsmittel dürfte es nicht schwer gewesen sein, im *Savoia* einen Kellner oder einen Chasseur zu finden, der bereit war, eine ausführliche Beschreibung von Elizabeth, von ihrem Mantel, ihrer Handtasche, ihren Ringen auswendig zu lernen und im richtigen Augenblick zu wiederholen.

Wer hatte die Beschreibung geliefert? Eine Frau natürlich – nur eine Frau kannte die Überzeugungskraft kleiner persönlicher Details. Und dann mußte auch ein Mann dabeigewesen sein.

Hatte man Oliver auch ihren angeblichen Begleiter beschrieben? Oder hatte er sich kurzerhand geweigert zuzuhören? Alles in allem, das wußte Elizabeth mit bitterer Sicherheit, würde sich diese Beschreibung zu Steven Brents Bild geformt haben . . .

Sie wollte fort, jetzt gleich, heute noch – das kleine Haus am Kap, das sie von ihren Eltern geerbt hatte, würde ihr Zuflucht bieten. Sie wollte Oliver nicht mehr sehen, nicht mehr mit ihm sprechen – sie würde ihn nur noch im Büro anrufen, ehe sie mit den Kindern wegfuhr. Während sie fröstelnd dasaß und zum Fenster hinüberstarrte, wo düster und bleifarben der Wintermorgen empordämmerte, fragte sich Elizabeth wehen Herzens, was die Leute wohl meinten, wenn sie von einem glatten Bruch sprachen. Nein, es würde keinen glatten Bruch geben, keine sauberen Kanten, keine klare Trennung; denn wenn man so tief in das Leben eines anderen Menschen hineingewachsen war, so viel von seinem Wesen in sich aufgenommen hatte, konnte es nur ein grausames, ein qualvoll grausames Zerreißen geben . . .

Einige Stunden später mußte Elizabeth feststellen, daß sie bei ihren Reiseplänen nicht mit Jeep gerechnet hatte. Als sie an sein Bettchen trat, glänzten seine Augen fiebrig, sein Gesicht war rot und heiß, sein Puls ging rasch. Elizabeth verbannte Maire aus dem Kinderzimmer und rief den Arzt an; dann machte sie sich trotzig daran, ihre Reisevorbereitungen zu treffen. Gut, sie würde nicht heute fahren, aber morgen, übermorgen – sobald Jeep wieder gesund war. Sie packte Decken und warme Kleider für sich und die Kinder zusammen, sie brachte den Wagen nach Boston, um ihn von Grund auf überholen und Winterreifen anbringen zu lassen. Und dann wartete sie, wartete mit verbissener Entschlossenheit und Ungeduld. Sie achtete kaum mehr auf das, was sich um sie

herum ereignete, hatte keinen Blick für Olivers harten, verschlossenen Mund und Constances fragende Miene, für Noreens verwirrtes Gesicht und die Neugier, die unverhohlen aus Lucy Brents Augen sprach. Mit voller Absicht verschloß sie sich gegen ihre Umgebung, eiskalt und unerbittlich unterdrückte sie jedes Gefühl, jeden warmen Impuls.
Und dann kam der Tag vor ihrer Abreise nach dem Kap. Während sie beim Frühstück saßen, sagte Oliver kurz: »Ach, übrigens – ich werde heute abend erst spät nach Hause kommen. Einer unserer Vizepräsidenten ist von New York herübergekommen, und Moulton wollte ihn und seine Frau zum Dinner und nachher ins Theater führen; doch jetzt liegt er mit Grippe zu Hause, und ich kann mich allein mit den beiden herumschlagen.« Er trank seinen Kaffee aus und stand auf.
Früher hatten sie und Oliver solche Besuche immer gemeinsam zum Essen ausgeführt. Trotz der eisigen Neutralität, die zwischen ihnen herrschte, fühlte sich Elizabeth verletzt, so jählings und brutal, daß sich ihr die Worte auf die Zunge drängten, ehe sie nachdenken konnte: »Gut, daß du mich erinnerst – ich esse heute abend auch auswärts. Mr. Crale, einer der Direktoren von Hornham trifft mich zum Abendessen; er will mit mir über die Wiederauferstehung des Buches für September sprechen.«
Es war eine Lüge. Crale hatte wohl ein gemeinsames Abendessen vorgeschlagen, doch sie hatte noch kein Datum festgelegt. Sie mußte nur ihren Wagen in der Garage in Boston abholen und hätte dann wieder nach Hause fahren können, um mit Constance zu Abend zu essen, während Oliver, für den sie nur noch ein lästiges Hindernis bedeutete, den Vizepräsidenten samt Gattin ins Theater begleiten würde.
Nachmittags um drei Uhr bestieg sie den Zug nach Boston.

Sie hatte die kindische Lüge im gleichen Augenblick bereut, als sie sie ausgesprochen hatte. Unter Olivers prüfendem Blick hatte sie sich gezwungen gefühlt, dabei zu bleiben, obwohl dies ein plötzliches Durcheinander von Umstellungen und Absagen zur Folge hatte. Sie mußte Lucy anrufen und ihr erklären, daß sie nun doch nicht zum Cocktail herüberkommen könnten; sie mußte sich bei Constance entschuldigen, die gezwungen sein würde, ihre Pflichten als Leiterin des Wohltätigkeitsbasars vorzeitig im Stich zu lassen und um sechs Uhr wieder zu Hause zu sein, wenn

Noreen Delaney weggehen würde.
Doch um sechs Uhr werde ich längst wieder zurück sein, dachte Elizabeth, während sie die kahle Winterlandschaft vor den Fenstern vorbeiflitzen sah. Ich werde sagen, Crale habe ganz plötzlich nach New York fahren müssen, und Constance kann wieder zu ihrem Basar zurückgehen und ich werde das letzte Gepäck fertig machen. Am Bahnhof nahm sie ein Taxi und ließ sich zu der Garage fahren. Ihr Wagen würde gleich fertig sein, sagte man ihr; man hatte eine neue Batterie einbauen müssen. Wenn sie in einer Stunde wiederkommen würde ...
Elizabeth fand ganz in der Nähe ein kleines Restaurant und wartete dort bei einem einsamen Cocktail und einem Sandwich. Es war kurz nach fünf Uhr und schon fast dunkel; ein rauher, stürmischer Wind hatte sich erhoben. Im Laufschritt, mit wehendem Mantel, eilte sie zur Garage zurück. Der Wagen war bereit; er blitzte vor Sauberkeit und gehorchte glatt und spielend, als sie auf den Anlasser drückte. Morgen abend zu dieser Stunde würde sie in dem kleinen Haus am Kap das Abendessen für die Kinder kochen. Sie würde wissen, daß sie geborgen und sicher waren – sie würde nichts mehr von der prickelnden Nervosität verspüren, die jetzt ihren Fuß auf den Gashebel zwang.
Denn erst in diesem Augenblick war ihr mit plötzlichem Schreckgefühl klar geworden, wie lange, wie gefährlich lange sie das Haus unbewacht gelassen hatte.
Auch dort war es dunkel; der Wind würde an den Fenstern rütteln, die Fliederzweige gegen die Scheiben peitschen, in wütenden Stößen um die Hausecken heulen. Und Oliver und sie waren beide fort – am Vorabend ihrer Flucht hatte sie dem Verfolger, der in dieser schwarzen, stürmischen Nacht einen neuen tückischen Plan ausführen mochte, freie Bahn gelassen. Wie hatte sie dies auch nur einen einzigen Augenblick lang vergessen, wie hatte der Zorn auf Oliver sie derart verblenden können?
Der Wind bedrängte hart den kleinen Wagen, und zweimal mußte Elizabeth scharf ausweichen, um heruntergestürzten Ästen auf der Straße zu entgehen. Es war zehn Minuten nach sechs, als sie durch das Städtchen fuhr. Constance würde eben erst nach Hause gekommen sein und kaum Zeit gehabt haben, sich umzuziehen; sie konnte gleich wieder zu ihrem Basar zurückgehen. Elizabeth bog in die Einfahrt ein, brachte den Wagen zum Stehen und sprang hinaus – atemlos.

Sie eilte über den Rasen, an sturmgepeitschten Bäumen und Büschen vorüber, stieß die Haustür auf und rief: »Constance ...? Ich bin schon zurück, du kannst also ...«
Doch Constance war nicht da. Es war Lucy Brent, die auf der Treppe stand ... Lucy, die kecke, selbstbewußte Lucy, die ihr mit diesem strauchelnden Schritt entgegentrat und ihren Namen mit einer Stimme aussprach, die Elizabeth kaum erkannt hätte.
»Was ist geschehen?« fragte Elizabeth heiser. »Lucy, was ist geschehen? Die Kinder ...«
Wie weiß und verzerrt Lucys Gesicht aussah, und wie ruhig das Haus war, wie unheimlich ruhig, als hätte man nicht erst zwanzig Minuten zuvor zwei lebhafte kleine Kinder zu Bett gebracht – als wären nur Lucy und sie allein im Haus.
Lucy hatte einen Schatten ihrer gewohnten Sicherheit zurückgewonnen. »Elizabeth – du darfst dich nicht aufregen – du mußt es ganz ruhig nehmen ...«
Doch Elizabeth war bereits auf der Treppe und stürzte hinauf ins Kinderzimmer.

18

Kein Alptraum – nein, das war Wirklichkeit, grausame Wirklichkeit – die leeren Bettchen, der hingeworfene Teddybär, die furchtbare, tödliche Stille.
Langsam ging Elizabeth wieder die Treppe hinunter. Sie zwang sich mit übermenschlicher Anstrengung, ruhig und still zu bleiben, als hätte sie die Kinder am Rande eines gähnenden Abgrundes entdeckt, als könnte ein jähes Geräusch, eine unvorsichtige Bewegung sie in die Tiefe schleudern.
Ruhig, ganz ruhig. Sie durfte sich nicht gehenlassen – sie mußte nachdenken.
Nachdenken. Ehe sie zum Telefon ging und die Polizei anrief, mußte sie sich überlegen, aus welchem Grunde sich Constance verspätet haben konnte. Wenn einem der beiden Kinder ein Unfall zugestoßen und sie zum Arzt gefahren wäre, hätte sie auch das andere mitnehmen müssen. Die Tatsache, daß ihre Kinder an diesem finstern, stürmischen Februarabend um halb sieben Uhr nicht in ihren Betten lagen, hieß noch lange nicht, daß sie entführt worden

waren. Und selbst wären sie entführt worden, selbst wenn sie Kidnappern in die Hände gefallen wären, bedeutete das noch nicht, daß sie sie niemals lebend wiedersehen würde, sie niemals mehr fest an sich drücken konnte.
Doch wenn sie wirklich entführt worden waren, bedeutete es auf alle Fälle, daß es gefährlich sein mochte, die Polizei zu rufen.
Sie war am Fuße der Treppe angelangt, und Lucy sagte scharf: »Elizabeth!« und dann etwas sanfter: »Hier, um Himmels willen – trink einen Schluck Whisky und mach kein solches Gesicht. Es liegt bestimmt ein Irrtum vor – die Nachricht muß falsch ausgerichtet worden sein . . .«
»Nachricht?« fragte Elizabeth, und mit diesem Wort kehrte sie zur glasklaren Wirklichkeit zurück. »Botschaft? Lucy, wenn du irgend etwas von all dem weißt . . .«
»Es kam eine Nachricht für Constance«, wiederholte Lucy und hielt einen Augenblick in ihrem nervösen Hin- und Herschreiten inne, »als wir an diesem verdammten Basar waren. Ich saß zufällig neben Constance – da holte sie eines der Mädchen ans Telefon. Der Anruf kam vom Restaurant *La Touraine* aus Boston – du fühltest dich nicht wohl genug, um allein nach Hause zu fahren . . .« – in Lucys Augen stahl sich sekundenlang ein fragender Ausdruck – »und ob Constance bitte ein Taxi nehmen und dich so rasch als möglich abholen könnte. Wir dachten keinen Augenblick daran, den Anruf nachzuprüfen – wir glaubten beide . . .«
»Ich verstehe.« Und Elizabeth verstand wirklich, daß ihr Benehmen während der ganzen letzten Wochen als logisches Vorspiel eines Zusammenbruchs gewirkt haben mußte. Ruhig versetzte sie: »Die Botschaft kam natürlich nicht von mir.« O Gott – während sie dastanden und sprachen, verstrichen die kostbaren Minuten, eine nach der andern . . . »Constance ging also weg und vereinbarte mit Noreen . . .«
»Nein. Constance hatte es derart eilig fortzukommen, daß ich sagte, ich würde herüberkommen und bei den Kindern bleiben, bis sie mit dir zurückkäme; so rief sie Noreen an, ehe sie wegfuhr, und sagte ihr dies. Kurz vor sechs Uhr kam ich her, und seither hab' ich gewartet – immer gewartet. Ach, weißt du . . .« Lucy zwang einen leichten Ton in ihre Stimme, »bestimmt kommen sie im nächsten Augenblick zur Tür herein, von irgendeinem ganz gewöhnlichen Spaziergang, und wir sind inzwischen um volle zehn Jahre gealtert . . .«

Keine von beiden glaubte daran. Lucys gespannte Züge, ihre großen, besorgten Augen straften die munteren Worte Lügen, und das leise Dröhnen des Windes, der um das Haus stürmte, sprach aus, was Elizabeth nicht selbst über die Lippen brachte: niemals würde sich Noreen zu dieser Stunde, an diesem finsteren stürmischen Winterabend, mit zwei kleinen Kindern noch draußen auf einem harmlosen Spaziergang befinden ...

Während Constance, die gute Constance, in aller Unschuld nach Boston fuhr ...

Was sollte sie tun? Nun war er da, der Augenblick, den sie seit Wochen in heimlicher Ahnung immer wieder durchlebt, durchlitten hatte. Wie oft war sie zu Bett gegangen, müde, zornig, rebellisch – und war eine Stunde später aufgeschreckt mit dem Gedanken: was, wenn du jetzt aufständest und in das Kinderzimmer gingest und die Bettchen leer fändest? Was in aller Welt würdest du tun?

Nun, da es wirklich geschehen war, wußte sie, daß sie nie eine Antwort auf diese Frage gefunden hatte. Oliver, ja, der hätte gewußt, was zu tun war, doch Oliver würde noch lange nicht kommen, und sie hatte keine Ahnung, wo sie ihn erreichen konnte, wenn nicht ...

Fünf Minuten vergingen am Telefon, Minuten angefüllt mit Verzweiflung und fiebriger Ungeduld, bis sie es nicht mehr ertragen konnte, immer wieder eine neue Nummer zu verlangen, die gelassene Stimme des Fräuleins vom Amt zu hören und eine Weile später die höflich bedauernde Verneinung in dem Restaurant, das sie angerufen hatte.

Elizabeth starrte auf die Uhr, auf das stumme Telefon, auf die Fenster, hinter denen schwarz die Nacht lauerte. Mit jäher unerbittlicher Klarheit dachte sie, jetzt liegt es an dir – das ist es, wofür du da bist ...

Und ruhig sagte sie: »Ich gehe hinauf und sehe nach, ob irgend etwas fehlt. Dann rufe ich die Polizei an.«

»Und ich will nochmals versuchen, Steven zu erreichen; er war nicht zu Hause, als ich vorhin anrief. Er könnte ...«

Elizabeth hörte nicht mehr, was Lucy weiter sagte. Sie lief schon wieder die Treppe hinauf, die sie vor wenigen Minuten erst mit kalter Betäubung im Herzen heruntergestiegen war. Sie riß die Tür zu Noreens Zimmer auf und drehte das Licht an. Nur ungern hatte sie an jenem Tag, da ein fremdes Gesicht weiß und blind zu ihr hinaufgestarrt, an Noreens Eau de Cologne gerochen; in den winzigen Rest von Privatleben einzudringen, der einem solchen Mädchen verblieb, schien ihr ein peinliches Unterfangen. Doch heute kannte sie keine Skrupel – mit hartem Griff riß sie die Schranktür auf, starrte auf die wenigen Kleider, die da an den Bügeln hingen, und senkte den Blick dann zu dem kleinen Koffer auf dem Schrankboden. War der Koffer leer? Nein ...

Von unten klang Lucys Stimme herauf, spröde, fast schrill in drängender Eile: »Ich sage dir doch – die Kinder sind fort – verschwunden, alle beide. – Wie? – Nun ja, was sonst? – Komm herüber, so rasch es geht ...«

Und Elizabeth stand da und starrte auf den geöffneten Koffer zu ihren Füßen. Ein beigefarbener Pullover lag darin, ein Nachthemd, Strümpfe, ein Paar abgetragene schwarze Pumps. Und außerdem war da ein kleines Baumwollröckchen, sorgfältig zusammengefaltet, erst halb zu Ende genäht. Ein Kleid für ein Kind von vier, fünf Jahren.

Verwirrt hob Elizabeth den bunten Stoff auf, und da lächelte ihr die Fotografie des Kindes selbst vom billigen blauen Kunstseidenfutter des Koffers entgegen. Hübsch war es nicht – ein schmales kleines Gesicht zwischen glattem schwarzem Haar, große erschreckte Augen, die das gehorsame Lächeln des kleinen Mundes auslöschten.

Noreen Delaneys Augen ... Ein Kind, nicht viel älter als Maire ... Aber so schmal, so zerbrechlich ...

»Mein Gott!« flüsterte Elizabeth und steckte ihre zitternde Hand nochmals in den Schlitz des Kunstseidenfutters. Sie zog eine zweite Fotografie hervor und starrte sekundenlang auf das Bild, ehe sie erkannte, wen es darstellte.

Noreen – fröhlich, ein bißchen kokett, ein bißchen herausfordernd; lachende Augen über leicht geöffneten Lippen. Und einige flüchtig hingeschriebene Worte am unteren Rand: »Für Walter in Liebe von seiner N.« ...

»Ich habe Steven erwischt, er kommt so schnell er kann«, sagte Lucy. Sie sah erschöpft aus, ihre Augen schienen noch größer und unruhiger als zuvor. »Er sagt – mein Gott, was hast du denn da?«

»Sie hat ein Kind gehabt«, sagte Elizabeth, und während sie nach dem Mantel griff, wiederholte sie es nochmals, langsam, tonlos: »Sie hat ein Kind gehabt – sie, Noreen.«

»*Noreen* ...?«

Elizabeth zog den Mantel an; sie blickte sich suchend nach ihrer Handtasche um und entdeckte sie endlich auf einem Stuhl, wo sie sie hingeworfen hatte. Der Verschluß war aufgesprungen, der Inhalt quoll heraus. »Es wird das beste sein, ich bringe ihr Bild gleich auf den Polizeiposten – wo sind bloß meine Schlüssel . . .« Der Lippenstift war herausgerollt, die Zigaretten lagen über das Kissen zerstreut; der Alptraum mit all seinen tückischen Fallen drohte sie zu überwältigen. Lucys scharfe Stimme zerriß das Netz: »Laß nur, ich fahre dich hin. Mein Wagen steht draußen. Aber sollten wir nicht erst . . .«

»Ich werde eine Notiz hinterlassen. Constance könnte doch inzwischen zurückkommen, oder Steven . . . o Gott, wo ist denn bloß mein Bleistift . . . ich muß natürlich auch ein Foto von den Kindern mitbringen . . .«

»Ich habe einen Bleistift«, sagte Lucy. »Geh rasch und hole die Fotos, ich schreibe inzwischen den Zettel . . .«

Noreen . . . So ruhig, so leise, so ängstlich besorgt. Kleine, zierliche, flinke Hände – und dazu die Miene fast mitleiderregender Unschuld – und Schatten um die Augen, tiefe, blaue Schatten, die statt von Angst und Sorge von einem rücksichtslosen Sichausleben rühren mochten . . .

Noreen, die ein eigenes Kind hatte und es nicht anerkennen durfte, die sich statt dessen um andere Kinder kümmern, täglich ihre kleinen Körperchen baden und den ganzen Reichtum an Liebe und Geborgenheit sehen mußte, in den sie hineingeboren waren . . .

Lucy war klüger gewesen als sie, Elizabeth – sie hatte von Anfang an empfunden, daß etwas nicht stimmte. Ach, hätte sie nur . . . doch jetzt war keine Zeit für solche Gedanken. Elizabeth suchte eines der Bilder hervor, die sie an Weihnachten unter dem Christbaum aufgenommen hatten: Maire blickte mit engelhaftem Ausdruck in die Kamera und Jeep preßte zärtlich seine Fliegenklappe an sich. Die Fliegenklappe. Der Teddybär . . . Wenn sie jetzt zu weinen begann, würde alles aus sein, ihre Tränen würden Lucys mühsam bewahrte Fassung zerstören, und sie selbst würde zusammenbrechen.

Lucy stand über das Telefontischchen gebeugt und schrieb. Ohne aufzublicken, fragte sie kurz: »Hast du das Bild?«

»Ja. Wir wollen die Haustür unverschlossen lassen, falls Steven oder Constance . . .«

Elizabeth blieb auf der untersten Treppenstufe stehen und sah zu, wie Lucy mit ihrer energischen kleinen Schrift im Telegrammstil einige Worte auf den Zettel kritzelte: »Constance: Kinder verschwunden, bin sie mit Lucy suchen gegangen. Wenn du etwas weißt, ruf Polizeiposten an.«
Elizabeth machte einen Schritt vorwärts, und dann stockte jählings ihr Fuß. Wie von einem schrecklichen Bann gefangen, stand sie da und starrte auf den Zettel, auf den jetzt Lucys Bleistift Elizabeths Unterschrift warf – in einer Schrift, die sich gänzlich von den oberen Zeilen unterschied – schräg, kühn geschwungen und großzügig, so leichthin und geschickt, als hätte Elizabeth selbst das Wort geschrieben ...
Lucy fühlte den Blick und schaute hoch, und der Bleistift stockte mitten im letzten Buchstaben. Scharf bohrte er sich in das Papier, und das Blei der Spitze zersplitterte mit einem krachenden Geräusch – dann trafen Lucys Augen Elizabeths Blick und hielten ihn fest.
Ein unsagbar langer Augenblick verstrich; dann sagte Elizabeth mühsam: »Gehen wir, Lucy.«
»O nein.« Lucys Stimme war hart. »Wir gehen nicht.« Ihre Hand griff nach dem Zettel; ohne den Blick von Elizabeths Gesicht zu lassen, zerknüllte sie das Blatt hastig.
Und fast beiläufig fügte Lucy hinzu: »Wir wären ohnehin nicht gegangen, weißt du – nicht weiter jedenfalls als bis zu meinem Wagen.«
Das Haus zitterte unter den Stößen des Windes, die Wanduhr tickte seltsam laut durch das Schweigen. Ganz plötzlich verstand Elizabeth, warum sich Lucys Augen so unablässig auf ihr Gesicht geheftet, seit sie das Haus betreten hatte. Das war nicht Mitleid gewesen, o nein – nicht Angst und Sorge, sondern etwas anderes, etwas ganz anderes ...
Sie fragte: »*Wo sind die Kinder, Lucy?*« und wollte von der Treppe wegtreten, doch Lucy sagte rasch: »Bleib, wo du bist.«
Scharf wie ein Peitschenhieb war die Bewegung der schmalen Hand, scharf wie eine Peitsche auch die Stimme – ein erbarmungsloses Vorschnellen und Zuschlagen. Und ehe Elizabeth sich rühren konnte, hieb sie von neuem zu: »Du hast deinen Mann schon so gut wie verloren. Wenn du nicht auch deine Kinder verlieren willst, wirst du tun, was ich dir sage.«
Wäre nicht der schneidende Klang in ihrer Stimme gewesen und

der starre Blick ihrer glänzenden Augen, hätte man kaum eine Veränderung an ihr wahrnehmen können. Elizabeth zitterte; sie fühlte dumpf, daß eben deshalb ihre Feindin doppelt gefährlich war.
Mit gewaltsamer Anstrengung drängte sie ihre Verzweiflung zurück und sagte so ruhig sie konnte: »Sag mir, was du von mir willst, Lucy – ich werde . . .«
»Ich weiß.« Lucys Stimme wurde glatt und häßlich, »ich weiß – Mrs. March wird wie gewohnt nach ihrem Scheckbuch greifen und einen Scheck ausschreiben, nicht wahr? O ich kenne dich, Elizabeth – so gut kenne ich dich – ich habe dich beobachtet, immer und immer wieder. Jeder Zoll eine große Dame, wenn wir zusammen Einkäufe machten, ja, das warst du. Du konntest einen Scheck ausschreiben, einfach so – ganz leicht und mühelos – während ich nächtelang aufsitzen mußte, um mir eine jämmerliche kleine Kopie zu nähen.«
Es hätte ein Alpdruck sein können, wirre Phantasie eines Fiebertraums – wären nicht Maire und Jeep gewesen, und das Holz des Treppenpfostens, der sich hart gegen ihre Schulter preßte. Elizabeths Gedanken flogen zurück zu den vielen Malen, da Lucy sie zu einer Einkaufstour mitgeschleppt, sie zum Kauf einer Bluse, eines Abendkleids, eines Schlafrocks gedrängt hatte, und ihr wurde klar, welch wildes Vergnügen jeder solche Kauf Lucy bereitet haben mußte. Wieder etwas, das den schwelenden Haß zu nähren vermochte . . .
Sie sagte langsam, fragend: »Du hast die Rosen vernichtet, nicht wahr, Lucy? und all das andere . . . Du mußt wahnsinnig sein, *wahnsinnig . . .*«
»So, glaubst du?« fragte Lucy spöttisch. »O nein, meine Liebe, ich bin nicht wahnsinnig. Es ist bloß . . . du hattest alles – und ich hatte nichts. Da wollte ich gern einmal wissen, wie du aussiehst, wenn *dir* die Felle davonschwimmen. Es ist nicht sehr bekömmlich, ich weiß –« Lucy beugte sich mit höhnischem Triumph vor, »aber es ist auf alle Fälle – sehr interessant.«
Die Kinder, dachte Elizabeth – die Kinder. Sie durfte das einzige, was jetzt zählte, keinen Augenblick lang vergessen; alles andere war unwichtig. Wenn Lucy Geld wollte, warum nannte sie dann nicht ihre Forderung?
Doch Lucy stand noch immer da, und ihre Augen saugten sich in höhnischer Frage an Elizabeths Gesicht fest. »Du hast noch nie

überlegt, wie das ist, wenn man sich etwas wünscht und es sich nicht kaufen kann, nicht wahr, Elizabeth? Weil du immer alles hattest. Du hattest die Kleider, die du wolltest, das Heim, das du wolltest, den Mann, den du wolltest ... einen Mann, so blind und taub für alle andern Frauen, daß er nur mit ihnen sprach, um sie deinetwegen um Rat zu fragen, als du vom Krankenhaus zurückkamst. ›Was tun wir mit Elizabeth?‹ Es war ganz egal, daß dir nichts mehr fehlte, daß die beiden Kinder gesund und munter waren – immer drehte sich alles um die arme, liebe Elizabeth. Gewiß, du hattest ein Kind verloren – doch du hattest noch zwei andere, die dir geblieben waren. Weißt du ...« Lucy zitterte plötzlich vor Wut, »weißt du, daß ich dir helfen sollte – ich, die ich überhaupt nie ein Kind haben werde?«

Und Elizabeth verstand. Aus der Tiefe ihrer Erinnerung stieg Lucys bitter spöttische Stimme empor, die von dem kleinen Hund sagte: »Wir sollen das Getrappel von vier kleinen Füßen haben statt von zwei – und etwas, das Lucy zu Hause anbindet.«

Dies war der Keim zu Lucys Haß. Er allein hätte sich vielleicht nie zu dem heutigen Monstrum ausgewachsen, wäre nicht Oliver gewesen, den Lucy für sich gewünscht haben mußte, und das Symbol des Scheckbuchs. Nicht das Geld selber, sondern die Geste; das begriff Elizabeth selbst in diesem Augenblick, da sie in halber Betäubung gegen den Treppenpfosten gelehnt stand. Und gleichzeitig begriff sie, daß Lucy nicht gekauft werden konnte, daß sie niemals gekauft werden konnte ...

Was sie von Elizabeth wollte, was sie die ganze Zeit über mit wachsender Gier erstrebt hatte, das war nicht ihr Geld, sondern ihre Zerstörung, ihre völlige Vernichtung, ein Auslöschen von Liebe und Gesundheit und Sicherheit.

Und in derselben Sekunde begriff Elizabeth, was sie zu tun hatte. Sie löste sich vom Treppenpfosten und brach mit dieser Bewegung die Starre, die Stunden, nicht nur Minuten gedauert zu haben schien. Sie konnte das Telefon nicht sehen, doch sie wußte, es war dort, hinter Lucys schmalem gespanntem Körper. Sie sagte: »Ich werde die Polizei anrufen« und tat einen Schritt vorwärts.

Lucy rührte sich nicht, sie hob die rechte Hand, die sie hinter dem Rücken verborgen gehalten hatte, während die linke den Zettel mit der verräterischen Unterschrift zerknüllte. Und in dieser Hand hielt sie etwas, das silbern in der Luft aufblitzte und Elizabeths Blut zu Eis erstarren ließ.

Es war die Küchenschere. Ein blinkendes, scharfes Ding, zu allem möglichen zu gebrauchen: man konnte damit Spinat schneiden und Flaschen öffnen. Man konnte damit sehr leicht eine Telefonschnur durchschneiden – und ebenso leicht eine Kehle durchbohren. Lucy mußte die Schere geholt haben, gleich nachdem sie ihren Anruf beendet hatte ...
Ihren Anruf. Elizabeth zwang sich, den Blick von der Schere abzuwenden und Lucy in die glänzenden Augen zu sehen. »Du wartest auf jemanden, nicht wahr, Lucy ...?«
»Gewiß, ich warte – wie du.«
»Auf wen?«
Lucy lachte, ein scharfes, spöttisches Lachen. »Was glaubst du, auf wen ich warte?«
Elizabeth fühlte, wie ihr Nacken feucht wurde. Langsam, ungläubig fragte sie: »Steven?«, und Lucy lachte wieder, verächtlich und höhnisch diesmal, und sagte: »Du Närrin, du unglaubliche Närrin ...«
Da klingelte das Telefon. Elizabeths Herzschlag stockte, sie sah, wie Lucy erstarrte. Es klingelte wieder, und dann ein drittes Mal, und alles, was sie tun konnte, war stillstehen und weiter warten und sich mit plötzlicher Klarheit überlegen: wenn sie überhaupt noch eine Chance hatte, wenn sich die Falle nicht völlig schließen sollte, so war es dies ... Denn Lucy gefiel das laute, befehlende Klingeln nicht – es gefiel ihr nicht, um der Dinge willen, die es bedeutete – eine Hand, die irgendwo einen Hörer hielt, eine Stimme, die darauf wartete, zu sprechen, eine Verwunderung, die langsam und ungeduldig selbst im unbefangensten Gemüt emporwachsen mußte, war doch ein Haus in dem zwei kleine Kinder wohnten, zu dieser Stunde selten leer ...
Das Telefon klingelte wieder, ungeduldig, drängend, und Elizabeth stählte sich, machte sich sprungbereit. Wenn sie den Apparat nur erreichen könnte, ehe er verstummte! Lucys erste triumphierende Sicherheit war verflogen, sie war gereizt vom Warten und von der Spannung, die lautlos und gefährlich zwischen ihnen vibrierte. Eine Ader, die heftig an ihrer Schläfe klopfte, verriet sie, und ihre Finger krampften sich so heftig zusammen, daß die Spitzen der Schere sich in die Handflächen bohrten.
Mach dich bereit. All deine Muskeln spanne an auf dein Ziel hin – auf dieses schmale, unbewegliche Handgelenk. Das Ganze mußte sich in einer einzigen blitzschnellen Bewegung abwickeln, ehe Lu-

cy Zeit fand, sich zu sammeln und die Schere als Waffe zu gebrauchen ... Das Telefon klingelte wieder. Elizabeth warf einen letzten Blick auf Lucys Gesicht und fühlte, wie jähes Erstaunen jeden Impuls in ihrem Körper stocken ließ. Lucy Brent schien Elizabeths Gegenwart völlig vergessen zu haben. Groß und dunkel standen ihre Augen in dem blassen, schmalen Gesicht, ihre Haltung glich der einer lauernden, wachsamen Katze. Sie lauschte auf irgendwelche Geräusche in der stürmischen Nacht. Und Elizabeth, die nur das Rauschen ihres eigenen Blutes gehört, zwang sich, dasselbe zu tun – wie Lucy aufmerksam zu lauschen, ohne den Blick von der Frau mit der Schere zu lassen.
Dieses langgezogene zitternde kratzende Geräusch war der Flieder, dessen Zweige gegen die Scheiben schlugen – das Klappern war ein Fensterladen, der lose im Wind schwang ...
Doch das kurze helle Klingeln, das jetzt ertönte, so nahe und laut, daß sie zusammenzuckte – das war die Hausglocke.
Die Hausglocke ...
Später wußte sie: das war das schwerste gewesen – Lucy den Rükken zu drehen, sich von dieser gefährlichen Stille, dem lauernden Warten abzuwenden und auf die Haustür zuzulaufen – auf die Haustür, die vielleicht einen zweiten Feind einlassen würde – die Person, die Lucy erwartete.
Sie faßte die Klinke, und unter ihren zitternden Fingern ächzte das Metall – oder war das ein Schluchzen, das sich heiser ihrer eigenen Kehle entrang? – und die Türe öffnete sich so plötzlich, daß sie schwankte.

19

Ein hochgewachsener, breitschultriger Polizist, so sehr dem Inbegriff eines Polizisten ähnlich, daß er ein Gebilde verzweifelter Phantasie hätte sein können, stand auf den Stufen. Er hielt seine Mütze fest, die der Wind fortzureißen drohte, und fragte höflich: »Mrs. March? – Ihr Gatte hat den Posten angerufen und uns gebeten, Kontrolle zu machen. Hat dieser Mann irgendwas auf Ihrem Grundstück zu schaffen?«
So sehr hatte sich Elizabeth mit all ihrer Aufmerksamkeit an die rettende Erscheinung des Polizisten geklammert, daß sie erst jetzt

den Mann bemerkte, den er mit festem Griff am Arm gepackt hielt. Ein Fremder, nicht jung und nicht alt, in Filzhut und Mantel – eine Durchschnittserscheinung, wie man sie täglich zu Hunderten traf, ohne sie wirklich zu sehen. Völlig anonym – oder doch nicht ganz? Der Polizist schob seine Beute mit unfreundlichem Stoß in den Vordergrund, und das Licht aus dem Korridor goß seine Helle auf die umschatteten Züge. Es beleuchtete das dicke, rötliche Gesicht, fing sich schimmernd in den gewölbten Brillengläsern, die die braunen Augen beschützten. Da wußte sie: sie kannte ihn – sie hatte schon einmal mit ihm gesprochen, in einem Zweifamilienhaus in Arlington – hatte gesagt: »Ich möchte gern mit Mr. Abrose Miller sprechen . . .«
Sie zuckte zurück und wandte sich wieder dem Polizisten zu. »Gut, daß Sie da sind«, sagte sie hastig. »Meine beiden Kinder sind entführt worden. Mrs. Brent und dieser Mann hier . . .«
Bis zu dieser Sekunde hatte Jagoe sie mit kühlem Blick angestarrt, als wäre sie ihm völlig unbekannt. Doch nun spähte er ihr über die Schulter und erblickte Lucy, die im Hintergrund stand.
»Sie Närrin«, sagte er mit seiner hohen, weichen Stimme, die Elizabeth schon damals mit einem Anflug von Grauen erfüllt hatte. »Sie verdammte Närrin . . .«
Weiter kam er nicht. Der Hüter des Gesetzes gebot ihm Einhalt. Energisch schob er seinen Gefangenen vor sich her in den Korridor und sagte zu Elizabeth gewandt: »Einen Augenblick, Madam – was sagten Sie da eben von Ihren Kindern . . .?«
Elizabeth begann zu erklären. Sie mühte sich vergeblich, ruhig zu sprechen. Die Worte stürzten in wilder Hast von ihren Lippen, und immer wieder irrte ihr Blick auf die Uhr, wo der Zeiger unerbittlich weiterrückte. Und als Lucy sie unterbrach, fühlte Elizabeth selbst, wie überzeugend diese ruhige, kühle Stimme im Vergleich mit ihrem eigenen fliegenden Gestammel wirken mußte. »Ich verstehe kein Wort von all dem, Herr Wachtmeister – das Ganze ist mir ein Rätsel. Ich weiß natürlich, daß Mrs. March krank gewesen ist, sehr krank sogar, und sich noch immer nicht völlig erholt hat. Und außerdem hat sie den Fehler begangen, ein viel zu junges Kindermädchen anzustellen, dem in keiner Weise zu trauen ist. Was diesen Mann betrifft . . .« – ihre Augen glitten mit überlegenem, verächtlichem Ausdruck über Jagoes Gesicht, über die weißen Socken, die fleckigen Handschuhe, die ganze mittelmäßige Erscheinung – »muß ich wirklich betonen, daß ich

ihn nicht kenne, ihn noch nie gesehen habe!«
»Ach so – Sie kennen mich nicht, Mrs. Lucy Brent?« Jagoes Stimme überschlug sich in unbeherrschter Wut. »Sie kennen mich nicht? Wir sind also nie zusammen . . .«
Jähe Übelkeit befiel Elizabeth, als Jagoe weitersprach, und der Polizist hörte zu, bestürzt und ungläubig, bis sich sein biederes Gesicht mit dunkler Röte übergoß. Kurz entschlossen sagte er: »So, das genügt! Ich werde den Posten anrufen, Mrs. March, und das Verschwinden der Kinder melden; dann gehen wir am besten alle zusammen hinüber und klären diese Sache ab.«
Noch hallte in Elizabeths Ohren das Echo all der widerlichen, obszönen Einzelheiten, die Jagoe ausgesprochen hatte. Zorn, Ekel und maßloses Staunen stritten sich in ihr, und mit einem Gefühl aus Grauen und Abscheu gemischt wandte sie den Blick von Lucy ab. Lucy, die mit diesem Mann ins Hotel *Savoia* gegangen war und sich in Elizabeths Handschrift unter dem Namen March eingetragen hatte . . .
Das mußte der Beweis sein, den man Oliver gezeigt hatte. Doch jetzt war nur das eine wichtig: Lucy oder Jagoe mußten gezwungen werden zu sagen, wo sich die Kinder befanden, denn Elizabeth fühlte, daß sie die Folterqualen, die in ihrem Kopf hämmerten, nicht mehr länger ertragen konnte. Der Polizist trat entschlossen auf das Telefon zu. Elizabeth legte das glühende Gesicht in die Hände und preßte die Schläfen so hart, daß sie schmerzten – und dann hörte sie, wie sich die Haustür öffnete.
Oliver kam herein. Sein Gesicht war kalkweiß und so grimmig, wie sie es nie zuvor gesehen hatte, und gleichzeitig lag es doch wie Zärtlichkeit um seinen Mund – Zärtlichkeit für Maire, die er behutsam auf den Armen trug. Über die Schulter hinweg sagte er zu dem Polizisten: »Alles in Ordnung – den Kindern ist nichts geschehen«, doch seine Augen suchten von allem Anfang an nur Elizabeths Blick und ließen ihn nicht mehr los. Hinter Oliver stand Noreen Delaney und hielt Jeep fest an sich gedrückt. Er schlief, seine Wangen waren noch mit Tränen verschmiert.
Noreens Augen in dem blassen Gesicht brannten groß und dunkel. Unendlich behutsam schritt sie auf Elizabeth zu, die mitten im Zimmer stand und lautlos weinte, und legte ihr den kleinen warmen Körper in die Arme.
Maire hatte aufgehört zu schluchzen, als sie sich wieder in der vertrauten Umgebung und in Elizabeths Nähe befand. Sie stram-

pelte sich von Olivers Armen hoch, spähte über seine Schulter hinweg auf die versammelten Gesichter – Lucy, eine weiße, starre Maske, der Polizist, ein Bild der Verwirrung, Jagoe ... – und hier blieb ihr Blick haften. Eine Sekunde lang starrte sie ihn an und sagte dann einfach: »'Oun', Daddy!«

»Er wird dir nichts tun, Liebling. Glaube mir, er wird dir nichts tun«, sagte Oliver sachte. Er blickte Jagoe nicht einmal an, im ganzen Zimmer war niemand da für ihn als Elizabeth. In beinahe leichtem Ton fragte er: »Wenn wir schon davon sprechen – haben sie *dir* ...?« und Elizabeth schüttelte den Kopf.

»Nein«, sagte sie, »nein, sie haben mir nichts getan.«

Sie umfaßte Jeep fester mit dem einen Arm und legte den andern um Maire. So ging sie an Jagoe und Lucy vorüber. Sie hörte den Polizisten mit verzweifelt geduldiger Stimme beginnen: »Mrs. March, dieser Mann hier ...« und dann stieg sie die Treppe hinauf, um die Kinder zu Bett zu bringen.

»Aber wo waren die Kinder denn eigentlich?« fragte Elizabeth eine halbe Stunde später. Ihre Hände zitterten noch immer; sie hielt sie fest, ganz fest zusammengepreßt und wartete, daß sie ruhig würden. »Ich war halb wahnsinnig vor Angst ...«

»Ich habe sie fortgebracht, Mrs. March.« Noreen, die schmal und blaß auf der Couch saß, hob ihre bekümmerten Augen. »Ich dachte nicht im Traum daran, Sie würden so früh zurückkommen, daß Sie sie vermissen könnten – doch als Miss Ives anrief und sagte, Mrs. Brent würde herüberkommen und die Kinder hüten, da – da bekam ich Angst. Es schien mir so seltsam, daß sich das ausgerechnet in einem Augenblick so fügen mußte, da Sie und Mr. March beide in Boston waren. Ich wußte nicht, was sie tun würde, wenn sie mit den Kindern allein war ... so rief ich meine Freundin Rosemary Teale an, und sie kam gleich mit ihrem Wagen herüber und brachte uns alle in ihre Wohnung. Dort warteten wir ...«

Constance hatte mit wachsendem Staunen von einem zum andern geblickt. Nun vermochte sie sich nicht länger zu beherrschen: »Aber ich verstehe nicht – wie kam Noreen auf den Verdacht? Soll das heißen, daß sie und Lucy Brent sich schon von früher her kannten?«

Lucy, starr und weiß wie ein Marmorbild, hatte keinem von ihnen in die Augen geblickt, während sie mit kühler Stimme weiter ihre Schuld leugnete. Schließlich hatte man sie gehen lassen. Der Polizist hatte Jagoe fortgeführt, und wenige Minuten später war Con-

stance von Boston zurückgekommen, außer sich vor Sorge und Aufregung, weil sie auf ihren Telefonanruf aus dem Restaurant *La Touraine* keine Antwort erhalten hatte.
Und nun saß sie da und wartete auf Noreens Antwort; sie alle warteten darauf. Unter den fragenden Blicken stieg das Blut heiß in Noreens schmale Wangen.
»Erst war ich meiner Sache nicht sicher«, sagte sie zögernd. »Es war vor sechs Jahren – in Boston. Sie frisierte sich damals anders und war nicht so dünn wie heute. Jedermann nannte sie Ceil – Ceil Poynter. Doch erst als ich hier den Namen Lucy hörte, fiel mir ein, daß Ceil eine Abkürzung für Lucille sein könnte.« Wieder zögerte sie, gab sich dann einen Ruck und hob ihre Augen voll zu Elizabeth. »Ich habe Sie angelogen, Mrs. March – ich bin 25 Jahre alt, nicht 22. Und ich heiße nicht Delaney. Ich habe diesen Namen angenommen, weil ich ...«
»Es ist schon gut, Noreen«, sagte Elizabeth sanft, und Noreen senkte hastig den Blick. »Ich war damals neunzehn Jahre alt und arbeitete als Dienstmädchen im Hause der – aber das ist ja nicht wichtig. Die Familie war reich, sehr reich, und der einzige Sohn hatte sich eben mit Mrs. Brent – ich meine, mit Miss Poynter verlobt. Jedermann wußte, daß seine Eltern die Verlobung nur ungern sahen, doch schließlich hatten sie nachgegeben. Es fanden eine Menge Gesellschaften und Partys statt ...«
Zwischen den stockenden Worten wuchs Ceil Poynters Gestalt vor den Augen der Lauschenden empor – lebenshungrig, klug, reizvoll, und unter der Maske kühler lässiger Sicherheit von wilder Entschlossenheit erfüllt. Ungestüm hatte sie den Schutzwall, den ihre vorsichtigen und ältlichen Eltern um sie errichtet, durchbrochen und ihr Ziel mit eisernem Willen verfolgt. Und sie hatte es erreicht: der wohlbehütete junge Mann, seit seinen College-Jahren stets nur von passenden Töchtern aus passenden Familien umgeben, war ihr vom ersten Augenblick an verfallen. An Weihnachten hatten sie sich kennengelernt, im Juli wollten sie heiraten. Doch Ceil beging den klassischen Fehler, die Genüsse zweier verschiedener Welten, die in krassem Widerstreit standen, vereinen zu wollen – und eines Tages prallten die Welten zusammen. »Ich konnte nichts dafür«, sagte Noreen leise, »und ich wollte auch nicht spionieren. Es war an einer Weekend-Gesellschaft, zwei Monate vor der Hochzeit. Ich hatte das Wohnzimmer aufzuräumen gehabt, nachdem alle hinaufgegangen waren, und einige

Stunden später wachte ich auf und fragte mich, ob ich auch alles richtig erledigt hätte. Ich machte mir solche Sorgen, daß ich nochmals hinunterging, um nachzusehen, und – da war Ceil Poynter – mit einem Mann.«

Bei dem jähen, erschrockenen Laut, der ihr aus dem dunklen Wohnzimmer entgegenschlug, schrie Noreen auf, und das Haus erwachte. Der Mann, den Ceil als ihren Vetter im Hause der Schwiegereltern eingeführt hatte, entpuppte sich als eine in Spielerkreisen wohlbekannte Gestalt – ein Abenteurer aus jener berauschenden, gefährlichen Welt, die ganz zu verlassen Ceil Poynter niemals vermocht hatte, deren prickelnden Reiz und verbotenen Antrieb sie nicht entbehren konnte. Der Vorfall wurde vertuscht – und die Verlobung aufgelöst. Für Ceil Poynter war alles, was sie erträumt hatte, Reichtum, Stellung, goldene Sicherheit, beim Schrei eines Dienstmädchens in nichts zerstoben.

Kurz darauf gab Noreen ihre Stellung auf und verließ auch das Haus ihres Onkels, denn sie erwartete ein Kind.

Sie benützte den Ausweg nicht, den Elizabeth ihr geboten hatte. Tiefe Röte brannte auf ihren Wangen, doch ihre Augen senkten sich nicht. »Ich haßte es, bloß ein Dienstmädchen zu sein, und er hatte versprochen, mich zu heiraten. Als ich merkte, daß er sein Wort nicht halten würde, war es zu spät. Ich ging nach New York und arbeitete dort in einem Kleidergeschäft, bis ich das Kind bekam. Es war ein Mädchen, das von der ersten Stunde an kränkelte.« Vielleicht hätte Noreen es irgendwie zustandegebracht, für ein normales gesundes Kind zu sorgen, doch angesichts einer mit Krankheit, Ärzten, Spitälern belasteten Zukunft verließ sie der Mut. Und als eine Dame, die sie bei ihrer Arbeit kennengelernt hatte, ihr anbot, das kleine Mädchen zu adoptieren, war Noreen einverstanden. Hin- und hergerissen zwischen Schmerz und Erleichterung war sie nach Arlington zu Onkel und Tante zurückgekehrt.... und freiwillig zu Sack und Asche, dachte Elizabeth, die sekundenlang wieder das fröhliche Mädchengesicht auf der Fotografie vor sich sah und es mit dem blassen, ernsten Geschöpf von heute verglich.

Dann, eines Tages, hatte Noreen die Frau, die sie als Ceil Poynter gekannt, in Elizabeths Wohnzimmer wiedergetroffen. »Erst war ich meiner Sache nicht sicher«, sagte sie wieder. »Es war so lange her – doch wie sie am Tag nach Jeeps Geburtstag die Kinder begrüßte, wußte ich plötzlich wieder, an wen sie mich erinnerte.« –

Natürlich, dachte Elizabeth in blitzschnellem Begreifen. Ein Bild stieg aus ihrer Erinnerung empor – Lucy und Noreen, die sich am Fuß der Treppe mit gespannter, feindlicher Aufmerksamkeit in die Augen blickten. Und einige Stunden später Lucys Gesicht, fremdartig und starr, an Noreens Fenster, und das schwere, süße Parfüm, das sie niemals, niemals mit Lucy in Verbindung gebracht hätte, und tags darauf Mrs. Bennetts Handtasche in Noreens Schrank ... Und eine Frage durchzuckte sie: wie, wenn Lucy Noreen nicht getroffen und in ihr den passenden Sündenbock gefunden hätte? Wäre all dies trotzdem geschehen? Hätte Lucys bitterer Neid auch dann die Grenzen der Vernunft überflutet?

»Einmal, als ich frei hatte, suchte sie mich in Arlington auf«, fuhr Noreen mit heiserer Stimme fort. »Auf diese Weise lernte sie Jagoe kennen. Sie wußte, daß ich meinen Namen geändert hatte, wußte auch, warum. Sie benahm sich sehr nett, sagte, sie wäre mir dankbar, wenn ich die Affäre von damals in Boston nicht erwähnen würde, da sie ihrem Mann zu Ohren kommen könnte und dieser sehr eifersüchtig sei. Sie fragte mich auch nach meinem Baby und erklärte, sie würde nicht im Traum daran denken, Ihnen etwas davon zu sagen, weil dies meine sofortige Entlassung bedeuten würde ... und dann, eines Abends, als Sie und Mr. March und Miss Ives nicht zu Hause waren, kam Jagoe hierher.« Sie erschauerte. »Ich hatte mich stets vor ihm gefürchtet – es ist etwas Unheimliches an ihm. Er sagte mir, wenn ich vorsichtig wäre und meinen Mund hielte, wie Mrs. Brent mir erklärt hatte, und alles täte, was sie mir befehlen würden, würde Maire und Jeep nichts geschehen. Mir war so angst, so furchtbar angst – ehe er ins Haus kam, stand er lange vor dem Fenster und starrte ins Zimmer. Maire sah in als erste.«

Maire und ihr Alptraum ... Dicke, geschliffene Brillengläser, in denen sich das Licht fing und die gleich einem riesigen, funkelnden, starren Augenpaar zwischen den schwarzen Zedern lauerten – Inbegriff von Drohung und Gefahr. Elizabeth bewegte sich unbehaglich, und Noreen fuhr mit leiser Stimme fort: »Und dann kam Weihnachten. Als ich in Arlington war, erhielt ich ein Telegramm von den Leuten, die mein kleines Mädchen adoptiert hatten. Es ging ihm sehr schlecht – eine Notoperation mußte vorgenommen werden. Ich konnte an gar nichts anderes mehr denken – ich fuhr hin, so rasch ich konnte. Als ich zurückkam, merkte ich, daß Jagoe Bescheid wußte. Ich muß das Telegramm liegengelas-

sen haben . . . mit der Adresse in New York.«
Die mühsam bewahrte Haltung drohte das Mädchen zu verlassen; mit zitternder Gebärde hob sie die Hände zu den Wangen, als schreckte sie noch in der Erinnerung vor der Drohung zurück.
Sie stammelte: »Ich wußte nicht, was ich tun sollte. Ich dachte, vielleicht, wenn ich bliebe und täte, was sie mir befahlen, würde ich Mrs. Brent bei etwas ertappen können – denn damals hatte ich endlich begriffen, daß sie eifersüchtig war auf Sie –«, ihre Augen suchten Elizabeth, »so eifersüchtig, daß sie Sie haßte, mehr noch als mich.«
»Wenn Sie doch gleich zu uns gekommen wären und uns alles gesagt hätten« – in Olivers Worten schwang unterdrückte Erregung.
Noreen hob die Hände mit einer kleinen hilflosen Gebärde. »Hätten Sie mir denn geglaubt?« Ihre Stimme klang unendlich hoffnungslos. »Hätten sie mir geglaubt, wenn ich ohne jeden wirklichen Beweis Ihre beste Freundin angeklagt hätte? Sie kannten mich erst seit wenigen Wochen – und ich benutzte einen falschen Namen und hatte ein Kind, von dem Sie nichts wußten . . . Hätten Sie mir da wirklich geglaubt?«
Sekundenlang schwiegen sie alle betroffen. Oliver starrte ins Feuer, Constance senkte verlegen den Kopf. Elizabeth dachte an den Augenblick, da sie die Fotografie des Kindes in Noreens Koffer gefunden hatte und felsenfest von des Mädchens Schuld überzeugt gewesen war. Und sie sagte langsam: »Ich weiß nicht. Aber ich glaube nicht . . .«

»Und ihr Kind?« fragte Constance, als sich die Tür sachte hinter Noreen geschlossen hatte. »Sie hat gar nichts mehr von dem Kind gesagt . . .«
Elizabeth hob die Achseln. In Gedanken sah sie wieder das kleine bunte Baumwollkleid vor sich, Unbeendet. Sie wollte Noreen morgen fragen – morgen, wenn Lucys Bild aus ihrem Geist gewichen sein würde, wie sie gespannt, bösartig, mit der Küchenschere in der Rechten, vor ihr stand.
Hatte Lucy, während sie auf Jagoe wartete und sich über die unerklärliche Abwesenheit der Kinder den Kopf zerbrach, nur die Absicht gehabt, die Telefonschnur zu durchschneiden?
Oder würde sie die Schere zum Stoß erhoben haben, wenn Elizabeth mit ihr gekämpft hätte?
Sie würde es niemals sicher wissen, würde auch niemals eine Be-

stätigung für ihre Überzeugung finden, daß Lucy sich nur von ihrem blinden Haß zu dem letzten teuflischen Plan hatte verleiten lassen. Ein Satz, den Jagoe in seiner Wut hervorgezischt hatte, fiel ihr wieder ein: mit dem gestohlenen Scheckbuch, mit dem Führerschein und dem Haarfärbemittel versehen, hätten sie das Lösegeld für die Kinder erst gebraucht, wenn sie sich längst in Sicherheit befanden.

Der Entführungsplan war in aller Eile entworfen worden, als Elizabeth von ihrer Abreise zu sprechen begann. Lucy durfte nicht zulassen, daß sich das Opfer ganz einfach aus ihrer Reichweite entfernte. Sie hatte alles auf eine Karte, alles auf heute abend gesetzt; nur deshalb war ihr Gesicht bei Elizabeths unerwarteter Rückkehr so weiß, so verstört, so fremd gewesen.

Wie klug sie die Zeit berechnet hatte – und wie winzig der rettende Augenblick zwischen Noreens Weggang mit den Kindern und Lucys Ankunft im Haus gewesen war! Elizabeth blickte zu Oliver hinüber, der sich mit der Whiskykaraffe und Gläsern beschäftigte, und fragte: »Aus welchem Grund hast du eigentlich die Polizei angerufen?«

»Ich telefonierte hierher, um zu sagen, daß ich in der Stadt übernachten wollte, wenn ich die Treadwells erst spät loswerden würde. Als ich keine Antwort erhielt – es war ungefähr fünf Minuten vor sechs – wartete ich eine Weile und versuchte dann nochmals anzurufen. Ich dachte plötzlich an den Brand im Studio ...« Olivers Stimme wurde hart, »und da rief ich die Polizei an, hängte die Treadwells meinem Kollegen an und holte den Wagen und fuhr los, so rasch ich konnte. Inzwischen war Noreens Freundin anscheinend mit den Kindern in ihrer Wohnung angekommen und versuchte, mich im Büro anzurufen – und dort sagten sie ihr, ich sei auf dem Heimweg. So warteten sie alle bei der Brücke auf mich im Wagen des Mädchens, halb erfroren.«

Der Wagen des Mädchens, der bei der Brücke wartete ... Eine Erinnerung erwachte in Elizabeth, wurde deutlicher, formte sich zum Kühler einer schwarzen Limousine, zur Gestalt eines Mannes, in dessen Brillengläsern die Sonne blitzte, und zu Constance. Sie warf ihrer Cousine einen raschen, erstaunten Blick zu, und Constance stand unschlüssig da, spielte nervös mit einer Haarnadel und strengte sich ganz offensichtlich an, etwas zu sagen, ohne es jedoch über die Lippen zu bringen.

Endlich gab sich Constance einen Ruck und sagte: »Ich glaube, ich

gehe jetzt in die Küche und mache uns etwas zu essen – einige Sandwiches am besten.« Sie zögerte und fuhr dann hastig fort: »Ich weiß – es ist nicht ganz der richtige Augenblick dafür – aber ich wollte euch schon lange sagen – ich habe mich mit Horace Willett verlobt.«
Ohne die erstaunten Ausrufe abzuwarten, entfloh sie mit hochrotem Gesicht in die Küche, und Elizabeth unterdrückte einen jäh aufsteigenden Impuls, ein erleichtertes Lachen hinter ihrer Cousine herzuschicken. Das war es also ... hinter Constances ganzen Heimlichkeiten, hinter ihren Ausflüchten, ihrer Lüge, ihrer seltsam heiteren Miene steckte nichts Unheimlicheres als Mr. Willett. Kein Wunder, daß seine Gestalt Elizabeth bekannt vorgekommen war: er war der rosige, rundliche, wohlhabende Besitzer des Ladens, wo Elizabeth ihre Lebensmittel zu beziehen pflegte und wo Constance in den letzten vier Monaten so eifrig Einkäufe gemacht hatte.
Doch nun hatte Constance das Zimmer verlassen, und Elizabeth fand sich allein mit Oliver. Sie wagte kaum, sich zu rühren aus jäher Angst, sie könnte entdecken, daß die Glaswand sich noch immer zwischen ihnen befand, obwohl Lucy verschwunden war. Doch wenn es auch Lucy gewesen war, die die Wand errichtet, die die harte glatte Kälte zwischen zwei Menschen geschoben hatte, die sich liebten, so hatte doch Elizabeth selbst die Grundlage dazu geschaffen. Das begriff sie in diesem Augenblick ganz deutlich. Und sie erschrak zutiefst. Es hatte damit begonnen, daß sie sich im Krankenhaus schweigend in ihren Kummer zurückzog – und später, als Lucy mit teuflischem Geschick die Stimmung im Hause für ihre eigenen Pläne auszunützen begann, hatte sie sich Schritt um Schritt von Oliver entfernt – Schritt um Schritt, und je weiter sie auseinanderkamen, desto fester hatte sie erwartet, er würde ihr folgen, blindlings, ohne zu fragen. Doch Oliver, trotzig, erstaunt, im Innersten getroffen, war ihr nicht gefolgt.
... Sollte Lucy doch stärker sein? Sollte sie ihre Spur für immer hinterlassen haben?
Draußen hantierte Constance emsig in der Küche; Elizabeth empfand die wenigen Minuten, die sie noch mit Oliver allein sein würde plötzlich als kostbar und unwiederbringlich. Sie sagte leise: »Oliver ...« und Oliver murmelte gleichzeitig: »Ich war ein Dummkopf, Elizabeth – ein unglaublicher Dummkopf.«
Er kam zum Feuer herüber und trat dicht neben sie – so dicht, daß

sich Elizabeth nur mit Mühe zusammenreißen und auf den Gegenstand in seiner Hand blicken konnte ... Es war ein Anmeldeformular des Hotels *Savoia*, datiert vom 19. November. Quer über das weiße Blatt lief in Elizabeths kühngeschwungener, schräger Handschrift der vertraute Namenszug: »Mr. und Mrs. Oliver March« ... Lucys meisterhafte Fälschung.
Flüsternd fragte Elizabeth: »Hat Jagoe das heute bei sich gehabt?«
»Ja ... Er hat sich gewehrt wie ein Teufel, das Ding herzugeben, doch diesmal hat ihm alles Wehren nichts genützt ... Lucys Werk vermutlich? Oder hat Jagoe selbst ...«
»Nein, Lucy. Doch ich verstehe nicht weshalb er ...«
»Jagoe war früher als Hoteldetektiv im *Savoia* angestellt. Vermutlich wurde er dann entlassen, weil er immer wieder in üble Erpressergeschichten verwickelt war, aber inoffiziell stand er noch immer mit einem Fuß im Betrieb. Ich habe vergeblich versucht, im *Savoia* der Sache auf den Grund zu kommen – die halten dort alle zusammen wie Kletten.«
Sie hatten diesen Zettel gehabt, den sie Oliver zeigen konnten – und sie selbst? Was hatte sie Oliver gezeigt? Nichts als ihr seltsam verändertes Wesen, Panik und die wechselnde Stimmung von Mißtrauen und Schrecken – ja, sie war vor seiner Berührung zurückgezuckt ...
Sie mußte etwas gemurmelt haben, denn Oliver blickte auf sie hinunter und sagte kurz: »Das Ganze glich dem Trick eines geschickten Zauberers – sogar wenn man weiß, daß das Kaninchen schon vorher im Hut steckte, wirkt er höllisch überzeugend. Und das Schlimme war –«, einen Augenblick lang wandte er die Augen ab, »daß du gerade damals nicht in der Verfassung zu sein schienst, eine derartige Sache an den Kopf geworfen zu kriegen. Erst nach dem Brand faßte ich Verdacht, doch ich vermutete, daß Constance ...«
»Ich weiß.« Elizabeth nahm das Blatt aus Olivers Fingern und ließ es schweigend in die Glut fallen. Ein goldenes Aufflackern belebte das sterbende Feuer – dann war es vorüber.
Noch hatte sich Oliver nicht bewegt, sie nicht berührt. Elizabeth stand da, mit schlaff herunterhängenden Armen, und empfand mit seltsam schmerzhafter Deutlichkeit jeden Atemzug, den er tat, fühlte die sachte Berührung seines Ärmels, der ihren Körper streifte, die heiße schwere Stille, die zwischen ihnen zitterte. Und dann drehte sich Oliver ganz leicht um, so daß er ihr voll in die

Augen sah. Seine Stimme klang mühsam, als müßte er sich jedes Wort von den Lippen reißen: »Und Steven Brent? Wie ist das mit ihm?«
Elizabeth starrte ihn an. »Steven? Was soll mit ihm sein?«
»Ich glaubte, daß du . . . daß du und er . . .«
Sekundenlang schien Lucys Antlitz, höhnisch und triumphierend, in der Luft zwischen ihnen zu schweben. Dann fand sich Elizabeth sicher geborgen in seinen Armen; sie wußte nicht, hatte er sie an sich gezogen oder war sie selbst mit einer einzigen blinden Bewegung an seine Brust geflüchtet. Sie flüsterte dicht an seiner Wange: »Oh, mein Liebster, mein Liebster – wie gut sie uns beide gekannt hatte . . .«
Von der Küche näherten sich energische Schritte, eine Tür wurde geöffnet. Oliver rief, und seine Stimme verriet nur allzu deutlich seine Undankbarkeit: »Wir kommen!« – dann zog er Elizabeth fester an sich und beugte seinen Kopf zu ihr.

Stanley Ellin

Stanley Ellin, geboren 1916 in New York, arbeitete nach dem Studium in verschiedenen Berufen. Nach dem Zweiten Weltkrieg wurde er freier Schriftsteller.
Die Romane und Erzählungen des »Meisters des sanften Schreckens« haben ihm internationalen Ruhm eingetragen. Siebenmal wurde er mit dem Edgar-Allan-Poe-Preis ausgezeichnet, und 1975 erhielt er den »Grand Prix de la Littérature Policière«. Seine Werke wurden von Regisseuren wie Claude Chabrol, Joseph Losey und Alfred Hitchcock verfilmt.
Ellin hat sich vor allem mit seinen makaber-bösen Stories einen Namen gemacht, z. B. mit *Die Segensreich-Methode* oder *Die Spezialität des Hauses*. Er schuf damit ein völlig neues, psychologisch äußerst subtiles Genre des Kriminalromans.
Ellin starb am 31. Juli 1986 in New York.

Von Stanley Ellin sind erschienen:

Der Acht-Stunden-Mann
Im Kreis der Hölle
Die Millionen des Mr. Valentin
Nagelprobe mit einem Toten
Die schöne Dame von nebenan
Spezialitäten des Hauses
Die Tricks der alten Dame
Der Zweck heiligt die Mittel

Jack Higgins

Jack Higgins (Pseudonym für Henry Patterson; schrieb auch unter den Pseudonymen Martin Fallon und James Graham), geboren am 27. Juli 1929 in Newcastle upon Tyne, England, versuchte sich zunächst in den verschiedensten Berufen (vom Zirkusarbeiter über den Versicherungsvertreter bis zum Angehörigen der Royal Horse Guard) und studierte später an der Universität London Soziologie und Sozialpsychologie.
Higgins hatte bereits eine ganze Reihe von Kriminalromanen und Thrillern geschrieben, ehe ihm mit *The Eagle has Landed* (dt. *Der Adler ist gelandet,* Scherz Verlag 1976) der große, weltweite Durchbruch gelang.
Higgins lebt heute mit seiner Familie – er hat drei Töchter und einen Sohn – auf der Insel Jersey.

Von Jack Higgins sind erschienen:

Heldenspiel
Baron in der Unterwelt
Ein Sarg für Ibiza
Eine Nacht zum Sterben
Das Jahr des Tigers
Schlüssel zur Hölle
Tag der Rache

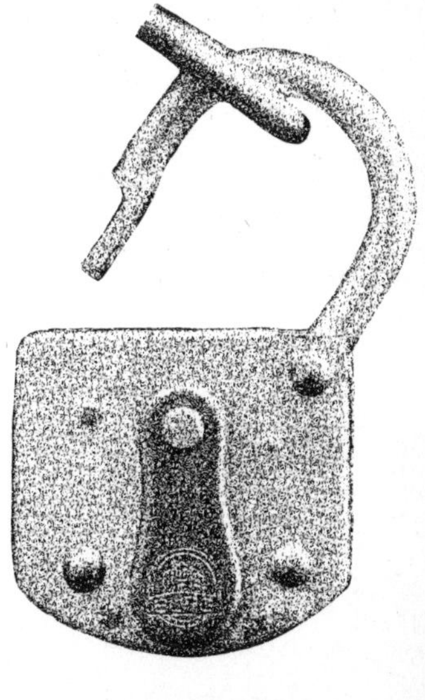

Rex Stout

Rex Stout, geboren am 1. Dezember 1886 in Noblesville, USA, hat sich nach eigener Aussage in etwa 30 verschiedenen Berufen versucht, bis er genug Geld beisammen hatte, um in der Welt herumreisen zu können. Sein erstes Buch schrieb er Ende der zwanziger Jahre in Paris.
1932 begann er, Detektivgeschichten zu schreiben, und sein erster Nero-Wolfe-Roman (*Die Lanzenschlange*) erschien 1934. Mit der Detektivfigur des rundlichen, bequemen, biertrinkenden und orchideenzüchtenden Nero Wolfe wurde Rex Stout weltberühmt. Er wollte, wie er selbst einmal sagte, einen Detektiv agieren lassen, der in allem das genaue Gegenteil der gängigen Kollegen war.
Rex Stout starb 1975 – Nero Wolfe erweist sich bis heute als unsterblich.

Von Rex Stout sind erschienen:

Abendmahl mit Nero Wolfe
Blutige Blaubeeren
Heikle Gäste
Der Gute-Nacht-Krimi mit Nero Wolfe
Nero Wolfe in Montenegro
Die Sünden der Väter
Tod in zwei Raten
Das tönende Alibi
Verworrene Fäden
Verwünschte Geschichten
Die zerbrochene Vase